小学館文庫

若葉荘の暮らし

畑野智美

小学館

若葉荘の暮らし

そのアパートの前を通ったことはあった。

太陽の光を反射させて輝く白い壁の新築マンション、玄関前に子供用の自転車とミニバンが並ぶ建売住宅、ブランコやすべり台のある小さな公園、駆け回る子供たちや買い物帰りのお母さんたちの笑い声が響き渡る住宅街の中に、「この一角だけ、タイムスリップでもしてきたのではないか」としか思えない、古いアパートが建っている。木造の二階建て、セキュリティも何もないようなガラスの引き戸の共同玄関、狭い庭では白いシーツが風に吹かれて舞い上がる。誰がどう見ても、令和や平成に建てられたとは考えられない。昭和、しかも戦後間もないころからここに建っているのではないかと思う。

自転車で前を通り過ぎながら、「こんなところに、誰が住むのだろう。そもそも、未《いま》だに住めるのだろうか」と考えていた。

それなのに、わたしはそこに住もうとしている。

玄関の前に立ち、アパート全体を見上げる。

表札には「若葉荘」と書いてあり、その下に住人の名前が並んでいる。インターフォンやチャイムのようなものは、見当たらない。雨水が染みこんだみたいで、木が丸出しのままの外壁はあちらこちらが変色している。屋根の瓦は最近新しくしたのか、そこだけ妙にキレイだ。各部屋にベランダのようなものはなくて、二階に物干し台がある。近くで見れば見るほど、ボロい。何十年も前から建っているのだから、見た目以上に頑丈なのだろうけれど、台風に飛ばされてしまいそうだ。

今日は、見学に来ただけで、住むと決めたわけではない。

住むかどうかは、大家さんや住人の代表者と話して決めればいいと言われている。中がどんなふうになっているのか見てみたいし、軽い気持ちで臨めばいい。

そう思っても、帰りたくなってきた。

しかし、わたしには帰る場所なんて、どこにもないのだ。

本当のはじまりはいつだったのか、世界中に広がっていった感染症は、気がついた時には止められないものになっていた。緊急事態宣言や営業時間の短縮要請がつづき、わたしの働く洋食屋の経営もかなり厳しいところまで追いこまれている。時給で働いているため、収入は急激に減っていった。いつか終わることを信じて、貯金を取り崩しながら暮らしてきたけれど、もう限界だ。今住んでいるマンションの家賃は払いつづけられないし、しばらく甘えられるような実家もない。

これは、生きていくための選択だ。

意を決して、引き戸を開け、玄関に入る。

思ったよりもすべりが良かったため、ゆっくり閉める。

それまで聞こえていたはずの外の音が、急に遠くなった。

玄関には、大きめの靴箱が置かれている。楽に歩けるスニーカーやサンダル、暖かそうなムートンブーツ、七センチヒールの黒やベージュのパンプス、パーティーにしか履いていけなそうなピンクのスワロフスキーが輝くミュール、様々な靴が並んでいるが、全て女性ものだ。きちんと整理されていて、清潔感がある。何度かリフォームされているみたいで、中は外ほどに古く見えなかった。床板や柱に傷があり、古いは古いのだけれど、ボロいのではなくて「アンティーク」という感じだ。玄関の正面の階段には、天井近くまでつづく大きな窓があり、陽《ひ》の光が射《さ》しこんでいる。

「すみません」誰も出てこないので、廊下の奥に向かって声をかける。

建物の真ん中に玄関と階段があり、両サイドに二部屋ずつ並んでいる。外から見た感じとして、二階も同じ構造になっているのだろう。

「すみません」もう一度、声をかける。

左奥の部屋のドアが静かに開き、ふわふわの綿あめみたいな白髪の女性が出てくる。

「望月《もちづき》さん？」女性が言う。

「そうです」

「いらっしゃい」ゆっくり歩き、玄関に向かってくる。

足腰はしっかりしているようだけれど、結構なご高齢なのだと思われる。ここを紹介してくれたメグミさんは、「大家さんで管理人さんでもあるトキ子《こ》さんは年齢不詳で、百歳近いっていう噂《うわさ》」と話していた。百歳まではいってないとしても、八十代後半か九十代なのだろう。

「こんにちは、管理人のトキ子です」わたしの前まで来て、トキ子さんは小さく頭を下げる。

「はじめまして、望月ミチルです」わたしも、頭を下げる。

「どうぞ、上がって」

「お邪魔します」スニーカーを脱いで揃《そろ》え、玄関から上がる。

トキ子さんの香りなのか、アパート自体の香りなのか、甘い花のような香りがマスクの中に充満した。

先を歩くトキ子さんについていき、玄関の右斜め前の部屋に入る。

住人の共同スペースになっているみたいで、奥に台所があり、真ん中には大きなダイニングテーブルが置いてある。テーブルの周りには、デザインの異なる椅子が並んでいた。

「好きな椅子に座って」トキ子さんは、赤い薬缶《やかん》を手に取る。

「先に手を洗わせてください」

「そうね。ここでも大丈夫だし、隣に洗面所もあります」

「じゃあ、ここで失礼します」

台所の流しで手を洗い、マスクを外してうがいをする。マンションからここまで歩いてきただけで、誰とも接していないから大丈夫だと思うけれど、玄関に入る前にアルコール消毒をするべきだった。ここで暮らすことになったら、今まで以上の感染対策が必要になる。

若葉荘の住人は、四十代になったばかりのわたしよりも、高齢の人しかいない。

「お茶淹《い》れるから、待っていて」薬缶を火にかけて、お湯を沸かす。

「ありがとうございます。ここ、座らせてもらいます」木でできた丸椅子に座る。

「外、まだ暑かった？」

「今日は、ちょっと涼しいです」

「そう」

「また暑くなるかもしれませんね」

夏の間、ゆっくりと茹《ゆ》でられて温泉卵みたいになってしまうのではないかと思うくらい、朝から夜までずっと暑かった。ゴールデンウィークのころには「春はどこへ行ってしまったのだろう」と話していたから、五ヵ月くらいつづいた。

十月になり、やっと少しだけ涼しくなってきた。

「冷たいものの方がいい？」

「いえ、温かいお茶で大丈夫です」

「良かった」トキ子さんは、わたしの前に赤い椿《つばき》の柄の湯呑《ゆの》みを置き、背もたれのついた木の椅子にゆっくり座る。

髪は全てが白髪で、首や手足が細くて、顔も「おばあちゃん」という感じだ。けれど、足腰と同じように、耳もしっかりしているみたいだ。

「いただきます」

「住人がもうひとり来るから、少し待ってね」

「はい」

マスクを外してお茶をもらい、改めて部屋の中を見回す。

大きな冷蔵庫には、お土産屋さんで売っているようなマグネットで、レシピや住人同士の伝言が貼ってある。食器棚には、靴箱と同じように、それぞれの趣味と思われるカップやお皿やお茶碗《ちゃわん》が並んでいる。テレビ台の下には、トランプやオセロや将棋盤が置いてあった。いまいち整理されていないのだけれど、実家や親戚の家のようで、落ち着いた。

玄関の引き戸を開ける音が響く。

「帰ってきたみたい」トキ子さんが言う。

すぐに部屋のドアが開き、背の高い女性が入ってくる。

「ごめんなさい、遅くなって」

ベージュのニットとグレーのパンツをラフに着こなしているけれど、高いものだろう。わたしの着ている白いチュニックシャツとジーンズとは、質感が違う。

髪や肌は艶があり、輝いて見える。若作りではなくて、年相応の美しさを保つために、お金をかけていそうだ。四十代後半か五十代前半くらいだと思う。多分、靴箱に並んでいたパンプスも彼女のものだ。ブランドもので、ちゃんと手入れされていた。金銭的に困っているようには見えなくて、どうしてこんなところにいるのだろうと考えてしまったが、事情があるのかもしれない。

「真弓《まゆみ》ちゃん」彼女を手で指し示し、トキ子さんが紹介してくれる。

「はじめまして、真弓です。ちょっと待ってね」

真弓さんは、マスクを外してから、手を洗ってうがいをする。

待っている間に、わたしはマスクを戻す。

「外したままでも、大丈夫よ」真弓さんが言う。

「いや、でも」

「これから一緒に住むかもしれないんだから、ちゃんと顔を見せて」赤い布を張った椅子を置き、真弓さんはトキ子さんの隣に座る。

「気になるならば、そのままでもいいわよ」トキ子さんが言う。

「外します」マスクを外し、カバンのポケットにしまっておく。

どれだけ経《た》っても慣れることができず、マスクなしで誰かと話せることに、解放感を覚えた。

しかし、最低限の化粧もしていなかったことを、そこで思い出した。隠れるからと思い、マスクをするようになってから、眉毛を描く程度にしか化粧をしていない。普段の生活は、それでいいとしても、初めて会う人に対するマナーというものがある。

「ここは、共同スペースで、見た通りにリビングとキッチンになっています」真弓さんが若葉荘について説明してくれる。「隣は、洗面所とお風呂。お手洗いは、一階と二階の廊下の奥にあります。掃除やごみ捨ては、なんとなくの当番制。それぞれ仕事が忙しかったりもするから、フォローし合って。一階の奥がトキ子さんの部屋、その隣が私の部屋。二階の四部屋のうち、二部屋があいてるから、好きな方に入れます。門限はないけれど、迷惑かけないように心がけてください。食事は、ここで食べても、自分の部屋で食べてもいいです。住人同士の交流に、無理に参加する必要はありません。光熱費とネットの通信費込みで、家賃は五万円」

「真弓ちゃん、一気に喋《しゃべ》りすぎじゃない」トキ子さんが止める。

「あっ、ごめんなさい」照れたような顔で、真弓さんはわたしを見る。

その表情が子供みたいで、わたしは思わず笑ってしまった。

「大丈夫です。だいたいわかりました」

「あと、ここに住めるのは、四十歳以上の独身女性だけです。子供がいてもいいし、離婚歴があってもいいです。その点は、問題ないですか？」

「はい、全く問題ないです」

話すうちに、気持ちが楽になってきた。

わたしは、若葉荘に住むことを決めるだろう。

雨が降っている。

薄暗い部屋の真ん中にしゃがみこみ、ぼんやりと外を眺める。

風が強くなり、窓ガラスが微《かす》かに揺れる。

海なんて近くにないのに、波の押し寄せるような音が聞こえた。

このまま、マンションも近所の小学校も駅前のスーパーも、水の底に沈んでしまうのではないだろうか。

雲に覆われた空は、どこまでも暗い。

大型の台風が近づいているらしい。

電車は本数が減り、停電している地域もあるみたいだ。

さっきまで点《つ》けていたテレビでは、ナントカ台風以来何年ぶりの強さとか一時間の降水量や風速とかを話していた。

しかし、そんなふうに数字で表せるような、わかりやすい話ではない気がする。

龍《りゅう》や大きな翼の生えた獣みたいな、伝説上の生き物が現れて、世界をかき回しているのではないかと感じた。台風が過ぎ去った後、そこには全く知らない世界が広がっているかもしれない。

四十歳にもなって、子供のような想像をしているとは思う。けれど、四十歳だからこそ、一夜にして世界が変わってしまうこともある、と知っていた。

子供のころは、台風が近づいてきたら、なぜかワクワクした。身体《からだ》を飛ばされてしまいそうなほど強い風が吹き、いつもと違うことが起こると感じた。外へ遊びにいこうとして、母親に止められた。テレビで、荒れる海や氾濫する河川をずっと見ていた。眠れなくなり、夜中まで雨や風の音を聞きつづけた。

大人になってからも、それはあまり変わらなかった。

仕事が休みにならず、通勤中に気に入っていた傘が折れたことがあった。停電して、冷凍庫に入れていたアイスクリームが溶けてしまったこともあった。川の近くのアパートに住んでいた時には、増水したという情報に怯《おび》えた。気圧の変化による頭痛で、悩まされたこともある。

大変な思いもたくさんしたのに、わたしにとって台風は、特別で楽しいことだった。

災害に遭って苦労している人が多いこともわかっているから、表情や態度には出さずに「大変だね」と職場の人や友達や彼氏と言い合っていたけれど、胸の奥には抑えきれないような気持ちがあった。

しかし、今は、不安しか感じない。

バイト先の洋食屋の「アネモネ」は、今日は休みになった。

食べる物はあるし、非常用の水も用意したし、停電した場合のために懐中電灯も備えている。避難所を調べ、もしもの時のためにリュックに荷物を詰め、スマホも充電した。

この辺りは、台風で大きな被害に遭ったこともないし、部屋で静かにしていれば、大丈夫だ。

そう思っても、落ち着かなかった。

ニュースを見ても不安を煽《あお》られるばかりだ。他の番組にチャンネルを替えても画面の端に出る台風情報が気になってしまう。動画配信サイトで映画やアニメを見ても集中できなかった。

テレビを消し、割れてしまった時のことを考えて窓から離れ、何もせずにしゃがみこむ。

夜の間に過ぎ去るとニュースで言っていたし、永遠につづくはずがない。

それでも、終わりが見えなかった。

台風が過ぎ去ったのに、晴れていない。

忘れられたような雲が空に残り、太陽は隠れている。

曇っているから涼しいというわけでもなくて、気温も湿度も高いため、歩くうちに汗が流れ出てくる。

夏が長すぎる。

子供のころや学生のころは、遊ぶうちに過ぎてしまい、夏休みがもっと長ければいいと思っていた。しかし、一年中働かないといけない大人に、こんなに長い夏は必要ない。春と秋をもっと長くしてほしい。

ハンドタオルで汗を拭きながら、アネモネまで歩いていく。

せめて自転車通勤ができればいいのだけれど、アネモネはオーナーと奥さんがふたりで作りあげた小さなお店だ。店の周りに、従業員が自転車を駐《と》めておけるスペースはない。どんな天気の日も、歩いて通勤する。マンションから十分くらいでも、今の時季はなかなかきつい。

いつまで、この生活がつづくのだろう。

ひとりで黙々と歩いていると、建物の間を通り抜ける強い風に吹かれるように、急に不安に襲われる。

胸の奥に黒い靄《もや》が浮かび、全身に広がっていく。

マスクを鼻の下までおろして、深呼吸をする。

少しだけ立ち止まり、蟬《せみ》の声を聞く。

蟬の種類が替わったのか、先週までとは音が違う気がした。

住宅街を抜けて、スーパーの前を通りすぎ、パン屋や八百屋の並ぶ商店街に入る。惣菜屋《そうざいや》からコロッケや鶏《とり》の唐揚げを揚げる油の匂いがして、金物屋の店先からラジオの声が聞こえてくる。

手芸用品店の角を曲がり、アネモネの裏口に回る。

重い鉄の扉を開けると、そこは厨房《ちゅうぼう》になっている。

シェフの木場《きば》さんと見習いアルバイトの倉田《くらた》くんが出勤していて、ランチの準備を進めていた。

「おはようございます」

「おはよう」木場さんが言う。

「おはようございます」倉田くんも言う。

厨房を通り抜けて、ホールに出る。

いつもだったら、オーナーと奥さんがいて、開店の準備をしているのだけれど、今日はふたりともいなかった。

「木場さん、オーナーと奥さんって、連絡ありました？」厨房に戻る。

「休むって」

「そうですか」

「昨日の台風で、オーナーがまた体調を崩したらしい」

「わかりました」

感染症が広がり、飲食店は経営が難しくなった。減った売上のための給付金や時短要請に対する協力金は出た。もともとアネモネは、満席になっても二十人しか入れない程度なので、すごく稼いでいたわけではない。ランチは、近所で働く人たちや学生たちにできるだけ安くておいしいものを食べてもらいたいというオーナーの考えがあり、どうにか利益が出せる額を守っている。最初のうちは、オーナーも奥さんも「まあ、大丈夫でしょう」と言い、大らかに笑っていた。

しかし、日に日に、ふたりから笑顔が消えていった。

お金の問題よりも、前と同じように営業できないことに、疲れてしまったのだと思う。ふたりでお店を開いてから、三十年以上も繰り返してきた日常が急速に変わっていった。座席数を減らし、ランチタイムはお弁当も販売して、お客さんとの会話はできるだけ控える。昼も夜も毎日のように来てくれる常連さんが何人もいたのに、なかなか来てもらえなくなった。商店街の中にある不動産屋や法律事務所や小さな会社は、リモートワークになったり社員の不要な外食が禁止されたりしたようだ。駅の向こうにある大学は、授業のほとんどがリモートになったらしい。料理について楽しそうに話す声、冗談を言い合いながら笑う声、小さな店に響いていた声が消えてしまった。

店自体に問題があったわけではないのだから、どうしようもないことだ。けれど、お客さんとのお喋りを楽しみにしていたオーナーや奥さんにとっては、辛《つら》いことだったのだろう。変わっていく世の中に合わせようとがんばりすぎて、その感情の自覚もないうちに、ふたりは疲れを溜《た》めてしまった。六十歳を過ぎても元気だったのに、身体的にも精神的にも、調子を崩すようになった。

店を売るという話も出たのだけれど、ふたりともそのための契約を進めるような元気もない。木場さんとわたしから「店はどうにかするので、おふたりは無理しないでください」と伝えた。

最近は、前と同じとはいかないけれど、通常に近い営業はできるようになっている。

オーナーも奥さんも夜まではいられなくても、ランチタイムは必ず店に出るようになっていた。しかし、いつまた緊急事態宣言や時短要請が出るのか、わからない状態だ。感染症とは関係なくても、台風で店を休みにしたことが精神的にこたえてしまったのかもしれない。

ホールに出て、レジ裏の事務所に入る。

一畳くらいしかない部屋の半分以上を占めるような本棚があり、オーナーの手書きのレシピや奥さんがまとめた常連客の情報を書いたノートが並んでいる。昔の常連さんのお子さんが大人になって来てくれた時に書き足したりするため、ノートはボロボロになっても全て残してあった。棚の端にカバンを置き、汗の染みこんだTシャツから襟付きの白いシャツに着替えて、赤いエプロンをかける。黒いズボンとスニーカーは、マンションからはいてきたままだ。歩いてくるうちに崩れてしまった髪を結び直す。

隅に置かれた鏡で全身をチェックしてから、ホールに出る。

レジ横のパソコンで出勤時間を登録する。

店内は、一昨日《おととい》の帰りに軽く掃除して整理しておいたから、黒板のメニューを今日のランチに書きかえて、各テーブルと椅子をアルコール消毒すれば、開店できる。昨日の雨や風を考えると、お店の中よりも外を確認した方がいいだろう。

ほうきとちり取りを持って外へ出て店の周りを掃きながら、問題ないか見ていく。

レンガ色の二階建てで、上には喫茶店が入っている。

赤い花が描かれた看板も、ドアや窓の焦げ茶色の木枠も、汚れたり壊れたりしていないようだ。

二階の窓が開き、マスターが顔を出したので、「おはようございます」とあいさつし合う。

裏の方まで見てから、店の中に戻る。

トイレの前の水道で手を洗い、うがいをして、アルコール消毒をする。

「何か手伝いますか？」倉田くんが厨房から出てくる。

今日は、もうひとりいるウェイトレスのアルバイトのユキちゃんは休みだ。わたしだけでは、店を回せないので、倉田くんには厨房の仕事をしながら、ホールも手伝ってもらうことになる。

六十代のオーナーと奥さん、四十代の木場さんとわたしという中に、元気でマジメに仕事をしてくれる二十代の倉田くんやユキちゃんがいてくれるのは、とても助かる。

人が足りないと感じても、新しく従業員を雇うような余裕はない。

若いふたりがいなければ、オーナーと奥さんに「無理しないでください」とは言えなかった。

「えっと、どうしようかな」

「メニューのアルコール消毒しておきますね」

「あっ、そうだね、テーブルや椅子もお願い」

「了解です」

倉田くんがアルコール消毒をしてくれている間に、わたしは黒板を消して、今日のランチメニューを書いていく。

風の吹き抜ける音が聞こえ、窓の外を何か大きなものが飛んでいった。

黒い影だけは見えたのだけれど、何かはわからなかった。

車かと思ったが、店の前は一方通行の細い道だから、そんなにスピードは出せない。素材としても、もっと柔らかそうなもので、風に乗って舞い上がったように見えた。

倉田くんも気がついたみたいで、外を見ている。

「なんですかね？」倉田くんが言う。

「なんだろうね？」

「見てきます」アルコール消毒のスプレーを持ったまま外へ出て、すぐに戻ってくる。

「なんだった？」

「何も、ありませんでした」

「だって、何か飛んでいったじゃん」

「鳥ですかね？」

「その割に、大きい気がしたけど」

「天気悪いし、また台風が来るのかもしれませんね」

「そうなのかなあ」黒板を書き終えて、レジを開ける。「なんかさ、台風というよりも、ずっと嵐の中にいるような気がする」

「どういうことですか？」

「晴れていても、曇っていても、雨が降っていても、いまいち気分が晴れなくて、落ち着かない」

頭の中で、強い風の吹く音が響き渡っている。

気のせいでしかないとわかっているのに、止まらない。

「わかるような気はします」

「本当に？」

「うーん」困ったような顔で首をかしげる。

「いいよ、気にしないで」

「嵐も活動休止するし、ミチルさんの嵐もやむといいですね」

「うまいこと言ったつもりかもしれないけど、そうでもないよ」

「そうかなあ」不満そうにしつつも、倉田くんは嵐の曲を口ずさむ。

わたしも、レジ周りの整理をしながら、一緒に歌う。

お水を出して、注文を受け、メニューを回収して、アイスコーヒーやアイスティーを出す。お会計をして、あいたテーブルを片付け、アルコール消毒をして、次のお客さんを案内する。料理を出すのは、厨房とホールを行き来している倉田くんに任せる。

十二時になる少し前からお客さんが増えてきて、すぐに満席になった。二時すぎくらいまで、ひたすら声を出して動きつづける。アネモネで働きはじめた五年前は、客席全体を見られなくてミスしてしまうことも多かったけれど、さすがに慣れた。感染症が広がってから座席数も減らしたし、倉田くんがサポートしてくれれば、ランチタイムを回すことはできる。

でも、お店というのは、それだけでは駄目なのだろう。昔からのお客さんの中には、オーナーや奥さんと話すことを楽しみにしている人が多い。わたしひとりでは、お喋りしているほどの余裕はないし、相手の期待する返しもできなかった。料理の味は木場さんがオーナー直伝《じきでん》のレシピで作っているから、同じはずなのだけれど、微妙に違う。常連さんに寂しい思いをさせてしまっているように感じた。

「ありがとうございました」スーツ姿のふたり連れのお客さんを見送る。

仕事で近くに来て、グルメサイトを調べて「ハンバーグがおいしい」と書いてあったから、選んでくれたらしい。アネモネでは、ハンバーグやビーフシチューやナポリタンやミックスフライのような、昔ながらの洋食を出している。パンケーキとかタピオカとか、はやりの食べ物が出てくる中でも、負けないような根強い人気のあるものばかりだ。常連さんの他に新規のお客さんもいるから大丈夫と思っても、店の土台が崩れてきている気がした。

オーナーも奥さんも、あと何十年も働けるわけではない。いつか、こういう日が来るとは、なんとなく考えていた。感染症によって、そのいつかは、思ったよりも早く来てしまった。

「ミチルさん、休憩どうしますか？」倉田くんが厨房から出てくる。

ランチを食べ終えた後も、お喋りしつづけている女性の三人組がいるだけになった。

夜までは、ポツポツとお客さんが入ってくることはあるけれど、混むことはない。今のうちに休憩を回し、ランチの片付けと夜の準備を進める。

「倉田くん、先に行っていいよ」

「了解です。じゃあ、お先に休憩いただきます」

「ごゆっくり、どうぞ」

「いってきます」マスクから笑みがこぼれるくらい楽しそうにしながら、倉田くんは厨房に戻っていく。「ミチルさんの分の賄いも、用意しておきますね」

「ありがとう」

見習いの倉田くんが自分の好きなように料理を作れるのは、休憩の時だけだ。ここでアルバイトをはじめて半年が経つから、皿洗いや野菜の皮むき以外にもできることは増えてきているのだけれど、お客さんに出す料理には木場さんの厳しいチェックが入る。

賄いに何を作ってくれるのか楽しみにしながら、わたしはランチタイムで荒れた店の中を片付けていく。

正面から店に入ると、右手にレジがあり、その並びにドリンクカウンターがある。奥さんはいつもカウンター内にいて、オーナーは厨房とホールを行ったり来たりしている。カウンター席には、前は木の椅子が六脚並んでいたが、今は五脚に減らした。

左手はテーブル席で、ふたり用のテーブルセットが並んでいる。お客さんの人数に合わせて、椅子やテーブルを動かせるようになっている。こちらも、前は七セット並んでいたけれど、六セットに減らした。客席数を減らしたため、満席になったとしても、以前の売上には届かない。ドリンクカウンターの奥に厨房への扉があり、テーブル席の奥にお手洗いがある。薄いピンク色の壁には、オープンした時にお店の前で撮ったオーナーと奥さんの写真が飾られている。

テーブルと椅子を並べ直し、改めてアルコール消毒をする。黒板のランチメニューを消し、夜のおすすめメニューに書きかえる。少なくなったアイスコーヒーとアイスティーを捨てて、新しく作る。ガムシロップやミルクなどの在庫を調べ、発注するものや買ってきた方がいいものがないか確認していく。

「こんにちは」ドアが開き、メグミさんが入ってくる。

メグミさんは、商店街の中にある酒屋の娘だ。年齢は、わたしと同じくらいだと思う。お酒を注文することもあるため、常連さんというだけではなくて、仕事上の付き合いもある。

「いらっしゃいませ」

「何か注文ある？」メグミさんは話しながら手の消毒をして、カウンター席に座る。

「今日は、ないです」

ドリンクカウンター内を見回し、ワインやビールの在庫を確認する。

「了解」

「ご注文は？」

「ランチ、まだ大丈夫？」

「本当は二時までだけど、大丈夫」

「ミックスフライ定食、お願いします」

「はい。お待ちください」

厨房とホールの間の壁に小さな窓があり、そこから注文を通す。倉田くんが何かおかしなものでも作っているのか、木場さんの笑い声が聞こえた。

「ミックスフライ、お願いします」

「了解」笑ったままの声で、木場さんが答える。

「何してるんですか？」

「女には言えない」

「差別ですね」

「いいから、戻れ」

「はあい」

ドリンクカウンターに戻る。

「なんかあった?」メグミさんが言う。

「男子がはしゃいでた。どうせつまらないことですよ」

「男は、いくつになってもバカだからね」

「言葉に重みがありますね」

「まあね」

一度も結婚したことがないわたしとは違い、メグミさんはバツイチだ。二十代前半で結婚して、十年以上の結婚生活を送った末に離婚して、この街に戻ってきた。わたしがアネモネで働きはじめた時には酒屋にいたから、離婚してから五年以上は経っている。どうして離婚したのかは、噂話や本人に聞いた話から一応知っている。子供ができなくて、向こうの家族との関係も悪化してしまったらしい。でも、言葉にできるほど単純なことだけが原因だったわけではないのだろう。

「飲み物、アイスコーヒーでいいですか?」

「うん、お願い」

「ちょっと待ってください」できたてのアイスコーヒーをグラスに注いで、メグミさんの前に出す。

「今日、オーナーと奥さんは、また休み？」

「昨日の台風で、疲れが出たみたいです」

「そっか」

「このままだと、お店をつづけるのは難しいかもしれません」

「そうなの？」

「うーん、やっぱり、ここはオーナーと奥さんのお店ですから」

オーナーと奥さんには、子供がいない。親戚とは、ほとんど付き合いがないようだ。

店の後を継いでくれるような人はいないのだろう。木場さんが継ぐという話も出たことはあるけれど、そんな簡単な話ではないみたいだ。

「まあ、商店街のどこのお店も、同じような事情は抱えてるけどね」

「そうですよね」

「うちの酒屋だって、わたしが出戻ってこなければ、後継ぎがいないままだったから」

「そうなんですね」

「出戻ってきた意味があるでしょ」

「うなずきにくいです」

「ここがなくなったら、ミチルちゃんはどうするの？」

「どうしたらいいんでしょうねえ」話しながら、お水用のグラスを整理する。

わたしが大学生だったころ、世の中は就職氷河期で、どうしようもない状態だった。とにかくどこかに採用されなければいけないと思い、必死に就職活動をした。どうにか内定をもらえたのは、医療系の専門学校の問題集を作る小さな出版社だった。社員は八人だけで、わたしと事務の女性以外は年配の男性しかいなかった。楽しいこともなければ、嫌なこともない。正社員として、給料がもらえるから充分と思っていたが、三年も経たないうちに潰れた。あまりにもニッチだったため、もともと経営は厳しかったようだ。

その後は正社員になれず、派遣社員や契約社員として二年か三年ごとに仕事を変えつづけた。正社員を補佐するような事務の仕事が基本だ。三十五歳になる前、このまま派遣や契約をつづけるのは難しいかもしれないと感じた。会社によってはハラスメントを受けることもあったし、どれだけつづけても事務の仕事があまり好きになれなかった。年齢の壁も見えるようになってきていた。人生を考え直そうと思い、その間の生活費を稼ぐためぐらいの気持ちで、アネモネでアルバイトをはじめた。

ウェイトレスの仕事は、想像したよりも自分に合っていた。賄いはおいしくて、オーナーや奥さんや木場さんは優しい。お客さんと話し、楽しく働ける。バイトでも、毎日のように働けば、生活できるだけのお金は稼げた。ずっとこのままというわけにはいかないと思いながらも、先のことを考えなくなった。

「また派遣か契約に戻るしかないのかな」

「好きなことをした方がいいよ」

「それは、考えますよね」

楽しそうに料理の勉強をしている倉田くんを見ると、羨ましくなった。自分の好きなことがあり、それを仕事にできたら、幸せだろう。オーナーも木場さんも、料理人以外の仕事はしたことがないらしい。わたしはいくつもの会社で働いてきたのに、「これ!」というものは見つけられなかった。仕事は生活費を稼ぐための手段でしかなくて、好きかどうかで選ぶものではないと思っていた。

「年齢的に仕事探すのは難しいって思うかもしれないけど、できることは意外と色々あるよ」

「ありますかね?」

「あるんじゃない?」

「どうなんでしょうね」グラスを整理していた手を止める。「なんか、最近、色々と考えてしまうんですよ」

「何を？」

「これから先のこととか、生活のこととか」

「たとえば？」

「五月の終わりに四十歳になったんです。バイトの休みをもらったものの、どこにも行かないで部屋で寝てました。お祝いのＬＩＮＥをくれたのは、高校生のころからの友達ぐらいです。このまま結婚しないで、ひとりで生きていくんだろうなって感じました。今の仕事は好きだけれど、ずっとつづけられるわけではない。緊急事態宣言とか時短要請とかの時に給料が減って、貯金を半分くらい使ってしまいました。店が潰れないとしても、生活していくことを考えると、厳しいです。結婚すれば安泰というわけではないとわかっています。それでも、協力しながら生きていけるような人がいればいいのにと思うんです。相手は、男性ではなくてもいいのかもしれません。けれど、友達と一緒に暮らすのは、わずらわしい気もします。ここを辞めたら、好きではない仕事をして、ひとりで生きていかないといけなくなる。平均寿命を考えると、まだ折り返しにも達していない。なんのために生まれてきて、なんのために生きているのでしょう。でも、人生を懸けて、やりたいようなこともないんです」

「疲れてる？」そう言って、メグミさんは優しく微笑《ほほえ》む。

「少し」わたしも笑い返し、真剣に語ってしまった恥ずかしさを誤魔化《ごまか》す。

本気で悩んでいるのだけれど、メグミさんに話すようなことではなかった。

でも、相談できる友達も恋人もいない。

友達がいないわけではないけれど、ほとんどが結婚している。もしくは、やりがいの感じられる仕事に就いている。いい大人と言われるような年齢も過ぎたのに、いつまでも学生みたいな生活をしているのは、わたしだけだ。

厨房で料理ができたことを知らせるチャイムが鳴る。

メグミさんのミックスフライ定食を取りにいく。


夜になって、風が強くなった。

倉田くんの話していたように、台風がまた近づいているみたいだ。

マンションに帰り、換気をしようとして窓を開けたら、カーテンが舞い上がって、テーブルの上に置いてあったネイルサロンのチラシが飛んでいった。

窓を閉めて、クーラーをつけ、必要のないチラシは捨てる。

世界中に広がる感染症、異常なほど暑くて長い夏、次々に襲ってくる台風。SF映画みたいな出来事が日常になってきている。

これもSFだなと思いながら、カバンからスマホを出す。

毎月、まあまあの額の通信料を払っているのに、使いこなせていない。音楽を聴き、動画を見て、SNSをチェックして、友達にLINEを送るくらいだ。

前は月に何度か飲みに行っていて、日程やお店を決めるための連絡を取り合ったり、飲みながら話したことの補足みたいなことをやり取りしていた。感染症が広がってからも、飲みに行くことはたまにあるけれど、回数は減った。自然と、LINEの通知音の鳴る回数も減っていった。

マッチングアプリで婚活でもしてみようと思ったこともあった。でも、登録するだけで精神が削られた。自分が結婚相手に何を求めるのか考えるのは、人生に求めているものを考えることだ。お金が一番大事なわけではないと思っても、なければ暮らしていけない。けれど、お金があればいいわけではなくて、楽しいことや健康であることも大事だ。楽しく暮らすための条件や過去の病気や怪我《けが》はどこまで受け入れられるのか考えつづけると、自分自身はどうなのかという問題にぶつかり、眩暈《めまい》がした。難しく考えず、もっと気楽な気持ちで登録すればいいのだろうけれど、できなかった。

最低限にしか使えていないままのスマホで、天気予報をチェックする。

台風は、明後日《あさって》の夜に関東を直撃するらしい。

アネモネは、また休みになるかもしれない。

そうすると、今月の給料から二日分減ってしまう。

チェーン店であれば、店を閉めた分の補償とかを請求できるのかもしれないけれど、個人経営のアネモネでは無理だ。緊急事態宣言や時短要請の時でさえ、木場さんが調べてくれなかったら、何ももらえないままになるところだった。身体的にも精神的にも弱っているオーナーや奥さんに、お金のことを言うのは辛いと感じるが、そこで親切心を出したら生活していけなくなる。

ニュースサイトを見ると、わたしと同世代の女性がホームレスになったという記事がよく出てくる。

わたしと同じように、新卒の時にちゃんとしたところに就職できず、派遣や契約で働いていたという人ばかりだ。感染症が広がる中、派遣先が決まらなくなったり契約が打ち切られたりした。二十代や三十代の時のまま、派遣や契約で働いていたら、わたしも同じことになっていたかもしれない。いざという時には、静岡の実家に帰れないわけではないが、金銭的に頼れるほど裕福ではないし、兄家族が同居していて高校生の甥《おい》っ子と中学生の姪《めい》っ子がいるから、何ヵ月もいられない。飲食店でも、居酒屋のようなお店だったら、危なかった。アネモネは、ランチの営業がメインで、夜も早めの時間からお客さんが来る。自分は運が良かったと感じるけれど、いつ仕事を失い、お金がなくなってしまうかわからない。

どんな仕事でもしようという気持ちはある。

でも、四十歳になってしまったわたしに何ができるのだろう。

派遣や契約は、どうしたって若い女性の方が好まれる。サポートのような仕事なのだから、自分より年上の人には仕事を頼みにくい。露骨に「四十代お断り」みたいに言われることはないのだけれど、三十歳を過ぎた時点で派遣先の質が変わったように感じた。二十代の時は、誰もが知るような大企業とかキレイなオフィスのベンチャー企業とか有名私立大学の研究室とか、選択肢はたくさんあった。

資格も取らず、大した技術も持っていないわたしが悪いのだろう。

メモしないでも、十人分の注文を憶《おぼ》えられたところで、それを評価してくれるような会社はない。

働いている間は、お客さんや木場さんや倉田くんと話して忘れられていた不安が、また胸の中を覆っていく。

ひとりでいるのは、良くない。

自分のことばかり考えて、暗い夜の中に沈んでいってしまう。

九月も終わりだし、つづけて来た台風が過ぎ去ったら涼しくなるだろうと思ったのに、とても暑い。

窓の外の景色が熱に揺らいでいて、全てが幻みたいに見える。

お店に入ってくるお客さんの多くが席に着くとすぐに、水を飲み干す。

グラスの水がなくなったら注ぎにいけるように、お客さんを見ていないといけないのは大変だけれど、今日はオーナーも奥さんもユキちゃんも出勤しているから、余裕がある。

どんなに暑くても晴れていると気分がいいのか、オーナーも奥さんも顔色が良かった。オーナーは厨房に入っていて、奥さんはカウンター席に座った常連さんたちの相手をしている。わたしとユキちゃんは、テーブル席のお客さんだけ見ていればいい。

「今日、賄いにハンバーグ食べるんです」手のあいた隙に、ユキちゃんが寄ってくる。

「そうなんだ」

「倉田くんが特別なハンバーグを作ってくれるって言ってました」

「わかんないけど、楽しみです」嬉《うれ》しそうに言い、お客さんに注文を聞きにいく。

ユキちゃんは、今年の春に大学を卒業した。旅行関係の仕事をすることを目標にして、とてもがんばっていた。卒業後、英語の勉強のために半年間は留学して、帰ってきてから就職活動をする予定だった。しかし、世の中の状況的に難しくなってしまった。別の業種で就職するか、アルバイトをつづけながら留学や希望した会社に就職できる日を待つか、とても悩んでいた。最終的に、待つことを決めた。元気のない時期もあったのだけれど、最近は倉田くんと話して、よく笑っている。

「ユキちゃんと倉田くん、どうなのかしら?」今度は、奥さんが寄ってくる。

「どうなんでしょう?」

「ユキちゃんは、好きなのよね」

「うーん」

「倉田くんは、ちょっとわかんないのよね」

「そうなんですよ」

「賄い作れるのが楽しいのか、ユキちゃんと話せることが楽しいのか」

「わかんないんですよね」

「特別って?」

若いふたりのことに口を出して、駄目になってしまったらかわいそうだと思い、オーナーも奥さんもわたしも木場さんも、本人たちには聞かないようにしている。わたしが働きはじめてから、アネモネの従業員同士で恋愛感情が芽生えるなんて、なかったことだ。

木場さんは結婚していて子供もいるし、わたしは厨房に入る二十代の子は恋愛対象外だ。倉田くんの前にいたアルバイトの子には彼女がいて、そのころはユキちゃんにも同じ大学に通う彼氏がいた。従業員の少ない店で、恋愛関係の揉《も》めごとを起こされたりしたら困ってしまうけれど、ユキちゃんと倉田くんは微笑ましいし、暗い話題の多い中で店内が華やぐ感じがする。

チャイムが鳴ったので、ナポリタンとビーフシチューを取りにいく。

厨房をのぞくと、オーナーと木場さんの指示を聞きながら、倉田くんが動き回っていた。

明るくて元気な子だし、見た目も良い方だ。

休みの日には釣りやキャンプに行くみたいで、日に灼《や》けて潑剌《はつらつ》としている。

自分が二十代のころに出会っていたら、好きになっていたかもしれない。しかし、そんなことを考えるのは、セクハラでしかないのだろう。女だからって、許されるわけではない。

料理を運び、テーブルに並べていく。

五年前に彼氏と別れて以来、恋愛から遠ざかっている。「いいな」と思う人はいるけれど、二十代や三十代前半のころのようには、話が進まなかった。結婚や出産のことをリアルに考えてしまい、楽しいだけという雰囲気にならない。相手も、警戒しているように見えた。彼氏のいない時間が長くなるうちに、恋愛感情がどういうものだったのかも、思い出せなくなった。

このまま、結婚しないどころか、彼氏もできないまま、生きていくのだろうか。

結婚したいわけでもないし、彼氏が欲しいとも思わないし、ひとりの方が気楽でいいと考えることもある。それでも、やっぱり寂しいとも感じてしまう。

そして、ひとりで生きていくことに対する不安は、日に日に強くなってきている。

台風で休みになったため、九月分の給料は予定よりも二日分減ってしまう。最低限の生活をすれば、どうにかなる。でも、風邪をひいたり歯が欠けたりして、予定外のお金を使うことになったら、貯金を崩さないといけなくなる。崩せる貯金も、残りわずかだ。再来月には、マンションの更新料を払うので、使わないでおきたい。

アネモネでは、これ以上シフトを増やせない。休みの日に、他にもバイトをすればいいのだろうか。しかし、それでは、バイトをするだけで、毎日が終わっていってしまう。休みでも、どこかへ遊びにいけるわけではないから、それでもいいのかもしれないけれど、あまりにも苦しい。

二十代のうちに、転職活動をもっとがんばって、正社員になっておけばよかったのだろうか。

就職氷河期と言われたころでも、友達の多くは、ちゃんとした会社から内定をもらっていた。その会社に今も勤めている友達もいれば、転職した友達もいる。わたしみたいにアルバイトしている友達もいるけれど、結婚していたり実家がお金を持っていたりして、あまり不安はなさそうだ。

感染症が広がる前は、アルバイトでも暮らしていけるし、楽しい方がいいと考えていた。けれど、これからの世の中では、そんな甘い考えでは生きていけないのだと気づかされた。明日、世の中がどうなっても、暮らしていけるだけのお金や保障は必要だ。

アネモネが数ヵ月のうちに閉店してしまうわけではない。未来のことなんて誰にもわからなくて、良い方に進むかもしれない。今は、世の中がどうなっていくのかはっきりしないし、動こうとしない方がいい。本当に暮らしていけなくなった場合、知らない人ばかりの会社にいるよりも、ここにいた方が頼れる人はたくさんいる。そう考えても、すっきりしないものが胸の中に残る。オーナーと奥さん、ユキちゃんと倉田くん、木場さんと奥さんと子供たち。わたしだけが、ひとりぼっちなのだという気がしてくる。

多分、解決すべき問題は、お金のことでも恋人のことでもないのだろう。どこへ行っても、何があっても、この不安はずっとついてくる。

奥さんやユキちゃんと話し、お客さんに声をかけられたら応え、料理を出して、テーブルを片付けていく。忙しく動き回ることで、胸の中に広がっていく黒いものを見ないようにするが、背中から黒い煙が出て、追いかけられていると感じた。走って逃げたところで、煙を広げてしまうだけだ。

「置いておきます」洗い終えたグラスを並べたケースを持ち、倉田くんが厨房から出てくる。

「ありがとうございます」カウンターに入り、ケースを受け取る。

「賄い、ミチルさんもハンバーグでいいですか？」

「うん、お願い」

「特別なのを作るので、楽しみにしておいてください」

倉田くんは、鼻歌を歌いながら、厨房へ戻っていく。

同じように、ユキちゃんにも言ったのだろう。

やっぱり、倉田くんはユキちゃんが好きというわけではないのかもしれない。

若い子たちの恋がうまくいきそうにないことに安心してしまい、自分を残念に感じた。

倉田くんの作ったハンバーグは、ホワイトソースをかけてチーズを載せてオーブンで焼いたもので、グラタンみたいになっていた。どうして暑い時に熱いものを作ったのだろうと思ったが、店の冷房で冷えた身体には、ちょうど良かった。

どんな時でも、温かいものを食べると、気持ちが穏やかになっていく。

ホワイトソースの柔らかな甘さが、胸の中に広がった黒いものを消してくれるように感じた。

「どうですか?」倉田くんが厨房の奥の休憩スペースに顔を出す。

「おいしい、ありがとう」

「良かったです」嬉しそうな顔をして、戻っていく。

将来のことなんて考えず、ただ楽しいという気持ちだけで生きることなんて、もうできないのだろう。

ハンバーグに安心して、目を逸《そ》らさないで、来月以降の生活をどうするのか考えなくてはいけない。

仕事を変えるか、バイトを増やすか、今以上に節約するか、家賃の安いところに引っ越すか。

引っ越しをするにもお金がかかるけれど、長い目で見れば、その方がいいのかもしれない。しかし、今のマンションの家賃だって、この辺りでは最安値に近い。見た目はマンションだけれど、ワンルームでお風呂とトイレは一緒なので、学生のころに住んでいたアパートと変わりない。東京を離れたら、家賃はもっと安くなる。でも、その場合は、仕事も変えないといけなくなるし、時給の最低賃金も安くなってしまう。

どれだけ悩んでも、自分がどうするのが一番いいのか、答えを見つけられない。

裏の扉が開く音が聞こえて、メグミさんが入ってくる。

お酒の配達の時、メグミさんは裏口を使う。

「お疲れさまです」ハンバーグを食べ終えて、わたしはお酒を受け取りにいく。

「お疲れさま。休憩中じゃないの？」

「大丈夫です」

納品書と商品を見て、注文したものが揃っているか確認する。

「その後、どう？」

「その後？」

「この前、悩んでたから」

「うーん、まだ悩んでます」

「何を？」

「ちょっと出ましょうか？」

厨房で話していると、オーナーと木場さんと倉田くんに全部聞かれてしまう。

裏口から出ると、一気に熱い空気に身体が包まれる。

「車、乗る？」メグミさんが言う。

「そうさせてください」

すぐそばに駐めてあった配達用のバンに乗せてもらう。

冷房はいまいち効いていないけれど、外よりマシだ。

メグミさんが運転席に座り、わたしは助手席に座る。

「それで、どうなの？」メグミさんが聞いてくる。

「引っ越して、仕事を変えようか考えています」

「アネモネ辞めたいの?」

「辞めたくないですよ。けど、経営状態も厳しくなってきてますし、あと何年ももたないと思います。オーナーと奥さんには、無理してほしくないし、借金が増えないうちに閉めた方がいいんだろうなとも考えるんです」

感染症が広がったばかりのころ、老舗の洋食屋が何軒か閉店した。高齢の店主の店ばかりだった。傷の浅いうちに店を閉めて、ゆっくりと老後を過ごすというのも、選択肢のうちのひとつだろう。

「うん、それで?」

「わたし自身も、転職するなら、早い方がいい。年齢の壁って、三十代の時はまだ笑えるものだった気がします。もうおばさんだからとか言いながらも、本気で考えていなくて、そういう冗談でしかなかった。四十代になったら、急にシビアなものになりました。就職するにしても婚活するにしても、全く求められていない。これから先、需要は減る一方です」

「そんなことないと言いたいけど、確かにそういう面はあるかもね。わたしだって、酒屋をつづけていけなくなったら、どうしたらいいのか悩んだことはあるから」

「もう少し家賃の安い地域に引っ越して、仕事も探して、生活していける方法を探した方がいいと思うんです」

悩んでいたことを口に出したら、楽になるどころか、やっぱり嫌だなという気持ちが強くなってしまった。

車の窓の外に、アネモネの裏口が見える。五年間、毎日のように働き、日常になっている。離れることは、考えたくもなかった。

「地元帰るとか？」

「それは、ちょっと。実家に帰るというわけではなくても、近くに住んだら安心はできるのだろうけど、なんか中途半端に田舎なんですよね。それなりに仕事はあるし、友達もいます。でも、そこでだいたいのことが済むから、外へ出なくなってしまう。人生に安定を求めながらも、決まってしまうのも嫌なんです」

「ミチルちゃんの考えてることはわかる気がするけど、今は引っ越しとか転職みたいに、大きなことは決めない方がいいんじゃないかな。世の中の状況だけではなくて、オーナーや奥さんに対する心配もあって、ミチルちゃん自身も弱ってる感じがする」

「それは、そうかなとも思うんですけど、お金がないんですよ」

「もうちょっと落ち着くまでの生活費もない？」

「厳しいですね」

「そっか」

「それに、いつ落ち着くのでしょう？」

感染症が広がりはじめた時は、二週間くらい外出を控えればいいという話だった。しかし、二週間が経ったころには、さらに感染が広がっていた。マスクをするように言われ、手洗いや消毒を徹底しないといけなくなり、飲食店は感染を広げる悪者みたいに扱われるようになった。オーナーの知り合いの店は、感染者を出したというデマを流され、お客さんが一気に減ってしまったらしい。緊急事態宣言が出て、店を開けてもお客さんが来なくなり、お弁当を売るくらいしかできなくなった。宣言が出された後、一時的に感染者が減っただけで、解除後すぐにまた増えていった。

終わりが見えないまま、日々は過ぎ去ってしまう。

「シェアハウスは？」メグミさんは、わたしを見る。

「えっ？　それは、若い人のすることでは？」

「駅の向こうに、四十歳以上の独身女性限定のシェアハウスがあるんだけど、そこに住めば」

「うーん」

「シェアハウスというか、アパートね。お風呂とトイレと台所は共同だけど、それぞれの部屋はわかれてる。昔は学生向けのアパートだったみたい」

「うーん」

「家賃は、光熱費とネットの通信費込みで五万円くらいだったはず。うちの店のお客さんが大家のトキ子さんと知り合いだから、紹介できるよ」

メグミさんは、とてもいいことを思いついたかのように興奮して話している。しかし、わたしとしては、どう返事をすべきか、迷う話だった。

「まずは、見学に行ってきなよ」

「そうですね」

いい話だとは思えなかったけれど、断る理由も見つけられなくて、とりあえずうなずいた。

階段で二階に上がり、すぐ横の五号室がわたしの部屋になった。

台所の真上の部屋だ。

見学に来た時、奥の六号室もあいていた。角部屋の方がいいかと思ったのだけれど、五号室の窓は桜の模様が入った型板ガラスで、壁紙は前に住んでいた人が張り替えた薄いグリーンだ。それを見た瞬間に「ここがいい！」と感じた。新しい畳からは、柔らかな草の香りがする。若葉荘の名の通り、春の草原にいる気分になる。

六畳間で、洗顔と歯磨きくらいはできる洗面台とドラえもんが寝ているような押入れがある。陽あたりは、良好だ。部屋に何もなくても、一階の台所には冷蔵庫や電子レンジや炊飯器の他に、七面鳥も焼けそうな大きなオーブンも備わっている。洗面所には洗濯機と乾燥機もあり、生活に必要なものは一通り揃っている。共同のトイレは、温水便座にリフォームされ、とてもキレイに使われていた。

ドアをノックする音が部屋に響く。

「はい」

開けると、トキ子さんが立っていた。

「どう？　何か気になるところとかない？」

「大丈夫そうです」

「下にいるから、何かあれば言ってね」

「ありがとうございます」

トキ子さんは、軽やかな足音を立てて、階段を下りていく。

階段を上り下りする音が部屋の中まで聞こえるのは気になるところだけれど、女性しかいないのだから、そんなに大きな足音を立てる人はいないだろう。

平日の昼間なので、トキ子さん以外の住人は、仕事に行っているようだ。

スマホで音楽を再生し、カラーボックスに本とCDを並べていく。

引っ越しのために、アネモネは二日間休みをもらった。

でも、一日で充分だったかもしれない。

荷物は最小限まで減らした。

家電製品は売れるものは売り、友達や知り合いにあげられるものはあげて、捨てるしかないものは捨てて、ほとんど手放した。ツイッターに〈欲しい人、いますか？〉と書いてみたら、処分が面倒くさい冷蔵庫や洗濯機をもらってくれる人も見つかり、とても助かった。本やCDは、三段のカラーボックスに収まる分だけ残し、あとは売った。サブスクがあるからCDは全て売っていい気もしたのだけれど、持っておきたいものが何枚かあった。洋服も必要なだけにしようと思ったら、衣装ケース三個分と結婚式用のワンピースと喪服しか残らなかった。他は、ノートパソコンと小さなテーブル、寝具一式とタオル、細々とした化粧品や雑貨ぐらいだ。

駅の反対側に移るだけだし、引っ越し業者に頼むほどの荷物はないと思って、どうするか悩んでいたら、メグミさんが酒屋の配達用の車を出してくれた。

部屋に荷物を運びこむまで手伝ってくれて、メグミさんは帰っていった。

寝具は部屋の隅に置き、押入れには洋服やタオルを入れる。

コートやシャツをかけるための突っ張り棒が欲しいけれど、とりあえず積んでおく。

若葉荘に敷金や礼金はないので、最初に払うのは今日から月末までと来月分の家賃だけだ。家電製品や本やCDは、思ったよりも高く売れた。見学に来た日に決断して、すぐに契約して引っ越してきたから、前のマンションの更新料を払わないで済んだ。家賃に含まれているから、今後は光熱費や通信費を細かく気にしないでよくなる。アネモネの給料でも、余裕をもって暮らしていけるだろう。

でも、貯金がたくさんあるわけではないし、世の中はどうなるかわからない状態だ。

節約は、つづけていかなくてはいけない。必要なものはスマホにメモしておき、どこで安く売っているか調べてから、まとめて買いにいく。

その買い物や住所変更の手続きを考えると、やはり休みは二日取って正解だったかもしれない。区役所には今日中に行く予定だったのだけれど、荷物の整理をするうちに、日が暮れてきてしまった。

開けたままの窓の外は、オレンジ色に染まっていく。

秋は一瞬と思えるはやさで過ぎていき、寒くなってきている。

窓を閉め、厚手のカーディガンを羽織る。

お腹《なか》がすいてきたから、細かいものの整理は後にして、コンビニかスーパーにでも行ってこよう。

同じ町内でも、こちら側にはあまり来たことがない。

若葉荘の周りに、どんなお店があるのかも、確かめておきたい。

玄関を出て、左にまっすぐ進み、広い通りに出たところにコンビニがあった。

通り沿いに中古車販売店が何軒かあるくらいで、他にお店はなさそうだ。スーパーやドラッグストアは、駅の方へ行かないといけないのだろう。駅までは、歩いて十五分くらいかかる。

引っ越しだからと思い、夕ごはんはとろろ蕎麦《そば》にした。明日の朝ごはんとかも買いたかったけれど、他の人が冷蔵庫や周りの棚をどう使っているか、教えてもらってからの方がいい。見学の時に、だいたいのルールみたいなものは聞いた。でも、他人同士がひとつ屋根の下で暮らしていくのだから、細かいルールがもっとあるだろう。蕎麦だけでは足りないので、杏仁豆腐《あんにんどうふ》とレジ横の唐揚げも買い、若葉荘に戻る。靴箱のあいているところに、いつも履くスニーカーだけ、とりあえず置かせてもらう。

まだ初日だし、荷物も少ないからか、引っ越してきたというよりも、旅行している気分に近い。

部屋には上がらずに、台所へ行く。

冷蔵庫を開け、杏仁豆腐を入れておく。

大きな器に入った煮物とかガラスの容器に入った漬物とか、実家を思い出すようなものが並んでいる。しかし、実家とは違い、それぞれの好みがわかれると思われる味噌《みそ》は、一番上の段に四種類も並んでいた。調味料もマヨネーズやケチャップやソースは、違うメーカーのものが二本か三本ずつ入っている。プリンやヨーグルトやゼリーがいくつかあるけれど、名前を書いたりはしていないようだ。十代や二十代の子の集まりではないのだから、誰かのものを勝手に食べたりしないのだろう。スイーツが並ぶ中に、杏仁豆腐を置いておく。

他の人が帰ってくる前に、台所をゆっくり見させてもらおうと思っていたら、テーブルの下で何かが動き、椅子が揺れた。

猫や犬はいないはずだと思いながらのぞきこむと、白地に青い花柄のワンピースを着た人が丸くなっていた。

「えっ！」驚いて、大きな声を上げてしまう。

「誰？」丸くなっている人は、わたしを見る。

「……望月ミチルです。五号室に引っ越してきました」

「ふうん」なぜか、拗《す》ねたように言う。

腰まである髪はさらさらのストレートで、手足は長い。テーブルの下で窮屈そうにする姿が妙に絵になっていて、ファッション誌の一ページのようだった。わたしより年上には見えないが、彼女もここの住人ならば、四十歳を過ぎているはずだ。

ただ、そういうこと以上に気になる問題として、どこかで彼女を見たことがあるような気がした。

「何かあった？」

わたしが声を上げたせいか、トキ子さんが台所まで来てくれた。

「あっ、えっと」テーブルの下を指さす。

「あら、千波《ちなみ》ちゃん、ここにいたのね」トキ子さんは、テーブルの下をのぞきこむ。

「はじめまして、四号室に住む七瀬《ななせ》千波です」そう言いながら、彼女は椅子をよけてテーブルの下から出てきて、ゆっくりと立ち上がる。

もっと背の高い人に見えたが、向かい合って立つと、身長はわたしと同じくらいだった。

彼女の方が顔が小さいから、そう見えたのだろう。

そして、名前を聞いたら、彼女が誰なのか思い出した。

小説家の七瀬千波だ。

まだ十代だった大学生のころにデビューして、容姿の良さもあり、話題になった。二十代の時には、ヤングアダルトとジャンル分けされる若い人向けのエンタメ小説を書き、シリーズ化されたものやアニメ化されたものもあった。徐々に文学的な作品にチャレンジするようになり、賞の候補になったことも何度かあるはずだ。わたしよりも二歳か三歳上で、同世代なのにすごい人がいると思い、デビューしたころの小説は何冊か読んだし、アニメも見ていた。さっきカラーボックスに並べた中にも、二冊は入っている。

「お腹すいてない？」トキ子さんは、千波さんに聞く。

「うーん、部屋に戻ります」眠いのをがまんしている子供みたいな声で返事をして、台所から出ていく。

階段を上がる足音は、弱々しい。

部屋のドアが開いて閉まる音が微かに聞こえた。

「七瀬千波って、あの七瀬千波ですよね？」トキ子さんに聞く。

「どの？」

「小説家の」

「知ってるのね」なぜか、少し困っているような顔をする。

「知ってますよ！　わたしと同世代の人だったら、本をそんなに読まない人でも、知ってると思います」

デビューしたばかりのころの七瀬千波は、時代の寵児《ちようじ》という感じだった。ニュース番組で特集が組まれたり、何日も密着するようなドキュメンタリー番組に出たりもしていたし、ファッション誌にインタビュー記事が載ったりもしていた。軽快で読みやすいけれども安っぽくならない詩的な文章で「新しい時代の書き手」と、呼ばれていた。家族や友人に愛されていて、よく笑う明るい性格は、それまでの作家像を変えた。

「テーブルの下で、何をしていたのでしょう?」

見た目は七瀬千波なのに、テレビや雑誌で見た時とは、雰囲気が違った。

何年も前から小説もインタビュー記事も読まなくなってしまったから、はっきり憶えているわけではないけれど、もっと陽気な人だったはずだ。さっき目の前にいた彼女は、あまりにも陰気だった。

「疲れてるのよ」トキ子さんはそう言って、小さく笑う。「ミチルちゃんは、お腹すいてない?」

「ごはん、買ってきました」

「冷蔵庫の煮物や漬物は、食べてもいいからね。私や三号室の美佐子《みさこ》ちゃんが作りすぎちゃったものだから」

「あっ、じゃあ、ちょっといただきます」

「あと、呼び方は、ミチルちゃんでいい?」

「なんでもいいですよ」冷蔵庫を開けて、いかと里芋の煮物を少しもらい、小さめのお皿を借りてレンジで温める。

アネモネでは洋食ばかり食べているし、ひとりではなかなか煮物なんて作る気にならなかった。

「ここでは、下の名前で呼び合うことが基本になっているから」

「はい」

「下の名前が問題あるようだったら、苗字《みようじ》でもいいけど」

「……問題ですか？」

「それぞれ色々あるから」トキ子さんは、冷蔵庫から大根と柚子《ゆず》の漬物を出してテーブルに置く。「これも、どうぞ」

「いただきます」

エコバッグからとろろ蕎麦と唐揚げを出し、煮物と一緒にテーブルに並べる。

「お箸やお茶碗は、持ってきた？」

「それだけは、一応」

食器棚には、今の住人のものだけとは思えない数のお皿やお茶碗が並んでいる。色や大きさは揃っていなくて、雑に積んである。過去に住んでいた人たちが置いていったのだろう。それを使わせてもらえるみたいだったので、食器も気に入っていたものだけしか、残さなかった。しかし、お箸とお茶碗ぐらいは自分で持っていくべきだと思い、用意してきた。

「あいているところに、好きに置いていいから」

「わかりました」

「他に何か、気になることはある?」話しながら、トキ子さんはお湯を沸かしてお茶を淹れ、漬物をつまむ。

「まだわからないことがわからない感じです」

どうしたらいいのか迷うようなことは、これからたくさん出てくるだろう。

「そうよね」

「あっ、鍵をください」

「そう、そう。忘れてた」トキ子さんは台所から出て、自分の部屋へ行く。

ひとりになり、とろろ蕎麦をすする。

誰かと話しながら、ごはんを食べるのは、久しぶりだった。

バイトの休憩はひとりずつだし、マンションにいる時はずっとひとりだった。感染症が広がってからは、友達ともたまにしか会えなくなった。

家賃や光熱費が安くなっても、根本的な問題が解決したわけではない。

ここは、あくまでも一時的な居場所だ。

お金のこと、仕事のこと、これからのこと、ちゃんと考えて決めなくてはいけない。

それでも、誰かと一緒にごはんを食べられるだけで、気持ちは落ち着いた。

「お待たせ」トキ子さんが戻ってくる。「これが玄関の鍵ね」

「ありがとうございます」鍵を一本受け取る。「あと、部屋の鍵もください」

「それがね、ないの」

「えっ？」

「古い建物だから、どこの部屋の鍵も、錆《さ》びついちゃって使えないのよ。ドアごと直すことも考えたのだけど、お金もかかるし、みんなも必要ないって言うから」

「そうですか……」

そういうことは、部屋の契約をする前に教えてほしかった。

夕ごはんを食べ終えて部屋に戻り、買う必要があるもののリストを作って、スマホで区役所での手続きについて調べる。

トキ子さんも千波さんも自分の部屋で過ごしていて、とても静かだ。

窓の外に広がる夜空を見上げる。

この辺りは、高い建物がないので、空が広い。

半分より少し膨らんだ月が浮かび、小さな星がいくつか見えた。

前のマンションとは、歩いて三十分程度の距離しか離れていない。

それなのに、空気が違うように感じた。

近くに大学があるし、子供も多い地域だから、もっと騒がしいかと思っていた。昼間は、外を歩く学生や走りまわる子供たちの声が響いていた。だが、陽が沈むと、一気に人通りが減り、車の通る音がたまに聞こえるだけになった。

でも、前のマンションの周りだって、同じ感じだった。

何がどう違うのか考えてみても、わからなかった。

玄関の開く音が微かに聞こえたので、部屋から出て一階に下りる。

「こんばんは」玄関にいる人に声をかける。

白いシャツにグレーの薄手のコートを羽織った女性だった。小柄で、丸く柔らかそうな体形をしている。年齢は五十代後半くらいだろう。失礼だとは思いながらも、絵に描いたような「おばちゃん」だと感じてしまった。

「こんばんは」

「あの、五号室に引っ越してきた望月です」

「聞いてます。ミチルちゃんでしょ？」

「はい」

「三号室の美佐子です。美佐子ちゃんでも美佐子さんでも、好きなように呼んで」

「じゃあ、美佐子さんで」

「よろしくね」美佐子さんは笑顔で軽く頭を下げ、台所に入る。

「よろしくお願いします」わたしも頭を下げてから、部屋に戻る。

一号室がトキ子さん、二号室の真弓さんとは見学の時に会っていて、三号室が美佐子さん、四号室が千波さん、五号室がわたし、六号室はあいているから、これで今いる住人全員と会ったことになる。

メグミさんから話を聞いた時、もっと明らかに訳ありという雰囲気の人の集まりなのかと思った。ここに住む理由は、それぞれあるのだろうけれど、今日会った感じとしては、そこまでではなさそうだ。千波さんがテーブルの下で何をしていたのか気になるが、個人的なことは聞かない方がいいかもしれない。引っ越してきたことを過剰に歓迎されたりもしないし、適度な距離感で付き合っていけばいい。

寒くなってきて、ビーフシチューの注文が増えた。

アネモネのビーフシチューは、お肉の他に大きめに切った玉ねぎやじゃがいもやにんじんが入っていて、それだけでお腹いっぱいになるくらい、ボリュームがある。雑誌やテレビで何度か取材を受けたことのある看板メニューだ。最初は、お肉だけのシンプルなものだったのだけれど、近くの大学に通う学生たちに、バランス良く食べてほしいと考えたオーナーと奥さんが話し合い、具が増えていったらしい。

ビーフシチューには、他のシチューには出せないような輝きがある。肉の脂でツヤツヤして見えるだけなのだろうけれど、キレイだ。サッと回しかけた生クリームとの色のコントラストも良い。厨房で、受け取るたびに、ジッと見てしまう。

洋食は、フレンチやイタリアンみたいに、お皿を芸術的に彩るわけではないのだけれど、どれを見ても「かわいらしい」と感じる。オムライスもグラタンもナポリタンも、明るい色合いで見た目から心を和ませてくれる。

「どうしたんですか？」ユキちゃんが厨房に入ってきて、横に立つ。

「えっ？　何が？」

「ニヤニヤして」

「ニヤニヤしてた？」

「してましたよ。マスクしててもわかるくらい」

「ビーフシチュー、キレイだなと思って」

「……どこがですか？」

「ツヤと色合い」

「とりあえず、早く出してください」

「そうだね」

厨房から出て、お客さんに料理を運ぶ。

なんとなくだけれど、店の雰囲気が変わってきているように見えた。お客さんの服装が、変わった。数日前までは、まだ薄手のシャツの人が多かった。ランチの時間帯は、Tシャツの人もいた。徐々に色の濃いものや厚いものに移っていき、今はもう冬の服の人ばかりだ。洋食は、一年のうちのいつ食べてもいいけれど、やはり冬が合うように感じる。

そして、感染症と暮らす生活に、多くの人が慣れてきたということもあるのだろう。声をおさえて話し、食事をする時だけマスクを外し、食べ終えたらすぐに出ていく。それに合わせて、わたしたち従業員も声のボリュームを下げた。前は、お客さんの話し声にかき消されないように、大きな声で注文を聞き返したりしていた。息苦しく感じる日々も、慣れてしまえば、日常だ。前と同じ生活には戻れないのだから、新しい日常を作っていくしかない。寂しいと感じていた店内の景色に、わたし自身も慣れてしまった。

けれど、息苦しさが消えたわけではない。

温かい洋食が、少しでもお客さんの心を癒《いや》してくれるといい。

「部屋は、もう片付いたの？」

ランチタイムのお客さんが途切れてから、奥さんが聞いてくる。

「荷物、少ないんで、ほとんど片付きました」

「アパートの人たちとは、うまくやっていけそう？」

「思ったよりも関わりがないんです」

「そうなの？」

「それぞれ、生活する時間帯も違うので」

「それは、ちょっと寂しいわね」

「気楽でいいですよ」

若葉荘に引っ越してから一週間が経った。

トキ子さんは、あまり出かけないでずっと部屋にいるみたいだけれど、アネモネのバイトを終えてわたしが帰るころには、いつも寝ている。なので、朝ごはんを食べている時に、台所で会うくらいだ。真弓さんは、仕事が忙しくて、朝早くに出て夜も遅い時間に帰ってくる。お風呂上がりに、台所で麦茶を飲んでいる時に玄関の開く音を聞いたけれど、すぐに部屋に入ってしまったため、姿は見えなかった。美佐子さんは、調剤薬局に勤めていて、平日の十時から夕方くらいまで働いている。お昼から夜まで働くわたしとは、生活時間帯が微妙にずれる。トイレから出てきた時に、すれ違った程度で、話したりはしていない。千波さんは、小説を書いているのか、部屋からほとんど出てこないようだ。

共同スペースはあっても、それぞれが好きに暮らしている。楽でいいけれど、もっと交流があることを期待していた。機会を見つけて、わたしから話しかければいいのかもしれないが、鬱陶しいと思われてしまうかもしれない。もう少し、様子を見た方がいいだろう。

「シェアハウスって、どんな感じなんですか？」ユキちゃんも話に入ってくる。「お洒落《しゃれ》にリノベーションされたりしてるんですか？」

「リノベーションはされてるけど、お洒落ではないかな」

「今度、遊びにいってもいいですか？」

「えっ？　なんで？」

「どんな感じか、見てみたいんで」

「うーん、どうなんだろう」

今のところ、住人以外の誰かが若葉荘に入っているところは、見たことがない。何も言われていないけれど、「男子禁制だろう」ということは、考えていた。女性ならばいいとは思うが、若い女の子は歓迎されないかもしれない。

「ちょっと大家さんに確認してみるね」

「お願いします」

休憩の時間なので、ユキちゃんはレジ裏の事務所からカバンを取ってきて、厨房の奥に行く。

希望通りに留学や就職ができなかったことも、アルバイトで生活していることも、この先どうなるのかわからないことも、ユキちゃんなりに不安は感じているのだろう。これから日本という国がどうなっていくのか考えると、若い人たちの方が悩みは大きいのではないかと思う。でも、彼女にはまだ、その不安や悩みを現実として捉えられるほどの経験がない。わたしだって、二十代の時は、会社が倒産しても彼氏にふられても、未来を悲観することはなかった。

「ちょっと買い物に行ってくるから、お願いね」奥さんが言う。

「買い出しだったら、行きますよ」

「いいの、少し歩きたいから」

「わかりました」

「三十分くらいで戻ります」

「いってらっしゃい」

奥さんは、お財布の入った手提げ袋を持ち、正面のドアから出ていく。

オーナーも奥さんも還暦を過ぎているから、わたしより二十歳以上も上だ。人生経験を積んできたからこそ、楽に考えられることもあれば、不安に感じることもあるだろう。

「こんにちは」

奥さんと入れ替わるようにして、男性のお客さんがひとりで入ってくる。

「あっ、こんにちは。お久しぶりですね」

「お久しぶりです」

入ってきたのは、丸山《まるやま》さんだった。

丸山さんは、二駅先に住んでいて、前はランチも夜もよく来ていた。雑誌やウェブ記事のイラストを描く仕事をしている。自宅で描いているため、息抜きの散歩ついでと言いながらひとりで来ることもあったし、仕事関係の人と打ち合わせに来ることもあった。

年齢が近くて趣味が合うので、ひとりで来た時には、よくお喋りをしていた。同じ朗読劇に行こうとしていることがわかり、一緒に行く約束をした。話題になったドラマや映画も書いている人気の脚本家の新作で、チケットを取るのは大変だった。けれど、直前で中止になってしまった。

それ以来、連絡も取っていなかった。

桜が咲いている時季だったから、半年以上ぶりだ。

アネモネも、しばらくはランチの営業とお弁当販売だけになると決まった日だった。帰り道、〈中止になってしまいましたね〉とＬＩＮＥを送り、風に舞う桜の花びらの向こうに広がる夜空を見上げた。

「こちら、どうぞ」カウンター席に案内する。

「この前も来たんですよ。でも、望月さん、いなかったから」

「いつですか？」

「先週の火曜日だったかな」

「お休みもらってました。引っ越しだったんです」

「どこに、引っ越したんですか？」

「駅のこっちから向こうに行っただけです」

「どうして、そんな近場で？」

「金銭的な事情で……」

「安いところに越したの？」

「高いところには、引っ越せません」

わたしが言うと、丸山さんは「そうだよね」と言いながら、笑い声を上げる。

もう来てくれないのかと思っていたし、会ったとしても気まずいかもしれないと考えていた。お店の常連さんと出かけたことなんてなかったから、久しぶりに恋がはじまるかもしれないと期待していた。朗読劇が中止になった後も、連絡しようと何度も考えた。でも、なんてメッセージを送ればいいのか悩むうちに、時間は過ぎていった。

タイミングが合わなくて、駄目になってしまったと諦めた。

けれど、わたしが勝手に、悪い方へ考えていただけなのだろう。

丸山さんは、前と同じように話し、笑ってくれている。

「シェアハウスなんです」

「どういう感じのところ？」

「古いアパートなんですけど、四十歳以上の独身女性限定で、結構キレイに使われてます」

「知らない人と住むって、危ないこととかないの？」

「部屋に鍵がないんです」

「えっ？　大丈夫？」

「最初は驚きました。でも、大丈夫そうです」

トキ子さんから聞いた時は、部屋に鍵がないのは困る気がしたけれど、何も問題なさそうだ。トイレに行ったり、台所に飲み物を取りに行ったり、洗面所に洗濯機を使いに行ったり、そのたびに部屋の鍵を開け閉めする方が面倒くさい。

「女性限定か。いいな、楽しそう」

「でも、若い人みたいに、交流したりしないですよ」

「そうなんだ」

「楽ではありますけど」

「今は、そういう場所を求めている人は多いかもね」

「そういう場所？」

「誰かと住める場所」

「そうですね」

半年くらいの間、どうしていたのか、なぜ久しぶりに来てくれたのか、聞きたいことはたくさんあった。

あの日、ふたりで会っていれば、お互いのことを知っていき、いつか「恋」に繋《つな》がっていくことを、願っていた。彼の気持ちはわからなかったし、わたし自身の気持ちもはっきりしなかった。「好き」と確信する前に、感染症に関係を断たれてしまった。

でも、そういうことを聞いていいような関係なのだろうか。

れていただろう。そこから、店員と常連客という関係から、友達くらいにはな
「ご注文、どうしますか？」メニューを渡す。

「どうしようかなあ」丸山さんは、メニューを開く。「ここに来られない間、ハンバーグも食べたい、ナポリタンも食べたいって、よく考えてた。けど、今日は、ビーフシチューかな」

「そうだよね。ビーフシチュー、食べたくなる季節ですよね」

「ビーフシチューにする」

「飲み物は、どうしますか？」

「ホットコーヒー、食後にお願いします」

「お待ちくださいね」

「望月さんのことも、たまに考えてたよ」メニューを閉じる。

「えっ？」

「元気そうで、安心した」丸山さんは、わたしの目を見て言う。

「ありがとうございます」

返事としておかしかったのか、丸山さんは笑う。

その笑顔を見ていたら、心の中にずっと吹き荒れていた嵐が一瞬だけやんだような気がした。


まだ九時半だから、遅いというほどではないけれど、トキ子さんは寝ているかもしれないから、静かに玄関を開ける。

台所に行き、手を洗ってうがいをして、冷蔵庫で冷やしておいたビールを一本出す。帰りに倉田くんがコロッケをくれた。じゃがいもとひき肉のごく普通のコロッケは、アネモネのメニューにはないのだけれど、あいた時間に木場さんに教えてもらいながら作ったらしい。うまくできていたら、日替わりランチか持ち帰り専用メニューとして出すかもしれない。

ビールを飲みながら、コロッケをレンジで軽く温めてから、衣がサクッとなるようにトースターでさらに温める。

「おかえり」

テーブルの下から声が聞こえたのでのぞきこむと、千波さんがいた。

「ただいま、帰りました」

「何、食べるの？」

「コロッケです。いりますか？」

「ちょうだい」

千波さんは、テーブルの下からゆっくり出てきて、ピンク色のハートのクッションが置いてある椅子に座る。今日は、ラベンダーカラーのシンプルなデザインのマキシワンピースを着ている。

「何か飲みますか？」

「お茶でいい」

「冷たいので、いいですか？」

「うん」クッションを外して膝に置き、小さくうなずく。

毎朝、トキ子さんが麦茶を作ってくれて、住人は誰でも飲んでいいことになっている。

お米とかお醬油《しょうゆ》とかお茶っ葉とか、みんなが食べたり使ったりしていいとされているものが他にもある。それらの代金は、家賃のうちから払われているようだ。住人の誰かがトキ子さんからお金をもらい、スーパーに買い物に行く時についでに買ってくる。

グラスを取り、麦茶を注ぐ。

冷蔵庫に入れておこうと思っていたコロッケも温めて、まとめてお皿に盛り、小皿とソースを出す。

お箸は、テーブルの真ん中に置いた箸立てに入っているので、それぞれで取る。

「コロッケ代、いくら？」千波さんが言う。

「いいですよ。バイト先でもらったものだから」

「バイトなの？」

「どういうことですか？」

「洋食屋で働いているとは聞いてたけど、社員ではなくて、バイトなんだね」

「ああ、そうですね」話しながら、コロッケを食べる。

まずは、ソースをかけずに、そのままの味を確認する。

ちょっと味が薄いかもしれない。

もう少しコショウが効いていた方がいい気がした。

「ごめん。なんか、嫌なこと言っちゃったね」コロッケをひとつ取り、千波さんはわたしを見る。

「えっ？　何がですか？」

「社員とかバイトとか」

「特に嫌とは感じなかったから、大丈夫ですよ」

バイトのままであることに危機感は覚えているけれど、人から何か言われてコンプレックスを感じる時期は、とっくに過ぎた。三十代の後半の方が苦しくて、四十歳になった時にあまりの辛さに目を向けられなくなり、開き直った。

「コロッケ、おいしいね」

「試作みたいなものなんで、正直に感想言ってくださいね」

「ちょっと味が薄いかな」

「やっぱり」

「でも、ソースかければ、ちょうどいいのかな」千波さんは、コロッケにソースをかける。

「どうですかね」わたしもソースをかけて、ひとくち食べる。

このままでいい気もするけれど、ソースの味に負けてしまっているとも感じる。

「コショウが弱いかな」

「そうですよね」

「お金払うから、ビール半分ちょうだい」

「別に払わなくてもいいですよ」

「駄目だよ。そういうことは、クリーンにしないと」

「そうですか」新しいグラスを出し、ビールを注ぐ。

「そうしないと、わたしが甘えて、ミチルちゃんにたかるようになる」

「たかられるのは困るので、クリーンにしましょう。今日の分のお金はいいので、今度飲む時に千波さんが出してください」

「わかった」ビールを飲んで、千波さんは大きく息を吐く。

表情が緩み、テレビやインタビュー記事で見たことのある七瀬千波の顔になった。

同じアパートに住み、一緒にビールを飲みながらコロッケを食べているなんて信じられないと思うが、ふたりでいることに緊張したりはしなかった。

部屋から出てくるところは、たまにしか見かけないけれど、そのたびに千波さんは苦しそうな顔をしていた。険しい表情で、トイレ掃除をしていたこともある。スターのように考えていた人でも、同じ人間だと感じた。それどころか、保護しなくてはいけない捨て猫みたいに見えた。細くてうらやましいと思ってしまったが、あまり食べていないようだ。

「コロッケとかだったら、たかってくれてもいいですよ」

「本当に？」千波さんは、嬉しそうにする。

「バイト先で、もらえた時だけですよ」

「よくもらえるの？」

「これからは、たまにあるかもしれません」

しばらくは、コロッケの試作がつづくだろう。他にも新メニューを考えたりするかもしれない。世の中が変わっていくのに対応できるように、木場さんも色々と考えているのだと思う。倉田くんは、ただ楽しそうに料理しているだけだけれど、若い子の感性は必要になってくる。

「わたし、ハムカツ食べたい」

「おいしいですよね」

「あと、レンコンのはさみ揚げ」

「惣菜屋ではないから、それはないかもしれません」

「そっか」残念そうに言う。

戸の開く音が聞こえたので、玄関の方を見る。

真弓さんが帰ってきて、台所に入ってくる。

「ただいま」

「お帰りなさい」わたしと千波さんは、声を合わせる。

「何してるの？」

「コロッケ、食べますか？」

「いいの？」

「いっぱいあるんで」

バイト先でもらったことを説明する。倉田くんが「アパートの皆さんにも食べてもらってください」と言い、たくさん包んでくれた。冷蔵庫か冷凍庫に入れておけば、誰か食べるだろうと考えていた。思わぬところで、交流のきっかけができた。

「もらう、もらう。ごはん、ちゃんと食べれてないの」

真弓さんは、手を洗ってうがいをして、冷蔵庫からウイスキーと炭酸水とレモン果汁を出して、冷凍庫から氷を出し、ハイボールを作る。

わたしも千波さんも、ジッと見てしまう。

「おいくらで、わけてもらえますか？」わたしから聞く。

「五十円かな」

「いただきます！」

「わたしも、いただきます」千波さんが言う。

「千波は、コロッケも何も出してないんだから、百円」

「えっ！　じゃあ、グラスに半分でいいです」

「薄くていいんだったら、グラス一杯で五十円」

「うーん、そっちにします」

ふたりのやり取りを見ながら、わたしは自分と千波さんの分のハイボールを作っていく。

「美佐子ちゃんにも、声かけた？」真弓さんが言う。

「聞いてきますね」

台所を出て、わたしは二階に上がって廊下の奥まで行き、美佐子さんの部屋のドアをノックする。

「どうかした？」すぐに、美佐子さんが出てくる。

すでにお風呂に入った後で、お化粧をしていなくて、スウェットとヨレヨレのズボンという寝る準備のできている格好だった。

「ごめんなさい。もう寝るところでした？」

「大丈夫。本を読んでたから」

「バイト先でコロッケもらって、下で食べてるんですけど、来ませんか？」

「行く！　お腹すいてたの」

「どうぞ、どうぞ」

トキ子さんを起こしてしまわないように、足音はできるだけ立てずに階段を下りて、台所に戻る。

「美佐子ちゃんは、お酒飲めないから」そう言いながら、真弓さんはコロッケにマヨネーズをかける。

「そうなのよ」美佐子さんは冷蔵庫を開けて、麦茶を出す。

「真弓さんは、なんでもマヨネーズだから」千波さんが言う。

「洋食屋としては、複雑な気持ちになります」

マヨネーズが悪いわけではないけれど、木場さんと倉田くんの作った味を、そのままで味わってもらいたい。

「口の中で、ポテトサラダになる」

「小学生みたいな発想ですね」わたしも、ひとくち分だけマヨネーズをかけて食べてみる。

衣やひき肉があるから、ポテトサラダとはちょっと違う。

「真弓ちゃんは、バリキャリの仮面をかぶった小学生男子なの」美佐子さんは、何もかけずにコロッケを食べる。

「それは、性差別」反論するように、真弓さんが言う。

「そういうテーマの話じゃないし」千波さんは、笑い声を上げる。

「ちょっと味が薄いかもね」

「マヨネーズかけてる人に、味はわからないでしょ」そう言いながら、千波さんもマヨネーズに手を伸ばす。

「濃いめの味のソースをかければ、いいんじゃない?」美佐子さんが言う。「そこで新しさを出す」

「ああ、なるほど」

何か洋食屋らしいソースをかけて、味の調整をするというのはいいかもしれない。

フライドポテトのような感覚で、何種類かソースを用意するというのも、楽しそうだ。商店街には惣菜屋もあるから、差別化みたいなことは考えた方がいい。

「そういえば、新しい人って、いつ来るんですか？」千波さんはいきなり話題を変え、薄いハイボールを飲む。

「六号室の人ですか？」わたしが聞く。

「そう。今度の日曜日」真弓さんが答える。

「どんな人？」美佐子さんが聞く。

「ミチルちゃんと同い年で、介護の仕事をしてる。ちょっと難しい子かも」

「ふうん」千波さんと美佐子さんは、うなずく。

ふたりに遅れて、わたしもうなずく。

美佐子さんが立ちあがり、四人分の温かいお茶を淹れてくれる。

流しの向こうの窓がほんの少しだけ開いていて、冷たい風が入ってくる。


日曜日、バイトに行く準備をしていたら、六号室の人が引っ越してきた。

玄関から人の声が聞こえると思い、一階に下りようとしていたら、美佐子さんも部屋から出てきた。

千波さんは珍しく出かけていて、真弓さんも「休日出勤」と言って朝からいない。

「おはようございます」

「おはよう」

美佐子さんと一緒に階段を下りていく。

さっきまで晴れていたのだけれど、天気が崩れるのか、空が暗くなっていた。

昼間は電気をつけていないので、陽が射さないと、階段の辺りは薄暗くなる。

踊り場で立ち止まり、玄関の方を見る。

トキ子さんが小柄で細い女性と話していた。

わたしと同い年と言っていたから四十歳のはずだが、もっと若く見える。真弓さんや千波さんに感じる若さとは違い、子供みたいだった。何度も洗って色褪《いろあ》せしている黒のパーカーを着て、丈の足りないジーンズを穿《は》いている。肩より少し短い髪は、自分で切ったのかと思えるほど長さが合っていない。スーツケースを持ってリュックを背負い、家出してきた中学生と言われても、信じられそうだ。下を向いていて、顔は見えなかった。

「あら、おはよう」トキ子さんがわたしと美佐子さんに、気がつく。

「おはようございます」あいさつをしながら階段を下りて、玄関へ行く。

「三号室の美佐子ちゃんと五号室のミチルちゃん」

トキ子さんがわたしたちを紹介してくれるが、彼女は顔を上げずに自分の足元を見ている。

キャンバス地のスニーカーは、もともと何色だったのか、白とグレーとベージュが混ざってマーブル模様みたいになっている。白いスニーカーを何年も履いて、こうなったのではないかと思う。

「幸子《さちこ》ちゃん」彼女を手で指し示し、トキ子さんが言う。

「よろしく」美佐子さんが優しい声で言う。

「よろしくね」わたしも言う。「わたしも引っ越してきたばかりでわからないことばかりだけれど、部屋も隣で同い年だから、何かあったら声かけて」

「……よろしくお願いします」幸子さんは、どうにか聞き取れる程度の小さな声で言う。

人とコミュニケーションを取ることが、あまり得意ではないのだろう。幸子さんが暮らしにくくなってしまったら良くないから、こちらからは声をかけない方がいいかもしれない。

メグミさんから話を聞いて、見学に来るまでの間は、こういう感じの人ばかりなのではないかと想像していた。

「荷物は？」美佐子さんが聞く。

「これだけです」下を向いたまま、答える。

スーツケースは、一週間から十日間くらい海外に行くためのものだ。旅行に行くとしたら大きめだけれど、引っ越しの荷物としては小さい。寝具やテーブルは、別で送ったのだろうか。

「運ぶの、手伝おうか？」一応、聞いてみる。

「いいです」

幸子さんはスニーカーを脱いで、スーツケースを両手で引き抜くように持ち上げて、二階へ上がっていく。部屋の案内のために、トキ子さんもついていった。

「確かに、難しい子かもね」美佐子さんが囁《ささや》くように言う。

「そうですね」上がっていった先を見上げる。

「あと、偽名かも」

「えっ？」

「色々あるから」そう言って、美佐子さんは二階に戻っていく。

窓の向こうでは、雨が降りだしていた。

風が強いみたいで、庭の木々が揺れている。
あいていた六号室に幸子さんが入り、これで若葉荘の住人が揃った。

バイトを終えて、若葉荘に帰ったら、千波さんがまた台所のテーブルの下で丸くなっていた。

「ただいまです」テーブルの下をのぞきこみ、声をかける。

「おかえり」丸くなったままで言う。

すぐに出てくるかと思ったが、動こうともしない。わたしは、マスクを外して、手を洗ってうがいをする。外したマスクは、自分の部屋のごみ箱に捨てるので、コートのポケットに入れておく。

風が吹き、窓の外の木々がざわめく。

冬になり、夜の色が濃くなったように見えた。

外の暗さに対して、ここはとても明るい。

「夕ごはん、食べた？」千波さんが聞いてくる。

「食べましたよ」

アネモネで、賄いを食べてきた。

今日は、倉田くんの作ってくれたオムレツだった。最近、倉田くんはオムレツを作る練習をしているため、必ず賄いに出てくる。はじめは、形が崩れてしまったり焦げ目がついてしまったりしていたけれど、つづけるうちに、キレイなラグビーボール形にできるようになり、美しい黄色に仕上げられるようになってきた。中身はチーズだったりほうれん草とトマトだったり、毎日ちょっと違う。

「食べてないんですか?」わたしから聞く。

「……うん」

「食べた方がいいですよ」

「今日は、コロッケとかないの?」

「ないです」

コロッケの試作もつづいているが、お客さんの少ない日に時間があったらという感じだ。今は、ランチは通常通りで、夜も閉店時間を一時間早くするだけで、営業できている。感染者は増えているみたいで、これからどうなっていくかわからないけれど、いざという時のことを考える余裕はなくて、目の前のお客さんに対応するだけで、一日が終わっていく。

「ないのかあ」溜息《ためいき》を吐き、千波さんは更に丸くなる。

「たかる気だったんですか？」

「だって、食べるものないんだもん」

「あるじゃないですか？」

台所には、誰でも食べていいお米の他に、前に住んでいた人から送られてきた野菜や果物もある。ここを出た後、農家で働くことにした人や田舎の方に越した人がいるらしい。

「料理できない」

「えっ？」

「何か作って」

「わたしだって、料理できるってほどではありませんよ」

「洋食屋なのに……」

「ウェイトレスですから」

「がまんして、寝るか」千波さんは、やっとテーブルの下から出てくる。

白いニットを着て、紫色のロングスカートを穿いている。服のサイズが合っていないように見えた。身長に対して、身体が細すぎるからだ。わたしがコロッケをもらってきた時は、嬉しそうにたくさん食べていたけれど、普段はトキ子さんや美佐子さんの作った煮物のあまりを少しとごはんをお茶碗半分ぐらいしか食べない。冷蔵庫に何もない時は、朝でも昼でも夜でも、ドライフルーツの入ったグラノーラを食べているようだ。今日は、そのグラノーラもなくなってしまったのだろう。

「ナポリタンだったら、作れますよ」段ボール箱や冷蔵庫の中の野菜を確認する。

真弓さんがちょっと早めのお歳暮でもらったという高そうなベーコンもあまっていた。誰でも食べていい食材の中には、パスタもある。

「本当に？」台所から出ようとしていた千波さんは、表情を輝かせて戻ってくる。

「料理、全くできないんですか？」

「全くではないけど……」

「手伝ってください」

「はあい」

パスタを茹でるためのお湯を沸かす間に、部屋にコートとカバンを置きにいく。

もうすぐ十時になる。

まだ帰ってきていないのかもう寝ているのか、美佐子さんの部屋も幸子さんの部屋も、電気はついていない。それぞれの部屋のドアの右上はすりガラスのはまった小さな窓になっている。そこから光が漏れるので、電気がついているかどうか確認できる。

スマホだけ持って、一階の台所に戻る。

お湯が沸いていたので、パスタをひとり分よりも多めに茹でる。賄いを食べてきたけれど、わたしも少しだけ食べたかった。

「切るのと炒《いた》めるの、どっちがいいですか？」千波さんに聞く。

「炒める方」

「じゃあ、お願いします」フライパンを渡す。

「がんばります」

「がんばるほどのことじゃないです」

「わたしには、がんばるほどのことなの」

「わかりました」

玉ねぎの皮をむいて半分に切り、薄くスライスする。

お店で出すわけではないから、適当な厚さでいい。

冷蔵庫にマーガリンがあったので、少しだけもらって、熱したフライパンに載せる。

「バターもあるでしょ」千波さんが言う。

「マーガリンの方が簡単においしくできるんです」

バターでもマーガリンでも、どちらでもいいのだけれど、マーガリンの方が洋食屋のナポリタンっぽい味になる。前に、木場さんに教えてもらった。アネモネでは、バターとラードを混ぜて使っている。

マーガリンが溶けたら、スライスした玉ねぎを入れる。

木べらを使って、千波さんが玉ねぎを炒めている間に、ピーマンを細切りにして、ベーコンは短冊切りにする。玉ねぎが透き通ってきたらピーマンも一緒に炒め、ベーコンも入れる。多めのケチャップとほんの少しの中濃ソースとコンソメスープの素を足し、軽く塩をかけて、炒めつづける。ケチャップに火を通しておくことで、甘くなる。茹で上がったパスタだけではなくて、おたま一杯分くらいのゆで汁も一緒にフライパンに入れる。

「替わります」炒める係を千波さんと交替する。

「作り方は雑だし、野菜も揃ってないけど、おいしそうだね」わたしの隣に立ち、千波さんはフライパンをジッと見ている。

「おいしいですよ」ゆで汁がなくなるまで、炒めつづけて火を止める。

千波さんがお皿を二枚出してくれたので、盛り付ける。

お酒が飲みたかったけれど、わたしも千波さんもストックを持っていなかったため、麦茶にした。

並んで座り、テレビをつける。

バラエティ番組が放送されていて、それを見ながらナポリタンを食べる。

「ああ、本当だ。マーガリンの方がおいしいかも」千波さんは、味を確かめるように、ゆっくり食べる。

「なんとなく懐かしい味になりません？」

「コンソメスープの素も効いてるね」

「ちょっと入れるだけで、味が変わるんです」

「やっぱり、ちゃんと作るとおいしいよね」

「そうですね」

わたしも、料理をしたのは、久しぶりだった。

朝は納豆ごはんとかバタートーストとか簡単なものしか食べない。昼と夜は、アネモネで賄いが出る。バイトが休みの日は、スーパーやお弁当屋さんで買ってきたもので済ませてしまう。

千波さんも、慣れた手つきで炒めていたし、味もわかっている。料理が全くできないというわけではなくて、何年もやっていないから面倒くさくなってしまっているというだけだろう。

階段を下りてくる足音が聞こえる。

廊下を見ると、幸子さんが通りすぎていった。

わたしたちの方を見もせずに、お風呂場へ行く。

「いたんだ」

「えっ？」

「さっき、部屋の電気がついてなかったから」

「そうなんだ」

「喋りました？」

「いや」千波さんは、首を横に振る。

幸子さんが引っ越してきてから、もうすぐ三週間が経つ。

トキ子さんとはたまに話しているみたいだけれど、他の住人とはあいさつもしない。ごはんは部屋で食べているのか、台所に入ってくることもなかった。トイレとお風呂に入る時ぐらいしか、部屋から出てこない。勤務時間は不規則なようで、いつ仕事に行っているのかもよくわからなかった。

「色々な人がいるよ」麦茶を飲み、千波さんはテレビのチャンネルを替えていき、バラエティ番組に戻ったところで止める。

「そうですね」ナポリタンを食べ終えて、わたしはスマホでツイッターやインスタグラムを見る。

休憩スペースの奥からクリスマスツリーを出してきて、倉田くんとユキちゃんが飾りつけをしている。

アネモネのクリスマスの飾りは、昔ながらという感じだ。ツリーの一番上には金色の大きな星をつけて、赤や緑や金色のモールを巻き、プレゼントやステッキの形をしたオーナメントをぶら下げていく。センスが必要になるほどのものではないけれど、ふたりはどうするのか相談して、楽しそうに笑い声を上げている。わたしは、カウンターの一番端の席に座り、ふたりの声をＢＧＭのようにしながら、メニュー用の黒板にサンタクロースのイラストを描いていく。

ネットで検索したイラストを参考にしているが、いまいちうまく描けなかった。イメージしたものと違ってしまう。

ランチの時間が終わり、お客さんはひとりもいない。木場さんは仕込みをしていて、オーナーと奥さんは「夕方、また戻る」と言って家に帰った。夜までは、お客さんが来るとしても、一組か二組だけだ。

描き終えたものの、納得できなくて、サンタクロースを消す。もっと簡単な雪だるまとか赤い実とかで、クリスマスっぽくするだけでもいい気がしてくる。イベントのたびに、イラストを描いているけれど、全く上達しない。

感染症が広がってから、飲み会などは「自粛」するように言われている。みんなで集まってクリスマスパーティーができる状況ではないし、年末年始も気軽に実家に帰れる雰囲気ではない。お客さんが少しでも楽しい気持ちになれるように、かわいいイラストを描いたりしたいが、わたしの画力では無理がある。

「僕、描いてみたいです」ツリーの飾りつけを終えた倉田くんがわたしの横に来る。

「描けるの？」ユキちゃんが聞く。

「描けるよ」倉田くんが言う。

ふたりの恋はうまくいかないのではないかと思っていたけれど、最近はとても仲良くしている。付き合う直前という輝きに包まれていて、眩《まぶ》しく感じた。

「どうぞ」わたしは席を立ち、倉田くんにペンを渡す。

黒板には、水で消えるように水性ペンを使う。

「任せてください」倉田くんは迷いなく、トナカイやサンタクロースを描いていく。

イラストを描くのが好きなのだろうなとは思うけれど、うまいと言えるほどではないし、少年漫画っぽいタッチでかわいくない。サンタクロースが妙に筋肉質だ。

「どうですか？」描き終えて、顔を上げる。

「却下」

「なんでですか？」

「かわいくないから」

霧吹きで水をかけてタオルで拭き、描いたばかりのイラストを消していく。

「ユキちゃんも、描く？」

「無理です」ユキちゃんは、首を横に振る。

「僕に、もう一回チャンスをください！」

「かわいいイラスト描けるの？」

「描けます、次は大丈夫です」

もう一回描かせようか迷っていたら、ドアが開いて、お客さんが入ってきた。

丸山さんだった。

「いらっしゃいませ」わたしが言う。

「こんにちは。今の時間って、大丈夫ですか？」

「大丈夫です。お客さんがいないだけで、営業してます」

カウンター席から離れ、丸山さんをテーブル席に案内する。

ひとりで来た時には、丸山さんはカウンター席に座ることが多いが、他にお客さんがいないので、広い席を使ってもらう。

「ツリー出したんですね？」席に座り、丸山さんはクリスマスツリーを指さす。

「さっき、ふたりに出してもらったんです」カウンター席にいる倉田くんとユキちゃんを手で指し示す。

わたしが離れたことをチャンスと考えたのか、倉田くんは黒板に何か描いている。

「今年は、クリスマスの飾りつけはしないのかと思ってた」

「どうするか迷ったんですけど、それで人が集まってしまうほどのものではありませんから」

「いつまで、つづくんだろうね」

「どうなんでしょうねえ」

感染症が広がり始めたころは、「春が終わるころには」「夏が終わるころには」と、希望を口にすることができた。ニュースで専門家が話しているのを見て、数ヵ月で収まるようなことではないと理解していた。それでも、大騒ぎしているだけで、意外とあっさり収まってしまうのかもしれないとも考えていた。最近は、ワクチンの接種が進んだとしても、安心して暮らせるまで、何年もかかるという考えが強くなっている。

「イベントとかは、結構再開してきているし、また行きたいものがあったら、一緒に行こうよ」

「あっ、はい、そうですね」

嬉しさと驚きで、声が高くなる。

十代や二十代の子みたいな反応をしてしまった。しかし、年齢なんて関係なくて、気になっている人から誘われたら、嬉しいものだ。そういう機会が減っているから、若い時以上に気持ちがときめいた。

「ふたりは、何してるの？」丸山さんは、倉田くんとユキちゃんの方を見る。

「黒板にイラストを描いてるんです。クリスマスっぽいものがいいんですけど、うまく描けなくて」

「描こうか」

「それは、駄目です」わたしは、全力で首を横に振る。

お客さんに描いてもらうものではないし、プロのイラストレーターさんに頼めるようなことでもない。

「いいよ、いいよ」

席を立ち、丸山さんがカウンターの方へ行ったので、わたしもついていく。

倉田くんは、かわいいトナカイを描いていたけれど、誰もが知っている漫画のキャラクター、そのままだった。これはこれで、却下だ。

「消してね」

「なんでですか？」

「世の中には、著作権というものがあるの。お店で出すものに、人の考えたキャラクターをそのまま使ってはいけません」

「ミチルさんだって、ネットの画像をパクってたじゃないですか」

「参考にしただけで、そのままは使ってないから」

「じゃあ、僕も、そうです」

「駄目です」

水をかけて、強制的に消すと、倉田くんは露骨にしょんぼりしたような顔をする。

「貸して」丸山さんは、ユキちゃんからペンを借りて、黒板の乾いたところにイラストを描いていく。

パッと描いただけなのに、わたしや倉田くんが時間をかけて描いたものとは、比較にならないくらいうまくてかわいい。気持ちが温かくなるようなイラストで、店とも合っている。

年齢が近くて、話が合い、自分と似たようなところがある人だと思ってしまってい
たが、全然違う。

彼には、自分の手で生活していけるだけの才能がある。

「どう?」描き終えて、丸山さんはわたしを見る。

「このまま使いたいけど、駄目です」

「なんで?」

「丸山さんは、プロなのだから」

「じゃあ、ギャラとして、コーヒーサービスして」

「うーん」

消してしまうのはもったいないないし、オーナーや奥さんもコーヒーのサービスくらい
問題にしない。

「いいんじゃないですか?」ユキちゃんが言う。

「そうだね」難しく考えて、拒否しつづけるのも良くない。「コーヒー、今日と次も
サービスします」

「じゃあ、ちゃんと描こう」丸山さんは、描いたものに手を加えて仕上げていく。

「コーヒーだけでいいですか？」

「その前に、ごはん食べます。お昼、まだ食べてないから」

「何にしますか？」

「オムライスで」

「僕がいつも以上に、おいしく作ります」倉田くんは、そう言いながら、厨房に入っていく。

ユキちゃんは、モールやオーナメントの入っていた箱を片付けて、ツリーの周りを掃除する。

わたしは、イラストを描く丸山さんの横顔を見る。

遊びに夢中になる子供みたいな顔をして、サンタクロースやトナカイを描いていた。

「シェアハウス、どうですか？」手を動かしながら、丸山さんが聞いてくる。

「結構、楽しいです」

「それは、良かったですね」

「七瀬千波って、知ってますか？」

「もちろん」顔を上げて、わたしを見る。

「隣の部屋に住んでるんです」

「えっ！」

「ビックリしますよね」

千波さんと一緒にいることに慣れて、何も気にせずにナポリタンを作ったりテレビを見たりしていたが、驚かれるような人なのだ。

「七瀬千波って、最近も書いてる？」

「書いてはいるみたいですけど、本は出てないと思います」

最近の仕事の状況は、検索すればすぐにわかるのだろうけど、失礼な気がしたから、やめておいた。でも、本屋さんに行っても、単行本も文庫本もなかったし、新作はずっと出ていないのかもしれない。前は、どこの本屋さんにも、七瀬千波のコーナーがあるくらいの人気作家だった。

「なんで、シェアハウスに住んでんの？」

「さあ」わたしは、首をかしげる。

「社会勉強？」

「どうなんでしょうね」

陽が陰ってきたので、店の中のライトを明るくする。

帰ろうとしていたら、木場さんと倉田くんがチーズ入りのハムカツを包んでくれた。コロッケよりも簡単に作れるので、時間のあいた時にサッと準備しておき、厨房の片づけをしながら揚げたみたいで、まだ温かい。

丸山さんと話せたことも、「一緒に行こう」と誘ってもらえたことも、イラストを描いてもらえたことも、とても嬉しかった。それなのに、気持ちはなぜか落ち込んでいた。

わたしには、何もないのだ。

やりたいこともできることも、ひとつもない。

アルバイトや派遣や契約で、色々な仕事をしてきたけれど、どれも中途半端だ。二十代の時に丸山さんと出会っていたら、「奥さんとして、彼のことを支えていきたい」とか考えたかもしれない。でも、今は、そんな考えは、浅はかとしか感じられなかった。子供を産むのも難しい年齢になり、家事は一通りできても得意なわけではないし、見た目は「若く見える」と言われるけれど特別美人なわけでもない。自分が男性に養ってもらえるような価値のある人間とは、思えなかった。

それ以前の問題として、男性と対等に生きていくことを考えられない時点で、駄目なのだろう。

五年前まで付き合っていた彼氏には、わたしの他にも彼女がいた。彼は、わたしが派遣社員として働いていた輸入食品の会社の正社員で、三歳下だった。もうひとりの彼女は、彼と同じ部署に新卒入社した後輩で、更に五歳下だった。わたしとは三年付き合い、彼女との付き合いは一年くらいだったようだ。

浮気とか二股とかとは、少し違う。

三年付き合っても、彼はわたしとの結婚を考えられなかったのだ。

週末は映画を見て食事をしたり、お互いの部屋に泊まったり、旅行したり、仲良くしていた。何も言われていないのに、結婚することになると、わたしは勝手に信じていた。「別れたい」と言われた時には、意味がわからなかった。理由を聞いても教えてもらえなくて、お互いの部屋にある荷物を返し終えたころに、派遣で一緒に働いていた友達から、彼が結婚したことを聞いた。

相手の彼女は、わたしが働いていた時もいたので、顔はなんとなく憶えていた。小柄で、かわいらしい子だ。けれど、話したことはないから、性格までは知らなかった。明るく前向きで、仕事ができるということだった。結婚を機に、大手の食品会社に転職したらしい。

彼は、若くてかわいい女の子を選んだわけではない。対等に生きていける女性を人生のパートナーに選んだ。

まだ温かいハムカツを胸の前で抱くと、そこに子猫がいるような気分になってくる。

冬の夜空は澄んでいて、星がいくつも見えた。

わたしは、丸山さんのことをよく知らない。お店で会った時に話す程度で、彼女がいるのかどうかも、聞いたことがなかった。指輪をしていないし、一緒に出かけようと誘われたりしたから、結婚していないとは思うのだけれど、本当のことはわからない。どうなのか聞けるほどの仲ではないのだ。

風が吹き、前髪が煽られる。

夏場は息苦しかったマスクだけれど、冬は寒さを防げていい。

千波さんがまたテーブルの下で丸くなっているかもしれない。

せっかくだから、温かいうちにハムカツを持って帰ってあげよう。

台所に行っても、千波さんはいなかった。

二階に上がって、四号室の小窓を見てみたけれど、電気は消えていた。

出かけているようだ。

部屋にコートとカバンを置き、一階に戻る。

ハムカツを二枚だけ出し、残りは冷蔵庫に入れておく。

持って帰ってくる間に少し冷めてしまったので、トースターで軽く温める。

冷蔵庫に入れておいたレモンサワーを飲みながら、温まるのを待つ。

美佐子さんの部屋も幸子さんの部屋も真弓さんの部屋も、暗かった。トキ子さんの部屋は電気がついていたけれど、もう寝る準備をしているだろう。

夜、台所にひとりでいると、若葉荘の広さを感じる。

静かで、トースターのタイマーの音が響く。

ハムカツを出して、白いお皿に置く。

木の椅子に座り、正面にあるテレビをつけると、バラエティ番組が放送されていた。

レモンサワーを飲み、キッチンペーパーで包んだハムカツを手に持って食べる。チーズが溢《あふ》れ出てくるので、そうした方がいいと、木場さんに言われた。ハムもチーズも、スーパーで売っているようなものを使っているため、クセがなくて食べやすい。

一ヵ月と少し前まで、こうしてひとりでテレビを見ながら、ごはんを食べることが普通だった。

高校を卒業して東京に出てきてから、二十年以上ひとりで暮らしていた。彼氏や友達がしばらく部屋にいるということはあったけれど、基本的にはひとりだった。若葉荘でも、部屋ではひとりでいるし、毎日誰かとごはんを食べているわけではない。けれど、今日は、寂しさを感じる。

子供のころ、両親は出かけていて、兄も友達と遊びにいったりしていて、家にひとりになることがたまにあった。外に出れば人はたくさん歩いているし、家族は数時間のうちに帰ってくる。

そうわかっていても、宇宙の片隅にひとりぼっちにされた気分になった。

あの時と同じような気持ちになってくる。

ハムカツから溶けたチーズが落ちそうになったので、慌てて食べる。

「危なかった」

ひとりごとは、空気に沁《し》み込むように消えていく。

千波さんに、ハムカツがあることをＬＩＮＥで送ろうかと思ったけれど、それほどのことではない。

仕事関係の人と会っているのかもしれないし、恋人がいるのかもしれない。小説のことだけではなくて、プライベートのことも、聞かないようにしている。向こうから聞いてくることもない。ひとつ屋根の下に暮らして、たまに一緒にごはんを食べるだけで、わたしたちは友達ではないのだ。

玄関の開く音が聞こえる。

ご主人様が帰ってくるのを待っていた犬みたいなスピードで飛び出しそうになったが、ちょっと気になっただけという顔で、玄関の方をのぞく。

美佐子さんが帰ってきていた。

「ただいま」

「おかえりなさい」

「ごはん、食べてたの？」

「お店でハムカツもらったんです。食べますか？」

「今日は、いいや。お腹いっぱい食べてきちゃったから」

話しながら、美佐子さんは台所に入ってきて、手を洗ってうがいをする。

「お茶だけ、飲もうかな」コートとカバンを椅子に置き、薬缶でお湯を沸かす。「ミチルちゃんも、飲む？」

「飲みます」

ハムカツを食べ終え、レモンサワーも飲み切り、お茶が入るのを待つ。

なんとなく美佐子さんの雰囲気がいつもと違う気がした。

メイクが違うみたいで、目元がキラキラしている。

「アイシャドウ、変えました？」

「今日は、特別」沸いたお湯を急須に注ぐ。

「どこか出かけていたんですか？」

美佐子さんの働く調剤薬局は、六時までのはずだ。最近、帰りの遅くなる日がたまにある。

「デート」そう言って、美佐子さんは幸せそうに笑う。

「えっ？」

「独身だもの、デートぐらいするわよ」

「そうですよね」

千波さんや真弓さんは恋人がいるのかもしれないと思っていたけれど、美佐子さんやトキ子さんはそういうことはもうないのではないかと考えていた。

何か聞いたわけではなくて、年齢的なことで、勝手にそういう気がしていただけだ。

「ごはん、食べてきたんですか？」

「映画も見てきた」湯呑みにお茶を注いでいく。

わたし専用みたいになっている椿の柄の湯呑みを受け取る。

「いいですねえ」

「世の中の状況的に、外でゆっくりごはん食べるっていうわけにはいかないけど、映画見たり美術館に行ったり、前とは違うデートができるようになった」

「付き合って、長いんですか？」

「今の彼氏は、まだ半年も経ってない」

「そうなんですね」

「薬局のお客さんでね、感染症が広がったことをきっかけに世間話みたいなことをするようになって、お互いの心配をし合ったりもして、親しくなった」

「年の近い方なんですか？」

「彼の方が五歳下」

美佐子さんは、五十代後半なので、彼氏も五十歳を過ぎているということだ。

「ちなみに、彼氏も独身なんですよね？」

「向こうはバツイチ、私はバツ2」

「えっ？　そうなんですか？」

「二十代で二回離婚してるから」

「結構、波瀾万丈な感じですか？」

「大変な時は、自覚なかったけど、あまり良くない人生だった」美佐子さんは、過去のことを思い出しているのか、遠くを見るような目をする。「離婚した後も大変だったし、穏やかに暮らせるようになったのは、ここに引っ越してきてから」

「何があったんですか？　とか、聞かない方がいいですよね」

「別に、みんなも知ってるから、大丈夫よ。暴力振るわれたり、親や夫の借金背負わされたり、浮気されたり」

「前のふたつのインパクトが強すぎて、浮気が軽く聞こえますね」

「浮気が一番嫌」お茶を飲み、美佐子さんは笑う。

「暴力や借金の方が嫌ですよ」

「そうなのかもしれないけど、それが普通みたいな人生だったの。浮気も普通だったけどね。私も、浮気したことあるし」

「それは、良くないですねえ」

「ミチルちゃんは、浮気したことないの？」

「ないですよ。何が浮気なのかも、難しいですけど」

五年前に別れた彼氏のことを、また思い出してしまう。

彼にとって、わたしはなんだったのだろうか。

わたしとの付き合いともうひとりの彼女との付き合いは別物だったのであり、浮気と言えるような色気のある話ではなかった気がする。別れる直前までセックスもしていたけれど、それは特別なことではなくて、日常的な行為だった。もうひとりの彼女とも、わたしに対する罪悪感なんて考えもせずに、寝ていたのだろう。

パラレルワールドのようなふたつの世界を同時に生きていて、わたしのいる方を捨てて、もうひとりの彼女のいる方を選んだというだけではないかと思う。

「寝たら、浮気じゃない？」美佐子さんが言う。

「なんか、生々しいですね」話しながら、冷蔵庫からヨーグルトを出して食べる。

「キスは、その場の雰囲気とかもあるけど、寝るのは駄目でしょ」

「それが、そんなに重要とは思えないんですよね」

「どういうこと？」

「たとえば、抱かれたい男ランキングみたいなのって、あるじゃないですか」

「未だに、あるの？」

「似たようなものは、ありますよ」

お客さんの忘れていった二十代前半の女性向けの雑誌に、そういうランキングが載っていた。「彼氏の前専用メイク」みたいな特集もあり、男の子に合わせることを良しとしているような企画が令和になってもつづいていることに、ちょっと驚いた。しかし、ユキちゃんが言うには「そういうのを読んでいるのは、インタビュー記事目当てのアイドル好きのおばさんで、十代や二十代の子は雑誌なんて読みません」ということだ。

「まあ、それは、おいといて。彼氏以外どころか、会ったこともない芸能人に対して、抱かれたいとは考えるわけですよ。そういうチャンスもない相手だから、冗談みたいなものなんでしょうけど、性欲は彼氏だけに向くものではないんですね。人間も動物なので、魅力的な雄がいたら、そう感じることは当然です」

「なるほどね」

「あと、行為自体も、若い時ほど貴重ではないというか、そんなに大事にすることなのでしょうか。わたし、経験人数はそんなに多い方ではないけど、ひとりとしか寝たことがないみたいなことでもないです。色々な人と寝ておけば良かったと考えることもあります。彼氏だけとしか寝なかったのは理性や倫理観の問題でしかなくて、わたしが望んだこととは違った気がします。多分、子供を産むことも、もうないです。それならば、セックスという行為に、なんの意味があるのだろうとも悩んでしまいます。これから先、彼氏ができたとして、なんのためにセックスするのでしょう。それが愛の証と言えるような、重要なことには思えません。恋愛には、もっと違う何かがある気がするんです。自分と恋人の間にしかないような何か」

もしも丸山さんと付き合うことになって、セックスしたとしても、それが何になるのだろう。向こうだって、過去に何人かの女の子と寝ていないわけがない。

「ミチルちゃん、人生が行き詰まってるのね」

「えっ？　なぜですか？」

「理屈っぽい」

「確かに、そうですね」

「そういう時期も大事よ。若いうちは、世間や周りの人たちの言う普通を信じてしまうけど、そうではないと気がついたら、とことん考えた方がいい」

「はい」

「でも、適当な男と寝たりしないようにね」

「大丈夫です。なんだかんだ言って、彼氏以外と寝ませんから」

別れてから五年、セックスどころか、キスもしていない。

丸山さんを見て、十代みたいな反応をしてしまうのは、恋愛から遠ざかっているからというのもある。

性欲自体が失われてしまっている気がする。

「また、ゆっくり話しましょう」美佐子さんは立ち上がり、お茶を飲み終わった湯呑みを流しで軽く洗う。

「はい」

「お風呂、先に入っていい？」

「どうぞ。わたしは、もう少しテレビ見ます」

「じゃあ、またね」

美佐子さんは台所から出て、二階に上がっていく。

部屋でノートパソコンで映画を見て、寝ようとしていたら、玄関の開く音が聞こえた。

階段を駆け上がる足音も聞こえたが、そのまま二階まで来ないで、途中で止まった。

しばらく待ってみたものの、つづきは聞こえない。

千波さんが帰ってきたのだと思ったのだけれど、違うのだろうか。でも、美佐子さんは部屋にいるはずだし、トキ子さんや真弓さんはこんな時間に二階に上がってこないし、幸子さんがあんな足音を立てるとは考えられなかった。他に考えられるのは、泥棒とかだけれど、こんなボロアパートに入る人なんていないだろう。裏のマンションや隣の家の方が、盗めるものはある。女性のひとり暮らしを狙っているような人も、ここには入らないと思う。

気のせいということにして寝てしまいたいが、気になった。

そっとドアを開けて、廊下に出る。

十二時が一応の消灯時間で、廊下も階段も電気が消えている。

スマホのライトをつけ、懐中電灯代わりにして、階段を下りていく。

踊り場のところで、女の人が倒れていた。

「うわっ!」

うつ伏せになっていたため、誰かわからなくて、思わず叫び声を上げてしまった。

足音以上に響いたのか、真弓さんや美佐子さんも部屋から出てきて、少し遅れてトキ子さんと幸子さんも出てきた。

「どうしたの?」真弓さんが階段を上がってくる。

その間に、トキ子さんが電気をつけてくれて、廊下も階段も明るくなる。

「千波さんが……」

倒れていたのは、よく見ると、千波さんだった。

気を失っているのか、眠っているのか、わたしと真弓さんが千波さんを挟むように話していても、動かない。

「酔っ払ってるだけだから」階段を下りてきた美佐子さんが言う。「たまに、こういうふうになるの」呆《あき》れたように言いながら、真弓さんは千波さんの髪を払って、顔を確認する。「ちゃんと息はしてるし、放っておいても大丈夫よ」

「朝になったら、死んでたりしませんか？」

「それは、ないんじゃない」真弓さんと美佐子さんは並んで立ち、首をかしげる。

幸子さんも階段を下りてきて、千波さんの顔を見た後で、身体にさわる。そのまま何も言わずに、一階に下りていってしまう。

「どう？　大丈夫そう？」心配そうにして、トキ子さんは一階から声をかけてくる。

「もう少し様子を見ます」美佐子さんが言う。「トキ子さんは、先に寝てください」

「何かあれば、声をかけてね」

「はい」

「お願いね」トキ子さんは、部屋へ戻る。

千波さんは寝返りを打って、仰向《あおむ》けになるけれど、目を覚まさない。吐いたりはしなそうだし、大丈夫なのだろうか。

ペットボトルを持って、幸子さんが台所から出てくる。

「あの、これ、お水」どうにか聞こえるような小さな声で言い、ミネラルウォーターのペットボトルをわたしに差し出してくる。

「ありがとう」

「おやすみなさい」そう言って、幸子さんも部屋に戻ってしまう。

真弓さんと美佐子さんを見ると、ふたりとも何か言いたそうに、微笑んでいる。

「わたしが見ておくので、寝てください」ふたりに言う。

「よろしくね。おやすみ」

声を合わせて言い、真弓さんは階段を下りていき、美佐子さんは階段を上がっていく。

廊下と階段の電気は、つけたままにしてくれた。

わたしも寝てしまいたいけれど、ここに千波さんを置いていくのは心配だ。

酔っ払って寝ているだけだと思ったら、急に死んでしまうというのは、たまにあることだ。

顔に水をかけてでも起こした方がいいのかもしれないが、気持ち良さそうに眠っていて、それもかわいそうな気がした。

階段に座り、しばらく様子を見る。

窓の向こうには、欠けていく途中の月が見える。

月を眺めるうちに、眠くなってくる。

スマホを見ると、一時を過ぎていた。

飲食店は時短営業が基本になっているから、こんな時間まで開いているお店は少ないだろう。誰かの家で飲んできたのか、開いているお店で飲んできたのか。どちらにしても、こんな状態でひとりで帰らせるのは、酷《ひど》い。でも、二十代ではないのだから、こんなになるまで飲む方も悪い。

「千波さん、起きてください」肩を軽く叩《たた》く。「部屋で寝た方がいいですよ。キレイなワンピースが皺《しわ》になってしまいますよ」

千波さんは、いつもキレイな服を着ているけれど、その中でも「特別」と思えるような、青地に花柄のワンピースを着ている。ここまでタクシーを使ったのか、コートは着ていなくて、胸に抱いて枕のようにしている。

「先に寝ちゃいますよ」声をかけつづける。

苦しそうに息を吐いた後、千波さんはゆっくりと目を開ける。

「起きました?」

「ここ、どこ?」ぼんやりとした声で言い、身体を起こす。

「若葉荘ですよ」

「違うよ」

「違いません」

「階段か」確かめるように見回す。

「そうです」

「いつ、帰ってきたの？」

「三十分くらい前ですかね」

「うーん」

「お水、飲みますか？」ペットボトルを渡す。

「ありがとう」水をひと口飲み、そのまま眠ろうとする。

「駄目ですよ。部屋に行きましょう。お水、もっと飲んでください」

「うん」小さくうなずき、ペットボトルの半分くらいまで水を飲む。

台所に、非常用のペットボトルが何本かある。

あとで、もう一本持ってきた方がいいだろう。

「階段、上がれますか？」

「あれ？　お財布は？　スマホは？」

「ここです」踊り場の端に転がっていたバッグを取ってきて渡す。

「ありがとう」

千波さんは、バッグの中を確認して、スマホを見る。

顔認証がうまくできないのか、イライラした顔で、パスワードを打ち込んでいく。

不安そうにしながら何かを見た後で、表情を輝かせる。

「もう大丈夫」その表情のままで、わたしを見る。

大丈夫ではないだろう。

これだけ酔っ払う原因も、こんなふうに一気に大丈夫になってしまう原因も、同じだと思う。

それは、男だ。

女性にこんな思いをさせる男は成長しないし、この先も同じことを繰り返す。

けれど、今ここで、問い詰めるようなことではない。

「部屋で寝ましょう」身体を支えて、千波さんを立ち上がらせる。

細いとは思っていたけれど、実際にさわってみると骨がわかるほどで、身体はとても軽かった。

「ごめんね」

「今は、謝らなくていいので、お水飲んで寝てください」転んでしまいそうだったから、わたしがバッグとコートを持つ。

「うん」

二階まで上がり、四号室のドアを開ける。

開けた瞬間に、図書室みたいな匂いがした。

六畳の部屋は、本で埋まっている。

窓際に机があり、真ん中に人がひとり眠れるだけのスペースがあいている。

それ以外は、本だ。

単行本、文庫本、雑誌、海外のペーパーバック、大型本、あらゆる本が積み上げられている。

ちょっとの揺れで簡単に崩れてしまいそうだし、いつか床が抜けるのではないだろうか。

寝ている時に地震があったら、本の中に埋もれてしまう。

積まれた本の奥にも、天井まで届く本棚があり、壁を完全に隠していた。

ワンピースやスカートやニットは、本の上で丸まっている。

暗い部屋を、窓の外に浮かぶ月が照らす。

さっき踊り場から眺めた月とは、違うもののようだった。

奇妙なほど、大きく見える。

わたしは五号室で眠っていて、夢を見ていると言われても、信じられそうだ。

窓は開いていないのに、強い風が吹いた気がした。

黒くて大きな何かが、窓の外を飛んでいく。

「今の」

わたしが外を指さして言うと、千波さんは不思議な生き物と出会ったような目でわたしを見る。

「何かあった？」

「何もないです」首を横に振る。

前に、アネモネで開店準備をしている時、同じようなものを倉田くんと一緒に見た。

それが、千波さんには見えないのではないかという気がした。

ひとつ屋根の下に住んでいながら、わたしと彼女の見ている世界は、違う。

「おやすみ」

「おやすみなさい」

廊下に出ると、奥の六号室のドアが開いて、幸子さんが出てきた。

気にして、起きていてくれたのだろう。

「あの、大丈夫？」

「大丈夫」

千波さんのことを聞かれたのに、自分のことを聞かれた気がした。

「電気、消してくる」

「おやすみなさい」

「おやすみ」一階に下りて、廊下と階段の電気を消す。

玄関には、千波さんの脱いだスワロフスキーの輝くミュールが転がっていた。

揃えて、靴箱に戻しておく。

彼女は、男のことなんかで、あんなに苦しまない。

それよりも何よりも、大事なものがある。

わたしには、想像もできないような世界で、ひとりで生きている。

年末年始、アネモネは十二月三十一日から一月三日まで休みになった。

実家に帰ろうかどうしようか悩むよりも前に、兄から〈帰ってくるな〉とLINEが届いた。感染症に気を付けなくてはいけない中、姪っ子の高校受験があるため、慎重になっているようだ。世の中の状況的に、帰る気もあまりなかったので、若葉荘で過ごすことにした。甥っ子と姪っ子へのお年玉は、何もないのもかわいそうだと思い、兄に〈そのうち返そうという気持ちはあるので、代わりにあげておいて〉とLINEを送った。

自分の部屋は引っ越してきたばかりで物も少ないし、若葉荘全体の大掃除は春の暖かくなってきたころにやるということだ。部屋でぼうっとして、美佐子さんと千波さんと一緒に台所でお蕎麦を食べたり煮物や漬物をつまんだりお茶を飲んだりしながら、紅白歌合戦を見て、若い子ばかりで知っている人がほとんどいなくなってしまったジャニーズカウントダウンを見て、新年を迎えた。

若葉荘の住人は、誰も実家に帰っていない。

トキ子さんと千波さんは、普段から働く日と休みの日が曖昧だ。美佐子さんと真弓さんは、わたしと同じで大晦日《おおみそか》から三日まで休みになったようだ。幸子さんは、三十一日の夕方ごろに出勤していったから、仕事があるみたいだけれど、お正月休みが一日もないわけではないだろう。「帰るの？」とか聞かれなかったし、もとから誰も帰る気なんてなかったのか、いつもと同じように過ごしている。新年のあいさつに、誰かが訪ねてくることもない。

四日間、部屋のパソコンで映画や海外ドラマを見て、ゆっくりしようと思っていたのだけれど、すぐに飽きてしまった。

まだ一日のお昼だ。

あと二日以上、何をしたらいいのだろう。

お正月らしいことは何もしていなくても、街が新年の空気に包まれているように感じる。

よく晴れていて、穏やかで、静かだ。

時間がゆっくりと過ぎていく。

部屋にいても退屈なので、一階に下りる。

台所をのぞいても、誰もいなかった。

テレビをつけて、冷蔵庫から麦茶を出す。

椅子に座り、バラエティ番組をぼんやり見る。

昼ごはんをまだ食べていないし、夕ごはんに食べるようなものも何もないから、コンビニにでも行こうかと思ったが、面倒くさく感じる。一年のはじめからコンビニのお弁当で済ませたくないという気持ちもあった。麦茶を飲み干し、冷蔵庫や段ボール箱の中の野菜を確認する。

昨日の夜、紅白を見ながら食べてしまったから、作りおきのおかずは何もない。かまぼこや伊達巻《だてまき》がチルド室に並んでいる。食べたくても、誰のかわからないし、勝手に開けていいものではないだろう。三十日の帰りに、倉田くんがくれた栗《くり》きんとんがあるが、これはごはんにはならない。オーナーの奥さんのレシピで、大きな鍋いっぱい作ったらしい。前の住人からお餅がたくさん送られてきた。焼いてバターやチーズと醬油で味付けすれば、お昼ごはんにはなるけれど、それだけでは足りない。

前は、アネモネでしっかり賄いを食べる分、他の食事は適当に済ませていた。若葉荘では、野菜の煮物や漬物をもらえるため、副菜がないと足りなく感じるようになってきた。

「どうかした?」トキ子さんが台所に入ってくる。

「お昼、どうしようかと思って」

「お雑煮作るから、食べる？」

「食べます！」

「手伝って」

「はあい」

「多めに作りましょうね」トキ子さんは、冷蔵庫を開けて鶏肉を出し、段ボール箱から大根とにんじんを出す。「前はね、みんなでお節も作ってたのよ。でも、今の住人で、ちゃんと料理をするのは、私と美佐子ちゃんぐらいでしょ」

「そうですね」

「キレイに詰められると楽しいけど、買い出しは大変だし、時間もかかるから」

「買い出しは手伝いますよ」

「作る方は？」

「難しそうなんで」

わたしが言うと、トキ子さんは呆れたように笑う。

子供のころ、祖父母の家では、お節料理を作っていた。おいしくないと思いながら、食べていただけだ。用意する手間なんて、考えたこともなかった。兄とわたしが高校を卒業してからは、祖父母の家には行かずに実家で過ごすようになった。母が煮物を作ったりはしていたけれど、お節料理は買っていた。スーパーで売っているような安いものだ。甥っ子と姪っ子が生まれてからは、全てがふたり優先で、わたしの食べる分は減らされた。

作ろうと思っても、お節料理に何が入っていたのかも、よく憶えていない。役に立つ機会があるとも思えないが、ここに住んでいるうちに、トキ子さんや美佐子さんからそういうことも教えてもらっておいた方がいい気がする。

「これ、銀杏《いちょう》切《ぎ》りにして」

「はい」大根とにんじんを受け取り、皮を剝《む》いてから切っていく。

「ミチルちゃんの家は、どんなお雑煮だった？」

「うちは、同じ感じだと思います。大根とにんじんが入っていて、鶏肉が入っている醬油味です」

「お餅は、四角？」

「そうですね」

「美佐子ちゃんは、各地のお雑煮が作れるから、明日は違う味のものを作ってもらいましょう」

「違う味って、どういうのですか？」

「具材が違ったり、白味噌《しろみそ》だったり、お餅が丸かったり。地域によって、違うから。美佐子ちゃんは、色々なところに移り住んで、そこで知ったみたい」

「そうなんですね」

「私と真弓ちゃんと千波ちゃんは、ずっと東京だから、同じように鰹《かつお》だしの醤油味」

「東京なのに、帰らないんですね？」

「えっ？」トキ子さんは、細い手で鰹節をつかんだまま、わたしを見る。

「わたしは静岡だから、自粛しましたけど、東京だったら帰ってもいいんじゃないでしょうか」

「それぞれ理由があるから」水を張ったお鍋に、鰹節を落とす。

「そっか、そうですよね」

千波さんの部屋を思い出す。

十二月のはじめのころに、酔っ払って帰ってきた千波さんを押しこむように部屋に入れてから、中を見ていない。思い出してみても、夢や幻だったように感じる。次の日には、千波さんはいつもと同じように起きてきて、台所のテーブルの下で丸くなり、食べ物をたかってきたから、あまっていたハムカツをあげた。

あんなに酔っ払うような理由が何かあったのか聞く機会も、あんなに本を積んでいたら潰されてしまうと言う機会も、失ってしまった。

お餅を焼いていたら、真弓さんが部屋から出てきて、美佐子さんと千波さんも二階から下りてきた。タイミングをわかっていたようだが、ちょうどお腹がすき、部屋でぼんやりするのも飽きるころだったのだろう。

かまぼこと伊達巻を切ってお皿に盛り、スヌーピーのイラストが描かれた行楽用のお弁当箱みたいな大きな容器に入った栗きんとんも器に移し、テーブルに並べていく。お雑煮に三つ葉を載せて、仕上げる。

わたしと千波さんが並び、真弓さんと美佐子さんが並び、トキ子さんは奥に座る。

テレビでは、お正月特番の演芸番組が流れていて、わたしが子供のころから見ている芸人が漫才をしていた。

「明けましておめでとうございます」トキ子さんが言う。

「明けましておめでとうございます」四人で声を揃える。

ちゃんとあいさつをすると、時間に線が入って、区切られた気持ちになる。

去年のお正月は、実家で姪っ子と一緒にテレビゲームで遊んでいた。高校生になった甥っ子は、反抗期に片足突っこんでいるみたいで、お年玉の額の少なさに不満そうにしていた。前だったら、五百円玉一枚で大喜びしてくれた。両親も兄も、結婚せずにアルバイトで生活していることには、何も言わなくなった。出されたものをダラダラ食べるばかりの三日間を過ごし、東京に帰ってきた。それから一ヵ月が経ったころ、世界中に感染症が広がっていった。

お雑煮を食べて、かまぼこと伊達巻をもらう。

「トキ子さんのお雑煮も、もう五回目か」真弓さんが言う。

「私は、三回目」美佐子さんはお箸を伸ばし、かまぼこを取る。

「わたしは、まだ二回目」千波さんは、お雑煮のおつゆをゆっくりとすする。

「真弓さん、五年もいるんですか？」わたしは、お餅を食べる。

「そうよ。知らなかった？」

「はい」

普段の会話から、トキ子さん以外の年齢は、なんとなくわかっていた。幸子さんがわたしと同い年で四十歳、千波さんが三歳上で四十三歳であることは確かだ。細かい年齢はわからないけれど、真弓さんは五十代の半ばくらいで、美佐子さんは五十代の後半だ。みんな、ここに来て数ヵ月というわけではなくて、何年も前から住んでいることも知っていたが、何年かは聞いたことがなかった。

若葉荘を「一時的な居場所」ぐらいに考えていたけれど、そうではないようだ。わたし自身も、ここでの生活に慣れて、このまま何年でも住めると思うようになってきている。

ここを出るとしたら、またワンルームの安いアパートにひとりで住むことになる。そのことを考えると、最近はあまり感じなくなっていた不安が戻ってきて、胸の中が黒く染まっていく。

「トキ子さんは、何年目？」千波さんが聞く。

「何年になるのかしらねえ」ゆっくりとお餅を食べながら、トキ子さんは穏やかな声で言う。

「七十年くらい？」

「そんなもんかしらね」

「えっ？　それは、ボケですか？　マジですか？」わたしが聞いても、誰も答えてくれずに、笑っている。

もともと、若葉荘はトキ子さんの実家のものだったらしい。トキ子さんは、学生向けのアパートだったころから、管理人として住んでいる。そのころは、特に決まりがあったわけではないが、住人は男性しかいなかった。ワンルームの新しいアパートが増えていくと、風呂なしトイレ共同の部屋に、学生は住まなくなった。大学を卒業した後も安い家賃に甘えて住みつづけるフリーター、忙しすぎて寝る以外に帰ってこないサラリーマン、夢を追うと言いながら何もしていないクリエイターが増えていった。住人同士で、あいさつもまともにしない。このままでは良くないと考えたトキ子さんは、全住人に出ていってもらって改装することにした。一階の二部屋を台所とお風呂場の共同スペースにして、二階の物干し台を補修して、トイレや玄関をキレイにした。そして、住人を四十歳以上の独身女性に限定することに決めた。その長い歴史のどこかで、トキ子さんは若葉荘を相続したようだ。

二十歳の時に管理人になったとして、今が九十歳だとすれば、七十年で計算が合う。さすがにちょっと多めに言った数字だとは思うけれど、七十年近いのだろう。

それだけの長い時間、同じ家に住み、同じ仕事をつづけるということは、想像もできなかった。

「初詣でも、行く？」真弓さんが美佐子さんに聞く。

「どこに？」

「駅前の神社とか？」

「あんなところにご利益《りやく》なんてないでしょ?」

「去年、行かなかった?」

「行った、行った。一年、何かいいことあった?」

「うーん」真弓さんは考えている顔をする。「健康に暮らせただけでも、充分じゃない?」

「それは、あるかもね」

「部屋にいても暇だし、行こうよ」

「そうねえ」

長く一緒に住んでいるので、真弓さんと美佐子さんは仲がいい。ふたりで話していると、いつもしっかりしている真弓さんが美佐子さんの妹になったかのように、甘えだす。

わたしと千波さんは、その姿を見るのが好きなので、黙ってふたりの話を聞く。

「ふたりも行く?」美佐子さんがわたしと千波さんに聞く。

「いえ、いいです」千波さんは、首を横に振る。

「遠慮しておきます」わたしも断る。

ふたりで出かけるのを邪魔してはいけない。

お雑煮を食べ終えて、真弓さんと美佐子さんは台所から出ていき、出かける準備をするためにそれぞれの部屋に戻っていく。

テーブルの上を軽く片付けて、温かいお茶を淹れる。

栗きんとんを食べながら、トキ子さんと千波さんとわたしは、ぼうっとテレビを見る。

「これ、おいしいわね」トキ子さんが言う。

「お店の若い子がくれたんです」

「ちゃんと甘いのがいいよね」大きな栗を食べて、千波さんは嬉しそうにする。

「はちみつを使ってるらしいです」

「洋食屋さんだからかしら、昔のモンブランみたいね。なんて言っても、ふたりは知らないか」

「知ってますよ。昭和生まれなんで」千波さんが言い、わたしもうなずく。

子供のころに食べたモンブランは、黄色くて甘くて、栗の味なんてしなかった。最近のベージュ色をした和栗《わくり》のモンブランとかも好きだけれど、あの黄色いモンブランがたまに食べたくなる。倉田くんのくれた栗きんとんは、確かにちょっと懐かしい味がした。でも、大きめの栗も入っていて、贅沢《ぜいたく》な感じがする。

「お店の若い子って、いつもコロッケとかハムカツとかくれる子でしょ?」千波さんが聞いてくる。

「そうですよ」

「仲いいの?」

「うちの店は、みんな仲いいですよ」

「そういう仲いいじゃないよ」

「どういう仲いいですか?」

「男女的な」

「千波さん、そういうこと話すんですね?」

「どういう意味?」

「そういうことには触れずに、暮らした方がいいのかと思ってました」

「嫌だったら、やめるけど」

「別に、どっちでもいいです」

「それで、どうなの?」

「倉田くん、二十代前半ですよ」

「そんなに若いんだ。それだったら、ないか」

「そうですよ」

お茶を飲み、テレビのチャンネルを替える。

どこを見ても、同じようなお笑い芸人の出ている番組ばかりだ。感染症が広がったころは、バラエティ番組の収録も難しくなり、しばらくは総集編や再放送がつづいた。アクリル板を立てたりしているから、以前と一緒というわけではないけれど、こうして新しい番組を放送できるようになったのは、世の中が少しずつでも良い方向に進んでいる証拠だろう。

だが、年末から、感染者はまた増えているようだ。

「そうでもないんじゃない」お茶をすすり、トキ子さんが言う。

「何がですか？」千波さんが聞く。

「ミチルちゃんと二十代の男の子が恋をすることだって、あるでしょ」

「えー、ないですよ」わたしが返す。

「絶対にないとは思わないけど、ミチルちゃんはないよね」笑いながら、千波さんが言う。

「なんで、笑うんですか？」

「だって、ないでしょ？」

「うーん、ないですね」少し考えてみたが、ありえないとしか思えなかった。「お店の子がどうという問題ではなくて、わたしは普通とされている恋愛しかできないタイプなんです。今の時代、女性の方が年上で男性が若いということも、珍しくはないと思います。どんな相手と付き合うのも自由で、年齢や性別なんて気にすることではありません。たとえば、友達の恋人がすごく年齢が離れていたら、驚いてしまったりするかもしれませんが、批判するような気持ちにはなりません。でも、わたしは、無理なんですね」

「どうして、無理なの？」トキ子さんが聞いてくる。

「理性が勝ってしまうからでしょうか」

「理性ねえ」

「あと、年下に対しては、申し訳ないような気持ちになるかもしれません。四十歳になって、子供を産めるかどうかも微妙ですし、身体もおばさんになってきたと感じます。若い子は若い子同士で付き合って、未来を夢見た方が幸せだと思います。それと、わたしは、できるだけ楽な人がいいんです。話すことも体力的なことも、同世代の男性が一番いいなという気がします。価値観が違って、新しいことを教えてくれるような人は、知り合いや友達くらいの距離感でいいです」

話しながら、丸山さんのことを思い出していた。

新年のあいさつのＬＩＮＥを送ろうかと思ったが、何を書けばいいのかわからなかった。

このまま感染者が増えれば、またイベントは中止になったりするかもしれない。そうなったら、ふたりで出かけられる機会は、遠のいてしまう。アネモネの営業状況によっては、会うことも難しくなるだろう。

「せっかく自由に恋愛できる時代になってきてるのだから、難しく考えてしまうのは、もったいないわよ」話しながら、トキ子さんはテーブルの上を片付けていく。「誰か、お嫁にいくって言って、ここを出ていったりしてくれないものかしらね」

「お嫁にいくっていう考えも、もう古いですよ」片付けを手伝いながら、千波さんが指摘する。

「それも、そうね」トキ子さんは、柔らかく笑う。

バラエティ番組が中断になり、ニュースがはじまる。

緊急事態宣言の発出が検討されるようだ。

商店街のお店の多くは、一日だけが休みで、二日からは通常営業している。

ずっと部屋にいたら、頭がぼんやりして身体も重く感じるようになってきたから、買い物だけではなくて散歩も兼ねて、駅前まで出てきた。

去年、感染者が増えてきたころは、商店街を歩く人もまばらだった。ドラッグストアからマスクが消え、「なくなることはない」と言われていたのに、トイレットペーパーやティッシュペーパーも数日のうちになくなった。アネモネの店先にテーブルを出して、お弁当を売りながら、世界が終わっていくようだと感じていた。

日常が変わり、今はたくさんの人がマスクをして、外を歩いている。

スーパーでは、新年の大売り出しをしているみたいで、家族連れのお客さんが吸いこまれるように入っていく。食材を買いたかったのだけれど、後回しにして、酒屋に行く。

ガラス張りの扉から中をのぞくと、レジのところにメグミさんがいた。お客さんはいないみたいで、暇そうな顔でノートパソコンを見ていた。

扉を開けて、中に入る。

「こんにちは」

「あっ、こんにちは。いらっしゃい」メグミさんは、パソコンから顔を上げる。

「明けましておめでとうございます」

あいさつをして、軽く頭を下げ合う。

「ぼんやりパソコン見てるの、外から丸見えですよ」

「うわっ、嫌だ」恥ずかしそうにして、レジから出てくる。

「おじさんたちは、いないんですか？」

いつもは、メグミさんのお父さんとお母さんも、お店に出ている。おじさんは、たまにアネモネに配達に来る。

「妹が子供連れてくる予定だったんだけど、今年はやめておいた方がいいねっていう話になって、父親は上でふて寝してる。母親は、スーパーに買い物に行った」

話しながら、メグミさんは二階を指さす。

一階が店で、二階と三階が住居になっている。

店は、昭和からつづいていて、メグミさんが三代目になる。お酒の他には、ナッツやさきいかみたいな乾きものと缶詰くらいしかない、正統派の酒屋だ。おじさんが全国の酒蔵やワイナリーに直《じか》に行って話をしているみたいで、スーパーでは扱いがないような珍しい日本酒やワインも並んでいる。ワインに関しては、フランスやイタリアにも何度か行っていて、レジ横に写真が飾ってある。品揃えに対する信頼があるから、商店街の飲食店のほとんどがお酒をお願いしている。

「何か飲む？」メグミさんが聞いてくる。

「うーん、どうしようかな」

「年末年始、結構飲んでるの？」

「全然ですよ。若葉荘で、ちょっと飲んだくらいですね」

昨日の夜は、真弓さんと美佐子さんが初詣の帰りに、スーパーで水炊きの材料を買ってきてくれた。準備は、美佐子さんがひとりで進めて、鶏肉を何時間も煮込んでいた。材料費を出そうとしたら、真弓さんからの「お年玉」ということだった。ビールやハイボールもごちそうになったけれど、居酒屋での忘年会や新年会を考えれば、飲む量は減っている。

「ビールでいい？　一本だけ、新年のあいさつに奢《おご》るよ」

「ありがとうございます」

メグミさんから冷えたビールを一本もらう。

店の隅に、小さなテーブルと椅子が置いてある。

前は、その場で飲む角打《かくう》ちもできた。感染症が広がってからは基本的に休止しているのだけれど、他にお客さんがいない時は、常連客だけにこっそり開放されている。

椅子に座らせてもらい、ビールを飲む。

「今年も、うちをご贔屓《ひいき》に」

「アネモネで、わたしにそういう権力はありません」

「若葉荘に、ケースで持っていくこともできるよ」

「そこまで、飲まないからなあ」

みんなが食べたり飲んだりしていいとされているもの以外は、絶対的な割り勘がルールになっている。しかし、なんだかんだ言いながら真弓さんや美佐子さんには、色々と食べさせてもらっている。わたしが出しているのは、アネモネでもらったコロッケやハムカツだけだ。お正月だし、ビールぐらい買っていった方がいいかもしれない。

「わたしも、飲もう」メグミさんもビールを取り、わたしの隣に座る。

「いいんですか？」

「いいの、いいの。今日は、配達もないし」

「じゃあ、改めて、今年もよろしくお願いします」

「よろしく」

缶を打ちつけないようにして、軽めの乾杯をする。

「若葉荘は、どう？　もう慣れた？」話しながら、メグミさんはさきいかの袋を開ける。

「慣れましたよ。というか、結構すぐに慣れました」

「そうなんだ。まだ二ヵ月くらいでしょ？」

「そうですね。でも、もうずっと住んでいるような感じがします」

「合ってたんだね」

「自分でも意外ですが、そうなのかもしれません」

ひとり暮らしが長くて、人と一緒になんて住めないのではないかと考えたこともあった。若葉荘は、部屋はそれぞれ分かれているので、一緒に住んでいるというのとは、ちょっと違う。でも、壁は薄いし、共同スペースもあるから、それなりに気を遣わないといけない。うまくやっていけるのかという不安もあったのに、特に問題を感じずに暮らせている。でも、わたしが合っていたということよりも、住んでいる人たちがいい人ばかりだからだろう。

「最近は、悩んでない？」

「前みたいに、息苦しさを覚えることは減りました。前のマンションにひとりで住んでいるままの状態で、緊急事態宣言がまた出ると言われたら、眩暈を起こして倒れていたかもしれないという気がします。今は、部屋にずっといないといけないという状況になっても、若葉荘の人たちとごはん食べたり話したりできるっていう安心感があります。お金のことも、相談できる。ひとりの時は、とにかくお金のことばかり悩んで、人生詰んだみたいに考えていました。もちろん、お金がなければ、生きていけません。でも、それ以上に、人との交流が断たれてしまうことが辛かったのだと思います」

「悩んでいても、悩んでいなくても、語るんだね」そう言って、メグミさんは軽く笑う。

「あっ、すみません」

「いいよ、いいよ。わかるなっていう部分はあるから」

「そうですか？」

「十代や二十代の時は、何かあるとすぐに友達に報告してた。でも、三十代になると、それぞれで環境が違うし、家族のこととか話しにくいことも出てくるし、自分の内側におさめておかないといけないことが増えていった。四十歳を過ぎたら、悩みなんてなくなると思ってたのに、そんなことはない。むしろ、増えていく。身体のこととかお金のこととか老後のこととか、全てがリアルになっていく感じがしない？」

「します、します」

二十代や三十代のころに「もうおばさんだから」とか言ってしまっていたけれど、冗談でそう言えるくらいには、若かった。四十歳になってみたら、自分はまだまだ「おばさん」とは言えないことに気がついた。白髪が増えて身体はたるみ、すぐに疲れてしまうし、記憶力は怪しくなってきている。しかし、これはまだ、老化の第一段階でしかないのだろう。

「悩んでも、結婚して子供がいるような友達は、自分のことなんて考えられないっていう感じだし。独身の友達に話せば、家があるからいいじゃんみたいに言われて、片付けられてしまう。誰にも話せないまま、悩みごとが自分の中に溜まっていく」

「わかります」大きくうなずく。

「だから、ミチルちゃんが苦しんでいるのを見ると、ちょっと安心する」

「やめてください」

「何かあるんだったら、もっと話していいよ」

メグミさんは笑いながら、さきいかをつまむ。

「先のことを考えると、ちょっと不安にはなりますね」

「どういうこと？」

「やっぱり、家があるっていうのは、羨ましいですよ。相続する大変さとかは、あると思いますけど。わたしは、マンション買ったりもできないだろうし、一生賃貸で生活していくと思います。若葉荘の住人の中には、何年も住んでいる人もいるんです。けど、いつかは出ていかないといけないという気がします。またひとりで、ワンルームのアパートに住むことになるって考えると、ちょっと辛くなりますね」

ひとりでも平気で気楽だと思えていたのは、その状況に慣れて、感覚が麻痺《まひ》していたからなのだろう。本当に平気な人もいるのだとは思うけれど、わたしには無理だ。

「うちの両親が死んだら、ここに住む？」

「えっ？　いいんですか？」

「いいよ。わたしも一人では住みたくないし。ただ、長生きする家系だから、結構先のことになるかもしれないけど」

「可能性のひとつとして、考えておきます」

「同じように悩んでいる女の人って、多いと思う。わたしたちと同世代だと、新卒の時は就職氷河期で、内定取れなかった人がたくさんいた。女性が就職や出世するということ自体、今以上に難しかった。前のミチルちゃんみたいに、派遣や契約で食いつないでいるような女性は、何万人もいる。結婚して専業主婦になったものの離婚して、生活できるほどに稼げないっていう人もいる。もちろん、女性だけの問題ではないけどね」

「アラフォー・クライシスっていうやつですね」

何年か前から、報道番組で特集されるようになった。見ながら、「わたしのことじゃないか！」と驚き、同じような人がいることに安心感を覚えるのと同時に、どうしようもないことだと考えて、吐きそうになるほどの不安も覚えた。

今の四十代前半を「デジアナ世代」と呼んでいる人がいた。アナログからデジタルに変わっていくころに、十代や二十代を過ごし、両方とも使いこなせるということだ。しかし、はっきり言って、わたしは両方ともいまいち使いこなせない。知識として知っているというだけだ。もっと上の世代だったら、パソコンが使えないことを当たり前として、若い人に教えてもらったりできるのだろう。でも、わたしたちの世代は、ワードやエクセルくらい余裕で使えなければ、「そんなこともできないのか」という目で見られる。Windows 95を知ったのだって、高校生の時だ。子供のころから携帯電話が身近にあったような、デジタルネイティブと同じにされては、困る。

そういうことがつづき、プライドを傷つけられて、引きこもりになってしまった人もいる。四十代や五十代になった子供を高齢の親が面倒を見ていることも、問題とされている。

「同じように悩む人たちが助け合って、生きていくこともできると思うんだよね。わたしは、この家があるっていうのは、本当に恵まれてる。でも、それで、ひとりでいることの不安が消えるわけではない。もしも、また結婚したとしても、子供は産めない。将来的には、うちの二階と三階を改装して、若葉荘みたいにできないかって、たまに本気で考える」

「じゃあ、その時は、住人のひとりとして、お願いします」

「そういうことを考えると、ちょっと楽しみだね」

「そうですね」

笑い合い、缶ビールを飲む。

メグミさんのところで安いウイスキーと炭酸水を買い、お惣菜屋さんで唐揚げを買う。

日が暮れて冷えこんできたが、コートを着て歩くにはちょうどいいと感じる程度で、暖かいお正月だ。

人影がまばらになった神社で軽く初詣を済ませてから、若葉荘に帰る。

「ただいま帰りました」台所に行くと、千波さんがテーブルの下で丸くなっていた。

白いニットワンピースを着て、黒いタイツを穿いている。いつも以上に小さくなっていて、返事をしない。

手を洗いながら様子を見るが、動きもしなかった。

寝ているのだろうか。

「どうかしました?」のぞきこみ、声をかける。

目が開いているので、起きているみたいだけれど、動かないままだ。

「ウイスキー買ってきたから、ハイボール飲みます? 唐揚げもありますよ」

言葉は発さず、千波さんは小さく首を横に振る。

「そうですか……」

しつこく声をかけるのも悪い気がしたので、放っておくことにして、自分の分だけハイボールを作る。冷蔵庫の野菜室にキャベツがあったから少しもらい、千切りにする。その間に唐揚げを温めておき、お皿に盛る。キャベツには、マヨネーズをかける。

お盆に載せて、自分の部屋に上がろうとしたところで、千波さんに足首をつかまれた。

「なんですか？」

「どこ行くの？」

「自分の部屋で食べるんです」

「なんで？」

「静かにした方がいいと思いまして」

足首をつかまれたまま、話す。

「わたしのことが鬱陶しいの？」

「いや、そんなことないです……」

「じゃあ、ここにいて」手がはなれる。

「はい」

テーブルにお盆を置き、テレビをつけて、わたしは椅子に座る。

千波さんは出てくるかと思ったが、丸くなったままだ。

テレビでは、今日もバラエティのお正月特番がつづいている。

「どうして、ここで丸くなってるんですか？」唐揚げを食べながら聞く。

「部屋でひとりで丸くなっていると、死にたくなるから」

「どうして、丸くなるんですか？」

「辛いと、息ができなくなって、立っていられなくなる」

「そうですか」

「そう」

「あの部屋、地震が来たら、生き埋めになるんじゃないですか?」

「見たの?」

「先月、酔っ払った時に部屋まで運んであげましたよね」テーブルの下をのぞきこみ、千波さんの顔を見て話す。

「ああ、そんなこともあったね」

「精神衛生上も良くない気がしますよ」

大量の本は誰かの過去の蓄積であり、時間も空気も停滞しているように感じた。

「本がなければ生きていけない」

「せめてもう少し減らした方がいいですよ」

「そんなことは、できない!」

千波さんはそう言いながら、子供でも奪われたのかと思えるくらい、必死の形相で首を横に振る。テーブルに頭を打ちそうになっていたけれど、大丈夫だった。

「本を置く用の部屋を借りればいいじゃないですか?」

「そんな、お金はない」

「そんなわけないでしょ」

小説家がどれだけ稼げるかは知らない。SNSではよく、昔みたいに食べていける仕事ではなくなったと書かれている。でも、千波さんは、シリーズ累計何十万部みたいな作品だって書いていたのだから、結構な額の貯金があるんじゃないかと思う。

「お金って、使うとなくなるんだよ」千波さんが言う。

「マジで、ないんですか？」

「ないから、ここに住んでんじゃん」

「いくら、使っちゃったんですか？」

「たくさん」

「何に使ったんですか？」

「本、服、海外旅行、お酒」

「へえ」

男とつづくかと思ったが、それはないようだ。

「ここの家賃とかは、どうしてるんですか？」

「わずかに残っている貯金とたまに入ってくる昔出した本の印税」

「本は、もう出さないんですか？」

「……書けない」

とても小さな声でも、はっきりと聞こえた。

「もう書けないの」

「……」

「なんか言ってよ！」テーブルの下で、千波さんはわたしの脛《すね》をグーで殴る。

「痛いっ！」

「年末に編集者さんと会って、短編の仕事もらえたの。ここを復活のきっかけにしましょうって言ってもらえた。それなのに、書けない」

「うーん」面倒くさい話になってきた。

けれど、千波さんが苦しそうな顔をしているところは、毎日のように見ている。

だから、何か言ってあげたいという気持ちはある。

でも、自分でものを作り出すなんて考えたこともないわたしが何を言ったところで、彼女の心を救うことはできないだろう。

「あの酔っ払っていた日は、編集者さんと会ってたんですか？」

「そう」

「お酒は飲みすぎない方がいいですよ。あと、ちゃんと食べた方がいいです。部屋も整理した方がいいです」

マンションにひとりで暮らしていた時、どれだけ掃除をしても、部屋が汚いと感じていた時期があった。同じ部屋に長くいたから物が増えてしまい、整理しきれなかった。その中に、本当に必要な物や大切な物なんて、ほとんどなかった。ミニマリストみたいに、最低限の荷物だけ残す生活は、ちょっと違うように感じる。しかし、自分を埋めてしまうかもしれないほどの量の荷物を捨てられないのは、どれも大事にしていないということと同じように思える。

「……うん」千波さんは、小さくうなずく。

「わたしは、七瀬千波の小説が好きでした。また書いてもらいたいと思います。でも、今、わたしは千波さんと同じアパートに住む友人です。小説を書くよりも大事なことは、人生にいくらでもあります。友人としては、身体や心の健康を優先してほしいです。テーブルの下で丸くなっていようが何しようが、千波さんの自由です。けれど、毎日のように、息ができなくなるほどの思いをしているのは、心配です」

「……ありがとう」

「どういたしまして」

「……それでも、わたしには、小説が一番大事なの」千波さんは、泣き出してしまう。

「それは、わかりますよ」

十代の終わりから二十代の全てを小説に懸けてきた。三十代の十年間はなかなか本が出せなくて、苦しんできたのだろう。二十代のころ、幸せそうな笑顔でインタビューに答えていた彼女の姿は、よく憶えている。内側から光を放っているように見えた。

「ごめんね」テーブルの下から出てきて、千波さんは涙を拭き、洟《はな》をかむ。

「いいですよ」

「うん」

「気にして、部屋でひとりで丸くなったりしたら駄目ですよ」

「わかった」

「みんなの見えるところで、丸くなっていてください」

「ハイボール、いくら？」

「お正月だから、奢ります」

「ありがとう」自分でハイボールを作って、千波さんはわたしの隣に座る。「唐揚げも、もらっていい？」

「どうぞ。まだあるから、温めますよ」

残りの唐揚げを温めて、わたしは二杯目のハイボールを作る。

「アネモネでもらったの？」

「店はまだ休みなんで、商店街のお惣菜屋さんです」

「そうなんだ」

「バイトとかしてみたら、どうですか？」座り直す。

「小説を書く以外、仕事したことないから」

「それで、よく書けますよね」

デビューしたころは、高校生や大学生を主人公にしていたが、会社勤めしているような人を書いた小説もある。全て取材や想像だけで、書いていたということだ。

「そういう仕事だからね」話しながら、唐揚げを食べる。

「まあ、そうなんでしょうけど、普通はできませんよ」

「でも、そのことも、ずっと不安だった。小説に書いていても、実際どうなのかなんて、わかんないから。嘘《うそ》を書いている気分になった。作り話だから、全部が嘘ではあるけど、自分の考えも体験も何もなくなっていった。でも、いつまでも、青春小説が書けるわけではない。二十代後半になると、十代の子たちが何を考えているのか、わからなくなっていった。何を書いても、薄っぺらく感じた」

嘘でもいいから、「そんなことないですよ」とか否定するようなことを言ってあげるべきなのかもしれない。

でも、千波さんの言っていることには、心当たりがあった。わたしが彼女の小説から離れてしまったのも、そういうことが理由だったのだろう。そこまで理解して読んでいたわけではないけれど、何冊か読むうちに、前ほどおもしろくないと思うようになった。

「それで、文学的な作品を書くようになったんですか？」

「文学的って、何？」

「そう聞かれると困りますけど、そう言われてたじゃないですか」

「文学賞の候補になったから、どこかの誰かが勝手にそう言っただけで、わたしはそんなふうに考えてないから。ヤングアダルトってジャンル分けされる小説だって、同じように文学で、書く姿勢に変わりはない」

「なんか、すみません」

「そういう声にも、負けたんだよね」

「どういうことですか？」

「文学、文学、うるさい人たちに。わたしは、ヤングアダルトみたいな小説が好きだったのに、それを安っぽいものみたいに言う人たちもいた。けど、青春小説が書ける人って、限られてるの。十代の感性は、いつまでも持っていられるものではない。書けたとしても、その年齢にしかないキラキラがなくなってしまう」

「なるほど」

「考えすぎてしまって、何も書けなくなった」ハイボールをひと口飲む。

「うーん」

「ごめんね、面倒くさくて」

「大丈夫ですよ。千波さん、ちょっとおもしろいから」

「何それ？」涙の残る目で、わたしを睨《にら》む。

「とにかく食べてください。ナポリタンぐらいだったら、いつでも作ります」

「オムライスがいい」

「それは、アネモネに食べにきてください。コロッケくれる男の子が作ってくれます」

「今度、行くね」

「いつでも、どうぞ」唐揚げを食べて、ハイボールを飲む。

玄関が開き、真弓さんと美佐子さんが帰ってくる。

ふたりで、またどこかに出かけていたようだ。

四日も休むと、ずっと働いている店が知らない場所のように見える。

早めに出勤して、店内を軽く掃除して、ドリンクカウンターに必要なものを補充していき、今週のランチメニューを木場さんに確認する。木場さんと倉田くんも早めに来ていて、厨房に届いた食材を調理台に並べていた。仕込みがあるから、木場さんは昨日の午後も出勤したようだ。

「倉田くん、後でお弁当箱返すね」栗きんとんの入っていたお弁当箱は、洗って持ってきた。

「どうでした?」

「みんな、おいしいって言ってたよ」

「良かったです」嬉しそうに笑う。

「甘すぎなかったか?」木場さんが話に入ってくる。

「甘いのがいいんですよ。いつの間にか、甘さ控えめが主流になってしまって、わたしは残念です」

「確かに、それはあるな」

厨房で喋っていると、裏の扉が開いて、ユキちゃんが出勤してくる。

なんとなく表情が暗く見えた。

「おはようございます」元気のない声で言う。

「おはよう。どうした？　体調、悪い？」わたしから聞く。

「大丈夫です」

「本当に？　無理しないでね」

わたしとユキちゃんが話している間に、木場さんはスープの仕込みを進めて、倉田くんはランチのサラダを準備していく。

さっきまで笑っていたのに、倉田くんはわざととしか思えないくらい、真剣な顔をしてトマトを切っていた。年末年始に何かあったのか気になったが、聞くべきではないだろう。ユキちゃんが厨房を出ていき、後を追うようにわたしもホールに戻る。

エプロンをして準備を終えたユキちゃんに、アイスコーヒーとアイスティーの準備を任せて、わたしはテーブルや椅子をアルコール消毒する。

動くうちに、仕事のペースを取り戻していく。

なまっていた身体が目覚めていくようだった。

開店の三十分前になり、オーナーと奥さんが出勤してくる。

「おはようございます」

「おはよう」

「今年も、よろしくお願いします」

「よろしく」

頭を下げて、あいさつをし合う。

顔を上げると、オーナーも奥さんも何か言いたそうに、わたしを見ていた。

「何かありました？」

「お店を開ける準備はできてる？」奥さんが聞いてくる。

「大丈夫だと思います」店の中を見回す。

あとは、レジに釣銭を入れて、店内全体をチェックすればいい。

「ちょっとだけ話せる？」

「はい」

「奥の席に座っていて」

「わかりました」

言われた通りに、一番奥の席に座って待つ。

オーナーと奥さんは厨房に戻り、木場さんを呼んでくる。

木場さんがわたしの隣に座る。

すぐに話すのかと思ったが、オーナーと奥さんはユキちゃんと倉田くんに仕事の指示をしにいく。

「話って、なんでしょう?」小声で木場さんに聞く。

「緊急事態宣言のことじゃないか」

「ああ、そうかもしれませんね」

数日のうちに、また緊急事態宣言が発出されるみたいだ。でも、最初の時とは違い、「出歩くな! 外でごはんを食べるな!」というほど厳しいものではないらしい。

「お待たせ」オーナーはそう言いながら、わたしと木場さんの正面に座る。

「時間がないから、本題から話しましょうね」奥さんは、オーナーの隣に座る。

「はい」わたしと木場さんは、うなずく。

オーナーと奥さんは、困ったようにお互いの顔を見て、どちらが話すのか譲り合うように手の平を相手に向ける。

言葉で確かめなくても、その動作でオーナーが話すことに決まったようだ。

わたしと木場さんの方を見て、オーナーは姿勢を正す。

「店を閉めようと思っている」

「えっ？」

大きな声を上げてしまったわたしに対し、木場さんは何も言わずにオーナーの顔を見ている。

「年末年始にふたりで相談した。感染症は、しばらく収束しそうにない。ワクチンが打てるようになっても、それで終わりではないだろう。緊急事態宣言が出れば、売上はまた下がってしまう。これ以上、赤字が増える前に閉めた方がいいんじゃないかって考えている。若いふたりは、いくらでも行くところがある。でも、木場くんとミチルちゃんは、この先がすぐに決められるわけではないだろう」

「……そうですね」

返事をしたのはわたしだけで、木場さんはまだ黙っている。

「すぐにというわけではないし、決めたわけでもないの」奥さんが話を引き継ぐ。「でも、今後の状況次第では、そういうことになるって考えておいて」

「はい」

「わかりました」

「決まったら、また話すから」

ほんの数秒で大事な話を終えて、オーナーは厨房に行き、奥さんはドリンクカウンターにいるユキちゃんに声をかけにいく。

「木場さん」

「……うーん」

「大丈夫ですか？」

木場さんは、わたしが働きはじめるよりも、ずっと前からアネモネにいる。腕のある人だけれど、四十代半ばという年齢を考えると、次の店を探すのは難しいかもしれない。同じ店に何年も勤めていた料理人が行き場をなくしてしまうというのは、オーナーの知り合いからたまに聞く話だ。木場さんならば、自分で店をやることだって考えられるが、それでいいという問題ではないだろう。

「……うーん」うなり声を上げるばかりで、木場さんは何も言わない。

そのまま立ち上がり、厨房へ戻っていく。

千波さんにとっての小説みたいに、絶対という気持ちがあったわけではない。でも、わたしだって、アネモネでの仕事を大事に思っていた。

それを奪われるのは、身体の一部を千切られるようだ。

冷凍庫からラップに包まれたごはんを出して、電子レンジで温める。

電気ストーブに冷えたつま先を当てながら、ぼうっと待つ。

誰が淹れたのか、コーヒーメーカーのサーバーにコーヒーがたっぷりと入っていて、香りが広がっている。

「おはよう」

真弓さんが台所に入ってくる。キャメルのコートを着て、赤いバッグを持っていた。バッグはわたしでもすぐにわかるようなブランドのものだし、コートも素材が良くて高そうだ。

わたしは、まだパジャマのままで、髪もセットしていない。パジャマは、フリースの上下で二千円もしなかったもので、三年くらい前から着ている。

「おはようございます。休日出勤ですか？」

今日は、日曜日だ。

外は少し曇っていて寒そうだが、近くの公園で遊ぶ子供たちの声が微かに聞こえた。

会社はリモートワークが増えてきているみたいだけれど、真弓さんは週に何日か出勤しているし、カフェやコワーキングスペースで仕事をすることもあるようだ。

「うん、買い物に行こうと思って」話しながら、真弓さんは小さめの水筒にコーヒーを注ぐ。

「そこは、節約するんですね」

「豆は高いものだけどね」

「とっても良い香りがします」

「残り、いる？」

「もらいます」

階段を下りる足音が聞こえて、美佐子さんも起きてきた。ちゃんと着替えていて、白いニットにベージュのパンツを穿いている。朝ごはんを食べるのかと思ったが、台所をのぞいて困ったような顔をしただけで、何も言わずに二階に戻ってしまった。

その後ろ姿を見て、真弓さんは小さく溜息をつく。

いつからか、真弓さんと美佐子さんは、けんかをしている。

言い合ったりするわけではないから、けんかとは言えないのかもしれない。でも、険悪な雰囲気がつづいている。きっかけはなんだったのか、気がついた時には、台所で会ってもあいさつ程度にしか言葉を交わさなくなっていた。お正月にはふたりで初詣に行っていたし、一月の半ばくらいにはみんなでキムチ鍋を食べた。わたしと千波さんが気がついたのは、二月になって少し経ったころだ。もう十日くらいつづいている。

「いってくるね」真弓さんが言う。

「いってらっしゃい」玄関の方へ行く背中に手を振る。

出かけていく真弓さんと交替するように、起きたばかりという顔の千波さんが台所に入ってきた。

ピンクのワンピースタイプのパジャマの上に、フリースのパーカーを羽織っている。

「おはようございます」あくびをしながら、長い髪を結ぶ。

「コーヒー飲みます？」

「いくら？」

「真弓さんがくれたあまりなので、無料です」

食器棚からマグカップをふたつ出して、コーヒーを注ぐ。

「あのふたり、まだけんかしてるのかな？」千波さんは、ドライフルーツの入ったグラノーラを器に出し、椅子に座る。

「してるっぽいですね」わたしは温まったごはんをレンジから出して、お茶碗に盛る。

「仲裁したりする？」

「前にもこういうことって、あったんですか？」冷蔵庫から納豆と牛乳を出す。

千波さんに牛乳を渡し、納豆をテーブルに置く。

グラノーラにかけ終えた牛乳をもらい、冷蔵庫にしまう。

「他の住人が揉めることはあっても、真弓さんと美佐子さんっていうのは、ないと思う。わたしがここに来る前のことは知らないけど」

「そうなんですね」

「そう」音を立てて、グラノーラを食べていく。

「他の住人が揉めた時は、どうしてたんですか？」

「なんか、いつものことっていう感じだった。今は、穏やかな人ばかりだけど、結構激しい人がいたこともあるから」

「激しい人？」千波さんの隣に座り、納豆のパックを開け、タレとからしを入れてかきまぜる。

「納豆食べてる人がいたら、それだけで怒る人もいた」

「それは、困ります」

「なんか、理論的に怒ってたけど、単純に納豆のにおいが嫌いっていうだけの話だった」

「今の住人には、納豆嫌いな人がいなくて、良かったです」

「その人、咀嚼音《そしゃくおん》も駄目だった」

「グラノーラ、食べられませんね」

「あとは、お風呂の順番とか洗濯機の使い方とかに細かくルールを決めたがる人」

「面倒くさそう」ごはんに納豆をかけて、食べながら話す。

テレビでは、平日とは違うワイドショーが放送されていて、一週間のニュースを振り返っている。感染症の話ばかりで、一年くらいずっと同じ話を聞かされている気分になってくる。ワクチンのこととか状況は良い方に進んでいるのだろうけれど、出口はまだまだ見えない。

東京は、お正月明けに緊急事態宣言が発出された。飲食店は営業できても、午前五時から午後八時と限定されていて、お酒は午前十一時から午後七時までしか出せない。

「でもさ、そういうことで怒っている人は、怒りたいだけの人なんだよ」千波さんはグラノーラを食べ終えて、コーヒーを飲む。

「怒りたいことは他にあるんだけど、そこに怒りをぶつけられないから、違うものに当たってる。ここの住人をちょっとバカにしているような人もいたから。わたしたちのことを当たってもいい人間だって、判断したんだろうね」

「どういうことですか？」

「ふうん」

どういうことなのか、いまいち理解できなかったので、曖昧にうなずいてしまった。

「そういう人は、数ヵ月で出ていっちゃった。若葉荘に住めて嬉しいって異常に感激していた人は、細かいことに怒るだけ怒って、その勢いのまま一週間で出ていった」

「激しいですね」

「真弓さんと美佐子さんは、そういうことではないから、お互いの間で何かあったんだろうけど」

「わたしたちが中途半端に間に入ろうとしない方がいいかもしれませんね」

「もう少し様子見ようか」

「そうしましょう」納豆ごはんを食べ終えて、わたしもコーヒーを飲む。

「ごはん食べた後に、コーヒー飲む？」

「飲みませんか？」

「わたし、お米の時はお茶以外は駄目。甘いジュース飲みながら、ごはん食べたりするのとか、絶対に無理」

「それは、わたしも無理ですね」

わたしと千波さんが喋りながらコーヒーを飲んでいると、二階から下りてきた幸子さんが台所に入ってくる。袖口のほつれた白いスウェットを着ていて、パジャマなのか普段着なのか、判断が難しかった。

「……おはようございます」わたしたちの方は見ないまま、テレビに負ける小さな声で言う。

「おはようございます」わたしと千波さんも、釣られるように声が小さくなる。

それ以上、会話がつづくことはなくて、幸子さんは冷蔵庫から出したヨーグルトをハムスターでも抱くみたいに両手で隠すように持ち、二階へ戻っていく。

もう少し話してくれればいいのにと思うけれど、あいさつするようになっただけ、進歩したと考えた方がいい。

幸子さんは、ごみ捨てやお風呂掃除に関して、気を遣いすぎではないかと思えるくらい、ちゃんとやってくれる。冷蔵庫にはヨーグルトぐらいしか入れないし、台所でごはんを食べることもない。靴箱には、いつも履くスニーカーを一足入れているだけだ。怒ってしまう人とは、真逆のように見えて、同じようなものだと感じる。みんなの中に入り、気楽に暮らせばいいのにと思うが、それはわたしの考えを押しつけることになってしまう。

「時間、大丈夫？」千波さんが聞いてくる。

「ああ、そろそろ、行きますね」食べ終えた食器を洗い、部屋に上がる。

曇り空に合わせるように、アネモネの店内の雰囲気も、なんとなく暗くて重い。

ただ、天気は関係なくて、先月からずっと重い空気が漂いつづけている。

年末年始の休み明けにオーナーと奥さんから聞いた「店を閉めようと思っている」という話は、その後は進んでいないみたいだ。時短営業への対応で、オーナーも奥さんも疲れて、それどころではなくなった。だからこそ考えないといけないことなのだろうけれど、そのための気力が失われてしまっていた。

ランチタイムが終わり、お客さんが少なくなってきたので、店のことをユキちゃんに任せて厨房に行く。

木場さんは明日のランチのための仕込みをしていて、倉田くんは食洗機にグラスを並べている。

ユキちゃんと倉田くんの間で、年末年始の休み中に何かあったみたいなのだけれども、何があったのかはわかっていない。露骨に気まずそうにしていたのは数日間だけで、最近は仕事に関することを普通に話している。しかし、前みたいにふたりで仲良くすることはなくなった。明かりがひとつ消えてしまったように感じるから、楽しそうにしていてほしかった。

「木場さん、ちょっといいですか？」

「どうした？」

「今後のことで、ちょっと」

「すぐ行くから、奥の休憩スペースで待ってろ」

「はあい」

今後のことについて、木場さんとも話せていなかった。

オーナーと奥さんがいない時に話そうと思いながら、タイミングがつかめずに日々が過ぎていった。

今日は、オーナーと奥さんは、開店前に来ただけで、すぐに帰ってしまった。日曜日なので、お客さんは多いのだけれど、平日のような慌ただしさはない。ふたりがいなくても、どうにかなる。しかし、ふたりがいない日がつづくと、なんのためにここで働いているのだろうという気持ちになってくる。

オーナーと奥さんがいると、アネモネ全体の雰囲気が柔らかくなる。料理の味だけではなくて、そういう雰囲気も好きで、ここでの仕事をつづけてきた。

「どうした？」

休憩スペースで待っていたら、木場さんが入ってきた。

「厨房、大丈夫ですか？」

「何かあれば、呼ぶように言ったから」

「店、これから、どうなるんでしょう？」

「そのことか」木場さんは、小さく溜息をつく。

「オーナーも奥さんも、あれから何も言ってきません。それどころではないというのもわかるんですが、全く考えていないというわけでもないと思います」

「自分は、どうしたいんだよ？」

「うーん、前みたいにオーナーと奥さんがいて、木場さんと倉田くんとユキちゃんと楽しく働いていきたいと思っても、それは無理なのでしょう」

「そうだな」

「人の問題ではなくて、自分の問題として、どうするか決めなくてはいけないということも、わかるんです」

自分のやりたいことやできることを明確にして、意思を持って決めていかなくては、世の中の状況や人の気持ちに振り回されつづけることになる。

でも、わたしは自我の強いタイプではないし、自己実現みたいなことを望んでいるわけでもないのだ。

どれだけ探しても「自分」なんてものは見つからなくて、絶対と思えるようなことも出てこない。

生活していけて、好きな人たちと楽しく暮らせればいいぐらいのことしか考えられなかった。

それだけのことさえも、難しい世の中になってしまった。

だが、感染症がなかったとしても、世の中は変わっていくものであり、人の気持ちもそれぞれだ。わたしにとって心地いい状態が永遠につづいてくれるわけではない。

「今は、どんなことも判断が難しいからな」木場さんが言う。

「そうですよね」

「うちは、子供たちも中学生や高校生になるから、オレの好きなようにできるわけでもない」

「えっ？　そんなに、大きくなったんですか？」

木場さんには、娘さんがふたりいる。

前は、たまにお店に来ていた。

ふたりとも、まだ幼稚園か小学校低学年くらいだった。わたしの記憶の中では、小さな子供でしかないままで止まっている。

「上は中学一年で、下は小学校四年」

「人の家の子供は、成長が早いですね」

「もうパパの働くお店でごはん食べたいなんて、言ってくれないからな。下はまだそこまでじゃないけど、上はもう難しいな」

「女の子として、それが健全ですよ」

「そうなんだろうなとは思っても、納得はできない」

「すぐに彼氏連れてきたりしますよ」

「嫌なことを言うな」

「すみません」

中学生だったのは、二十五年も前のことなのに、はっきりと憶えている。

父親と娘ですごく仲がいいわけでもなかったが、仲が悪いわけでもなかった。それがある時から、同じ家に汚い生き物がいると感じるようになった。良くないことのように思いながらも、その嫌悪感を丸出しにしてしまった。ずっとつづくように感じていたが、何かきっかけがあったわけでもなくて、いつの間にか嫌だなという気持ちは薄れていき、父親と娘でほどよい距離感で接することができるようになった。

「高校に入るのなんて、もう少し先のことだけど、学費のことは考えておかないといけない。金がないことで、選択肢を減らしたくない」

「そうですよね」

結婚して、子供がいることを羨ましく思う時もあるが、大変なことも多いだろう。わたしは、自分のことだけ考えていればいい。若葉荘の家賃と食費で、月に十万円から十五万円くらい稼げれば、とりあえず生きていくことはできる。時短営業になったため、給料は当然減ってしまう。休業になるわけではないので、補償は望めないだろう。本来の営業時間は午後十時までだ。二時間分が減ってしまうから、一ヵ月分の給料は四万円くらい少なくなる。木場さんはバイトではなくて社員という扱いだ。今は給料がちゃんと出せていても、これから先は難しくなっていきそうだ。

アネモネも、オーナーと奥さんに子供がいたら、もっと前に閉店していたのかもしれない。

「ただ、これは、まだ倉田やユキちゃんに言わないでほしいんだけど」木場さんは声を潜める。

「なんですか？」わたしも、同じようにする。

「アネモネをオレが継ぐかもしれない。前から、そういう話は出てたけど、ちゃんと考えてみようと思う。手続きもあるし、金の問題もあるから簡単には進まない。でも、ここをなくしたくない」

「その場合、わたしはどうなるんでしょう？」

「クビだな」

「ええっ！」大きな声を出してしまう。

「若くてかわいいウェイトレスを揃える」

「セクハラですよ」

「冗談だよ」

慌てるわたしを見て、木場さんは笑い声を上げる。

「オレだって、前みたいにできればいいとは思ってる。けど、オーナーと奥さんに頼ってしまうのは、違う気がする。望んでいることがあるならば、自分で形にしていかないといけない。どうしたって、前と一緒にはできないし、オーナーと同じものってこだわると失敗する。でも、自分なりにと思っても、オーナーや奥さんから受け継いだものはちゃんと残って、大きく変わってしまうわけではない。オレは、厨房にいるばかりでお客さんのことはよく知らないから、残ってくれると助かる。ただ、ミチルちゃんのやりたいことが他にあるならば、無理は言わない」

「ありがとうございます」

「世の中の状況を見つつ、徐々にっていうつもりだから、また何かあったら話す」

「はい」

「気になることがあれば、今日みたいに話してくれていいから」立ち上がり、木場さんは仕事に戻っていく。

仕事のことも、ひとりで悩まないでいいのだろう。

若葉荘に住む前は、どんなことも、自分ひとりで考えてしまっていた。

でも、どうしていくのか、最終的には自分で決めなくてはいけない。

アネモネが完全になくなることはなさそうだ。

そう考えて、安心したら、わたしがずっといる場所はここではないのかもしれないという気持ちが湧いてきた。

ホールに戻ると、丸山さんが来ていた。

カウンター席に座って、オムライスを食べている。

ちょっと前まで、倉田くんはオムレツの練習をつづけていたけれど、最近はひとりでもキレイに作れるようになった。オムライスやナポリタンといった定番メニューならば、木場さんがいない時でも安心して任せられる。

「こんにちは」丸山さんが食べ終えるのを待って、声をかける。

混んでいる時間帯だと、店員がお喋りしていることを良く思わないお客さんもいる。態度の問題ではなくて、感染症が気になるのだろう。緊急事態宣言と言っても、多くの人は出歩いているし、感染症対策は緩くなってきている。それでも、常識が変わってしまったため、些細《ささい》なことに神経質になる人もいる。

今は、お客さんが少ないから、マスクをしたままで喋るくらいならば大丈夫だろう。

「こんにちは」丸山さんは水を飲んでから、マスクをする。

「オムライス、倉田くんが作ったんですけど、どうでした？」

「ユキちゃんからも聞いた。大丈夫だよ。木場さんが作った時と変わらない。先月よりもうまくなってるし、言われなかったら、わからなかったと思う」

「仕上がりにムラがあって、申し訳ないです」

「気になるほどじゃないから、大丈夫」

「良かった」

「望月さん、お母さんみたいだね」

「えっ？　どこがですか？」

「倉田くんやユキちゃんのこと、いつも気にしてる」

「お姉さんは難しくても、せめておばさんぐらいの距離です。さすがに親子ほどは離れていませんよ」

「そっか」

「そうです」

倉田くんは、このままずっとアネモネにいるかもしれない。でも、ユキちゃんは、あと数ヵ月ぐらいで辞めてしまうだろう。もともと旅行関係の仕事を希望していたのだし、いつまでもアルバイトでいるのではなくて正社員になって働くことを望んでいる。

三十五歳でここでバイトするようになったわたしが異例だったのであり、アネモネのウェイトレスは基本的に学生の子を雇うようにしている。ユキちゃんが辞めたら、娘でもおかしくないような子が入ってくるかもしれない。

年齢なんて気にしないでいいとは思っている。

でも、若い人に渡すべき場所はある気がする。

「ユキちゃん、倉田くんのことで、他に何か言ってました？」

「いや、オムライスのことだけ。何かあった？」

「聞いてないなら、いいです」

ユキちゃんと丸山さんは料理を出す時に少し話す程度だ。けれど、距離の遠い人だから話せることもある。倉田くんのことが話題に出たついでに何か言っていないかと思ったが、話していないようだ。ふたりの仲がこじれてしまう前に、おせっかいな先輩面して、ユキちゃんに「どうしたの？」とか聞けば良かったのかもしれない。

「それよりさ、去年中止になった朗読劇が春に上演されるって、知ってた？」

「ああ、はい、知ってます」

去年、丸山さんと行く予定だったのに、直前で中止になった朗読劇は、今年の春に改めて上演されることになった。

「チケット取れたら、一緒に行かない？」

「えっ？」

「こういう状況だから、無理しなくてもいいけど」

「行きます！　行きましょう！」

わたしも、丸山さんと行けたらいいと思っていたけれど、誘っていいものなのか迷っていた。

「良かった」丸山さんは安心したのか、表情が緩んだのがマスク越しでも、よくわかった。「詳細が出たら、また相談させて」

「はい！　楽しみです」

単純すぎるとは思うけれど、彼がいてくれるだけで、気持ちは晴れていく。

アネモネから帰る途中で、美佐子さんと一緒になった。前にいるのが見えたので、走って追いつき、並んで歩く。

「バイト？」美佐子さんが聞いてくる。

「はい」

「私はデート」

「そうかなって、思いました」

「バレンタインだから」

「ですよねえ」

今日は、日曜日なだけではなくて、バレンタインデーだった。

アネモネでは、毎年必ずお客さんに小さなチョコレートケーキを出すのだけれど、今年は感染症対策のために、中止になった。食べ物を出しているのだから一緒ではないかと思ったが、余計なことはしない方がいいという判断だ。

「なかなかデートしにくい状況だし、チョコレート渡して、軽くごはん食べただけだけどね」

「彼の家に行ったりはしないんですか？」

「それもするけど、外でも会いたいから」照れたように話す。

若葉荘の人たちとは、いつもマスクをせずに話している。

マスクをしたままで話していることに、違和感があった。

まだ八時を過ぎたところだが、街を歩いている人は少ない。

周りに誰もいないのだから、マスクを外してしまってもいいと思うのだけれど、着けたままで歩く。

「真弓ちゃんとのこと、ごめんね」美佐子さんが言う。

「気にしてないわけでもないけど、大丈夫ですよ」

「私ね、結婚するかもしれないの」

「えっ？」

「彼から、プロポーズされてる」

「それは、おめでとうございます」

わたしが言うと、美佐子さんは小さく首を横に振る。

「断ろうか迷ってる」

「えっ？　なぜ？」

「それもあったから、今日は彼の家ではなくて、外で会うことにしたの」

「別れるんですか？」

「そういうわけでもない」

「お別れはしないけど、結婚はしたくないということですか？」

「結婚する必要あると思う？」わたしの目を見て、美佐子さんは聞いてくる。

「一回も結婚したことないし、独身主義とかでもないので、なんとも言えませんね」

「私は二回離婚してるって、前に話したでしょ？」

「はい」

前に台所で、お茶を飲みながら、話を聞いた。

「結婚しても、大変なばかりで、幸せなのはほんの数日間だけだった。今付き合っている彼は、とても優しい人で、ちゃんと仕事もしている。一緒にいると、穏やかな気持ちでいられる。でもね、結婚する必要があるのか、迷うのよ」

「あの、真弓さんとのことから、話が逸れていませんか？」長くなりそうだったから、話を一度止める。

「あっ、そうね、ごめんね」

「いえ、好きに話してもらっても、いいんですけど」

「プロポーズされたことを言ったら、真弓ちゃんはとても喜んでくれた。それで、断るつもりだと話したら、真弓ちゃんはとても怒ってしまった」

「なぜでしょう？」

「真弓ちゃんは、結婚すれば幸せになれるって、信じてるんじゃないかな。私が幸せになることから逃げているように見えるのよ」

「なるほど」

「でもね、二回目の離婚の時に、もう結婚はしないって決めたの」

「離婚、そんなに大変だったんですか？」

「離婚も大変だったけど、結婚生活が辛かった。前にも話したように、借金とか浮気とかの繰り返しだったから」

「はい」

「もともとね、私の実家がそういう感じだった。子供のころに両親が離婚して、母親の再婚相手や恋人が父親みたいな顔をして、一緒に住んでた。そういう環境でも、幸せに暮らしている人は、たくさんいるのよ。でも、うちは、ドラマとか映画で安っぽく描かれる駄目な家族関係、そのままだった。母親が義理の父親に暴力振るわれたり、お金のことで揉めたりしているのをずっと見てた。私が高校生になると、母親の恋人に性暴力を振るわれるようになった。家から逃げたかったから、そのための手段として、結婚した」

「はい」

「ごめん、話が重いね」

「気にせず、話してください」

お正月に、メグミさんと話したことを思い出す。

みんな、誰かに話したいことを胸の奥に溜め込んでいる。

「ただ、聞くだけしかできませんが」

「ありがとう」

「つづき、どうぞ」

「高校生のころから付き合ってた彼氏がいて、卒業してすぐに一緒に暮らしはじめて、二十歳になった時に結婚した。彼はちゃんと働いていたし、浮気もしなかったし、大丈夫と思ったのに、籍を入れた途端に全てが変わっていった」

「何かあったんですか？」

「具体的にこれっていうことがあったわけじゃない。彼が責任みたいなものを感じ過ぎたのだと思う。私は近所のショッピングモールの雑貨屋で、お小遣い稼ぎのバイト程度にしか働いていなくて、生活費は彼に頼ってた。考えが甘かったって今ならばわかるけど、専業主婦になりたかったの。子供が生まれたら、働かないつもりだった。でも、彼は、高卒の契約社員で肉体労働をしていて、家族を養っていけるほど稼げていたわけじゃない。結婚する前は、子供のことも家を買うことも夢でしかなかったのに、現実になった。不安な気持ちを言葉にできず、彼はギャンブルや浮気に逃げるようになって、私に暴力を振るうようになった」

「ドラマみたいですね」

「ベタだよね」

「現実としては、ベタではありませんよ。わたしの周りには、男から暴力を振るわれた女の子なんて、ひとりしかいません」

大学生の時に友達が顔に漫画みたいな青あざを作ってきたことがあった。彼女は、寝ている時に彼氏の手が当たってしまっただけだと話していたが、どう考えても嘘だった。話さないだけで、他にもいるのかもしれない。けれど、わたしが知る中では、彼女ひとりだけだ。

「そうよね」

「そうですよ。暴力は、駄目なことです」

「二十代の私には、それがわからなかったの。これも典型的な話だけど、彼は優しい時もあったから。感情の激しさと優しさ、その両方を愛情だと思ってた」

「それが、どうして離婚することになったんですか？」

「私には子供ができなかったのに、浮気相手に子供ができたから」

「それは、困りましたね」

「浮気相手には中絶させるとか言われたけど、一気に気持ちが冷めてしまって、離婚することを決めた。でもね、帰る家はないし、行く場所もなかったから、他の男の人を頼るしかなかった。母親と同じ道を辿《たど》るんだって思っても、他の選択肢を考えるような、知識がない。離婚の話し合いを進めながら、新しい彼氏を探した」

「彼氏、そんなに簡単に見つかりますか？」

「私、かわいかったし、簡単にやれる感じだったから」

「良くないですねえ」

二十代の時は、かわいければモテる、痩せればモテると思いこんでいた。セックスを拒否したら、男の子に嫌われるとも思いこんでいた。でも、そんなことを理由にモテても、自分を安っぽくしてしまうだけだ。

「家を出るころには、一緒に住んでくれる男の人が決まってた。大学出て、会社勤めしているような、マジメな人」

「美佐子さん、大卒で会社勤めしてる人なんて、たくさんいるんですよ」

「私の周りには、いなかったのよ」

「あれ？　出身、どこなんですか？」

「岩手」

「今の話は、全てが北の方で起きたことなんですね」

「でも、岩手が悪いわけじゃないからね」

「わかります」

だが、地域の教育格差みたいな問題はあるのだろう。

東京と地方とでは、女子の大学進学率は全然違う。わたしの通っていた高校は進学校だったから、生徒のほとんどが進学を希望していた。でも、地元の友達の中には、四年制の大学に行くなんて考えたこともない女の子も、たくさんいた。未だに、女の子は高卒で就職して、お嫁にいくのが当たり前みたいな地域もあるのだろう。

「マジメな人だから幸せになれると思ったけど、つまらなかったの」

「でしょうね」

「何をしても、美佐子ちゃんの好きなようにしていいよって言われるのも、辛かった」

「優しいフリして、自分の意見は言わないパターンですね。こっちが全部を決めてあげないといけない」

「それ！」

「二十代の時に付き合った彼氏がそうでした」

なんでもわたしの言う通りにしてくれるから、結婚してと言ったらしてくれるのではないかと思った。だが、先のことを考えると、大変そうという気持ちが強くなった。結婚式のことも、新居のことも、親戚付き合いのことも、子供のことも、今日の夕ごはんも、明日のお弁当も、全てをわたしがひとりで考えて、彼はうなずくだけでいい。別れたいと伝えた時でさえも、「わかった、ミチルちゃんがそうしたいんだったら、いいよ」と言われただけだった。

「それで、前の旦那とか他の男の子とかと浮気するようになった」

「浮気相手、元旦那は酷いですね」

「とりあえずっていう感じ」美佐子さんは笑いながら言う。

「笑うところではないですよ」

「浮気がばれたら、何されたと思う？」

「美佐子ちゃんの好きにしていいよではないんですか？」

「逆。豹変《ひょうへん》して、監禁された」

「監禁？」

「部屋から出られないように、ドアの外に鍵つけられた。一ヵ月くらい、閉じこめられたまま」

「どうやって、出たんですか？」

「ある日、急に追い出されたの」

「意味わかんないですね」

「飽きたんじゃないかな」

「そこから、どうしたんですか？」

「行く場所ないし、この街では暮らせないと思って、各地を転々としながら、スナックとかで働いてた」

「ああ、それで、各地のお雑煮を作れるようになったんですね」

「そう」

「白味噌のお雑煮、おいしかったです」

美佐子さんは、お正月も終わるころに、残ったお餅で京風のお雑煮を作ってくれた。初めて食べたのだけれど、白味噌を使っていて甘めで、関東のものとは全然違った。

「また、作ってあげるね」

「お願いします」

「転々としてる途中で、もう一回結婚したんだけど、借金と暴力のお決まりのパターンね」

「お決まりではないですよ」

「離婚して、三十歳過ぎても、ひとりでは生活できないままで、これでは駄目だと思った。身体を壊して、お酒も飲めなくなった。昼の仕事をしようとしても、できることはないし、過去に付き合っていた男から追われたりして、シェルターみたいなところで匿《かくま》ってもらっていたこともある。一生このままなんだって、諦めそうになった時もあった。諦めてしまった方が楽だから、何度も逃げたくなった」

「はい」

「三十七歳の時、久しぶりに叔母から連絡があって、母親が亡くなったことを聞いた。最後は、ひとりだった。アパートの狭いトイレで倒れて、何日も経ってから、発見されたらしい。自分もそうなると思うと、怖くなった。それで、本気で努力するようになった」

「はい」

「調剤薬局事務の資格を取って、若葉荘に住んで、五十代の後半になってから、やっと落ち着いて暮らせると感じられた。真弓ちゃんみたいな、有名な大学を出て、いい会社に勤めているような人とも友達になれた。その日々を手放すのは、怖いのよね」

「うーん」

わたしは、メグミさんの紹介で、スルッと若葉荘に住めた。

美佐子さんにとっては、努力と苦労を重ねた上で、辿り着いた場所なのだ。

「今の彼氏のことは、とても好きで、信頼してる。結婚しても、変わらないと思う。私自身、男性に頼らないでも、暮らせるという自信もあるから、依存するわけではない」

「そうですね」

「でも、今のまま、それぞれの暮らしがあって、たまに会うという距離感でもいいと思うの」

「わたしも、それでいいんじゃないかなって、思いますよ。美佐子さんがいなくなったら、寂しいし」

「ありがとう」

話しながら、ゆっくり歩くうちに、若葉荘に着いた。

部屋で寝る準備をしていたら、階段を上がる足音が聞こえて、ドアを開ける音と同時に、何かが崩れる音が響いた。

廊下に出ると、千波さんが部屋の前で、かたまっていた。

お風呂から出て戻ってきたところで、パジャマを着ている。

「どうしたんですか?」何が起きたかはわかりつつも、一応聞いてみる。

「崩れた」千波さんは、わたしの方を見る。

「お疲れさまです」わたしは部屋に戻り、ドアを閉める。

すぐにドアをノックする音が響く。

「なんですか？」もう一度、ドアを開ける。

「今日、泊めてくれない？」

「崩れた本の上で寝ればいいじゃないですか？」

「さらに崩れたら、どうするの？　死んじゃうかもよ」

「他の部屋で寝てください」

「なんで？」

「明日、休みだから、ゆっくり寝たいんです」

「泊めてよ」

「美佐子さんやトキ子さんに頼めばいいじゃないですか？」

「泊めてくれないよ。だから、音が聞こえたはずなのに、出てこないんでしょ」

一階の真弓さんとトキ子さんにも、崩れる音は聞こえただろう。美佐子さんの部屋には、絶対に聞こえたはずだ。けれど、誰も様子を見にこない。本が崩れたのは、初めてではないのかもしれない。

「台所で寝ればいい」

「寒いから嫌」

「温度は、それほど変わりません」

「一晩だけ。明日になったら、ちゃんと掃除して、寝られるようにするから」

「今日だけですよ」

「ありがとう。トキ子さんに布団借りてくる」

千波さんは一階に下り、寝具一式を抱えて、すぐに戻ってきて、また一階に下り、レモンサワーを二缶持ってくる。

「これは、お礼」

「ありがとうございます」一缶、もらう。

千波さんは、わたしの部屋に入ってきて、布団を敷く。

二枚並べると、一気に部屋が狭くなったように感じる。

「人と一緒の部屋で寝るなんて、久しぶりですよ」

「いつ以来？」

前の彼氏と別れて以来ではないかと思ったが、去年のお正月に実家に帰った時、姪っ子と一緒に寝た。「ミチルちゃんの部屋で寝る」と言ってくれて、とてもかわいかった。次に会える時には、お姉さんになっていて、そんなことは言ってくれないかもしれない。

「一年ちょっとぶりですかね」

「わたしは半年ぶりくらいかな」

「そうですか」

「その時も、この部屋だった」千波さんは布団に寝転がり、天井を見上げる。

「えっ？」

「男じゃないよ」

「ですよねえ」わたしは、自分の布団の上に座って、もらったばかりのレモンサワーを開ける。

「わたしも、飲もう」起き上がり、千波さんも缶を開ける。

「前の住人って、どんな人だったんですか？」

「スタイリストだった人」

「へえ」

「若いころからファッション関係の仕事をしていた人で、七十歳を過ぎてた」

「そんな高齢の人もいたんですね」

「今の住人が若いっていうだけで、前は七十代や八十代の人もたくさんいたみたい。生活保護で暮らしている人やここで亡くなった人もいる」

「……亡くなった人？」

「隣の幸子さんの部屋の前の前の前の住人は、十年以上住んでいて、ここで亡くなった」

「事故物件じゃないですか？」

「違うよ。どんな家や部屋でも、人が亡くなる可能性はあるんだからね」

「そうですけど」

美佐子さんのお母さんも、アパートで亡くなったと話していた。病院で家族に看取《みと》られて亡くなるのが理想だと思っても、そうできない人はたくさんいる。わたしだって、甥っ子と姪っ子はいるけれど、自分の子供はいない。子供がいたとしても、老後の世話を押しつけるわけにはいかない。部屋でひとりで死ぬ可能性は、高い。

「ここの部屋の前の住人は、今は高知の景色のキレイなところで暮らしてるから、大丈夫だよ」

「年末に柚子を送ってくれた人ですね」

「そう」

冬至の前に、たくさんの柚子と柚子胡椒《こしょう》や柚子ポン酢が送られてきた。柚子は、お風呂に贅沢なくらい浮かべさせてもらった。

「フリーランスで働いていて、若いころは苦労したみたい。女性が働くっていうこと自体が珍しいこととされて、難しい時代だったから。結婚せず独身で、仕事のことだけを考えて、地位を築いてきた人。七十歳で引退して、ここに来て、やっと別の人生を考えられるようになったって話してた。一年くらいここに住んで、前から何度か行っていた高知で暮らすことに決めて、出ていった」

「高知、行ったことないけど、水がキレイなところなんですよね」

「そうみたいだね」

「いいですね」

リモートワークが進む中、東京を離れる人も増えているらしい。今までは、絶対に東京がいいと信じこんでいたけれど、どこか遠くへ引っ越すことを考えてみてもいいかもしれない。

「優しい人で、わたしがひとりで丸くなってると、部屋に泊めてくれて、色々なことを話してくれた」

「すみません、優しくなくて」

「ミチルちゃんは、優しいよ。コロッケくれたし」

「最近、若手が成長したから、試作が減ってしまいそうです」

「そっか、それは、ちょっと残念」千波さんは、レモンサワーを飲む。

「他には、どんな人がいました？」

「うーん、すぐ切れる人たちのことは、朝話したよね。あとは、幸子さんの部屋で亡くなった人ぐらいしか知らないんだよね。わたしがここに来てからは、この部屋と隣しか、住人が替わってないから」

「亡くなった人は、どういう人だったんですか？」

「わたしが来た時には、寝てるばかりで、すぐに亡くなってしまったから、何回かしか話せなかった。キレイな人だったよ。年齢は、トキ子さんと同じくらいだと思う。若葉荘に住む前から、トキ子さんと仲良かったみたい。亡くなるまで、トキ子さんが身の回りの世話をして、美佐子さんも手伝ってた」

「へえ」話を聞きながら、サワーを飲み干す。

「トキ子さんの部屋に写真が飾ってあるから、見せてもらうといいよ」

「他の住人の写真もあるんですか？」

「ううん、その人だけ」

「特別、仲が良かったんですね」

トキ子さんの部屋には、何度か入ったことがある。

タンスの上に写真立てがあったが、ちゃんと見せてもらったことはない。

「眠くなってきた」隅に寄せたテーブルに缶を置いて、千波さんは布団に入る。

「歯、磨かないんですか？」

「さっき、磨いた」

「今、レモンサワー飲んだんだから、また磨いた方がいいですよ」

「歯ブラシも埋もれたから、貸して」

「寝てください」新しい歯ブラシはないし、自分の使っているものは貸せない。

「おやすみ」

「おやすみなさい」

洗面台で空き缶をサッと洗ってから、歯を磨く。

「ミチルちゃん」

「なんですか？」

「明日、休みなんだよね？」

「はい」

「部屋の片付け、手伝ってね」

「そう言うと、思ってました」

「あと、わたしも、別の人生を考えてみようと思う」

「……寝てください」

「うん」

「明日、また聞きます」

大事なことは、久しぶりのお泊まり会みたいな時に、話さない方がいい。

「おやすみ」

「おやすみなさい」

歯磨きを終えて、部屋の電気を消し、わたしも布団に入る。

誰かがいると、いつもよりも暖かく感じる。


今以上に崩してしまわないように注意しながら、本を片付けていく。

廊下に私物を置いてはいけないと決められているのだけれど、一時的な避難場所として、とりあえず並べておく。部屋の広さに対して、おかしいのではないかと感じるくらい、大量の本がある。安全が確保できるだけ本を出したら、寝具一式を一階に運ぶ。シーツと枕カバーと掛け布団カバーは洗濯して、敷き布団と枕と掛け布団は庭に干す。

「今日中に、終わりそう？」トキ子さんが庭に出てくる。

「多分、大丈夫です」二階を見上げる。

六畳の部屋の片付けに、そんなに時間はかからないと思うが、自信が持てなかった。

「この建物は、腕のいい大工さんが頑丈に作ってくれたからね」

「そうなんですね」

相変わらず、外観は台風で吹き飛ばされそうにしか見えない。

「それでも、千波ちゃんの部屋は、いつか床が抜けるんじゃないかって、不安にはなるわね」

「そうですね」

「手伝いながら、相談に乗ってあげて」

「はい」

二階に戻ると、千波さんは座りこんで、本を読んでいた。

「片付け、進めてください」

「進めてるよ」千波さんは、本から目を離さずに答える。

「本、読んでるじゃないですか？」

「どこに置くか考えてたの」

「捨てるかどうかではないんですね？」

「捨てないよ」本から顔を上げて、睨むようにわたしを見る。

「これ、全部、戻すんですか?」

本は千波さんの部屋の前だけでは収まらず、階段やわたしの部屋の前にも並んでいる。

わたしが適当に置いたものを、千波さんがジャンル別に分けていった。

「戻す」

「また崩れますよ」

「崩れないように積む」

「無理でしょ」

「崩れたら、また泊めて」

「それは、いいですけど」

「まだ捨てられないから」飼い猫や飼い犬に触れるみたいに、千波さんは本の表紙を優しく撫《な》でる。

昨日の夜は「別の人生を考えてみようと思う」と言っていたけれど、決めたわけではないようだ。

「本棚に並べ直していきましょう」

「まず、ここの図鑑とか大きめの本を下の段に入れて」

「はあい」

本を抱えて、部屋の中に戻していく。

窓が開いているので、冷たい風が吹く。

身体を動かしているから、心地よく感じた。

「微妙な隙間、もったいないですね」

「そこには、この本を入れて」千波さんが廊下から持ってきた本を入れて、隙間を作らないように本を並べる。

パズルゲームをしているみたいで、少し楽しくなってくる。

「こっちにこれを入れれば、もっとキレイに入りますよ」

「それはジャンルが違うから、駄目」

「じゃあ、これをこっちはいいですか？」

「いいよ」

話しながら、作業を進めていると、階段を上がってくる足音が聞こえた。

トキ子さんが様子を見にきたのかと思ったら、真弓さんだった。

出社せず、部屋で仕事をしていたのだろう。

「うるさかったですか？」わたしが真弓さんに聞く。

「気にしないで。それよりも、美佐子ちゃんって、部屋にいる？」

「多分」

いつもだったら、出勤する時間を過ぎているが、美佐子さんは部屋から出てきていない。お休みで、部屋で過ごしているのだろう。

「ありがとう」

真弓さんは、廊下に並ぶ本の間を通って奥までいき、美佐子さんの部屋の前に立つ。

深呼吸してから、ドアをノックする。

すぐに美佐子さんが部屋から出てくる。

ふたりで何か話しているが、声が小さくて、聞こえなかった。

気になったけれど、ふたりとも深刻な顔をしている。

聞いていいことではなさそうだから、わたしと千波さんは部屋の中に戻り、本の整理をつづける。

真弓さんの泣いているような声が聞こえてきた。

千波さんはスマホを取り、音楽をかける。

美佐子さんが張り切って、台所で何か作っている。

朝早くから、鼻歌とは言えないくらいのボリュームで、子供のころに聴いたような曲を歌いながら、野菜を切ったりしていた。お昼ごはんを食べに下りてきたら、今度は小豆を洗っている。

「お汁粉ですか？」手を洗いながら、美佐子さんに聞く。

「お赤飯」

「今日のごはんって、何かのお祝いなんですか？」

みんなでごはんを食べたいから夜は出かけないようにしてほしい、と前から言われていた。

「秘密」美佐子さんはわたしの顔を見て、微笑む。

「結婚するんですか？」

「自分のお祝いのために、お赤飯炊いたりしないでしょ」

「誰かの誕生日！」

「なんですか？　教えてくださいよ」

「違う」

「夜ね」

「はあい」

しつこく聞かない方がいいだろうし、夜にはわかることだから、早めに諦める。

冷蔵庫を開けて、牛乳を出す。

千波さんのグラノーラをもらい、お昼ごはんは簡単に済ませることにした。

今日は、わたしと美佐子さんは休みで、トキ子さんはいつも通りに部屋にいて、真弓さんと千波さんは部屋で仕事をしている。幸子さんは、今は部屋にいるけれど、夜勤だから夕方には出ないといけないようだ。休みだったとしても、みんなの集まる席には参加しないだろう。

「お赤飯って、家で炊けるんですね」グラノーラを食べながら、美佐子さんの手元をのぞきこむ。

「小豆の下ごしらえが面倒くさいけど、炊飯器で炊けるし、今は簡単レシピみたいなものもいっぱいあるから」

「へえ」

「スーパーに行けば、なんでも売ってるから、家で作る必要もないけどね。手料理が愛情とも思わないし。でも、今日は、どうしても私が作りたかったの」

「それは、やっぱり、愛ではないでしょうか？」

「愛よりも」美佐子さんは上を向き、考えている顔をする。「一方的な、押しつけじゃないかな。あなたのために、私が作ったの、大変だったのっていう」

「今日は、押しつけたいようなお祝いなんですね」

「うーん、今日は違うかな」軽く洗った小豆をざるに移して、水切りする。

「では、どういう感じでしょう？」

「相手が一番喜んでくれることがしたい」

「愛じゃないですか？」

「それよりも、もっと意地悪な感じ」

「どういうことですか？」

「嬉しいことって、恥ずかしくない？」

「ちょっと恥ずかしいかもしれません」

子供のころは、誕生日のお祝いとかを素直に喜べていたのに、いつからか苦手だなと感じるようになった。いつもと違うテンションではしゃいでいる自分とか、感謝の気持ちを伝えようと必死になっている自分とか、確かに恥ずかしい気がする。でも、お祝いされる機会なんて減っているし、誰かに何かしてもらえたら、恥ずかしさよりも喜びの方が勝るだろう。

「午後は？　出かけるの？」美佐子さんは、大きな鍋を出して、お湯を沸かす。

朝から切っていた野菜は煮物にしたみたいで、他にも鍋が並んでいた。

「映画を見にいこうと思ってたんですけど、部屋で海外ドラマでも見ます」

お正月明けからつづく緊急事態宣言は、今月の後半には解除されると言われている。けれど、感染者はまだまだ多いし、安心して外を歩ける状態ではない。ひとりで映画を見にいくぐらいは大丈夫だと思うが、積極的に「出かけよう！」という気持ちになれなかった。若葉荘には、トキ子さんという高齢者もいるし、わたしが感染するわけにはいかない。

三月に入り、花粉症が辛くなってきているのもあり、アネモネにバイトに行くぐらいしか、外に出ないことが当たり前のようになってきている。

「買い物、お願いしてもいい？」

「いいですよ」

「お酒買ってきてほしいの。スーパーでも酒屋でもいいから」

「はい」

「えっとね」

美佐子さんは、テレビの横に置いてあるメモ紙とボールペンを取り、必要なものを書いていく。

そうだろうなとは思っていたけれど、真弓さんの好きなウイスキーやビールの銘柄が並んでいた。

平日の昼間でも、商店街を歩く人は多い。

緊急事態宣言が出て、夜は出歩く人が減ったみたいだけれど、昼間はそれほど変わらないように見える。でも、表面的にそう見えているだけなのかもしれない。閉まったままのシャッターには「しばらく休みます」と書いた紙が貼ってある。個人経営の居酒屋で、前はランチを出したりお弁当を売ったりしていたが、つづけることが難しくなったのだろう。同じようにしている店が何軒かあった。

感染症が広がっていく中で、儲《もう》かっている店もないわけではないようだ。しかし、全体的には、落ちてしまわないスレスレのところで、低空飛行をつづけている。

頭がぼうっとしてくるのは、花粉症や近づく春の暖かさだけが原因ではないのだろう。

街全体の空気がぼんやりしているように見えた。

透明のゼリーに包まれているみたいな感じがして、身体が重い。

わたしたちは今、世界史の教科書に載るような大きな変化の中で生きていて、元の生活に戻ることはないのだ。

二週間がまんすればいい、一ヵ月耐えればいい、夏になるころには状況が変わると言われるうちに、一年以上経ってしまった。

美佐子さんに頼まれたお酒は、スーパーで揃うものだったし、他に買いたいものもあった。けれど、メグミさんの家の酒屋に行くことにした。

「こんにちは」店のドアを開けてレジの方を見ると、おじさんが新聞を読んでいた。

「いらっしゃい」おじさんは顔を上げて、新聞を置く。

「いらっしゃい」店の奥から、メグミさんも出てくる。「お父さん、ごはん食べちゃって」

「食欲ないんだよな」

「いいから」

メグミさんがレジに入り、おじさんは「ゆっくりしていって」と言いながら、店の奥にある階段を上がっていく。

「なんか、久しぶりだね」メグミさんが言う。

「そうですね」

午後七時以降はお酒が出せなくなり、アネモネでもビールやワインを飲む人が減った。ランチでもビールやグラスワインを出しているが、どうしても夜の量には届かない。必然的に、発注の量も減り、メグミさんが配達に来る回数も少なくなった。前は週に二回か三回は顔を合わせていたけれど、今は週に一回というところだ。その週に一回も、わたしが休みの日に当たると会えない。

「おじさん、ちょっと元気なさそうでしたね」レジの前で立ったまま話す。

「身体は悪くないんだけど、気持ちの問題がね」

「気持ち……」

「お酒を求めて旅に出たり、あちらこちらの会合に顔出したりするのが好きな人だから、なかなか」

「そうですか」

楽しみにするようなイベントがなくて、ただ生活するだけの毎日では、人の心は弱ってしまう。

「本当だったら、今年はカリフォルニアに行くはずだったって、ずっと言ってる」

「カリフォルニアもワインは有名ですね」

「今まではヨーロッパばかりだったから、アメリカに行きたかったみたい。日本でも、長野とか山梨とかにワイナリーはあるし、日本酒の酒蔵は全国にあるから、計画立てたりしてたんだけど、仕事といっても行っていいのか迷うよね」

「国内旅行に行ってる人もいるみたいですけどね」

最初の緊急事態宣言は制限が厳しかった分、何をしていいのか何をしてはいけないのか、わかりやすかった。今回は、自分たちの日常に関係のあるルールは飲食店の営業時間ぐらいで、多くのことは自己判断とされている。人によって考え方が違い、基準にするものが見えない。友達から「家飲みしよう」と誘われたけれど、断った。とても会いたかったが、純粋に楽しめないだろう。

「アメリカ、行ってみたいな」椅子を借りて、レジの横に座る。

「海外、行ったことある？」

「ありますよ。台湾とか韓国ぐらいですけど」

「わたしはフランスやイタリアも行ったことあるけど、もっと行っておけばよかった」

「そうですね」

とにかく生活していくことを優先させてきた。イベントは、友達とごはんを食べにいったり映画を見たり近場に旅行したりするぐらいで、充分だと思っていた。でも、もっと遠いところにも、行ってみたかった。しばらく海外旅行なんて行けないのだと思ったら、後悔する気持ちが湧いてきた。

自分には無理だと思い、気持ちにフタをしてしまっていただけで、行きたい場所もしたいこともたくさんあったのかもしれない。

「アネモネは、どう？」メグミさんが聞いてくる。

「うーん、ランチは通常に近い営業ができてるから、ギリギリどうにかなってます」

詳しく聞いていないけれど、木場さんが店を継ぐ話は、進んでいるようだ。お金のことを話し合っているのか、信用金庫の人が何度かアネモネに来た。

「酒屋は、どうなんですか？」

「店からの注文は減ってるけど、家で飲む人が増えてるから、どうにかなるかな。うちは家賃もないし」

「やっぱり、持ち家があるって、いいですね」

「子供のころは、わたしか妹が継がないといけないって思って、憂鬱に感じたこともあるけどね」

「そうなんですか?」

「人生が決まってしまっているように考えてた」

「なるほど」

「でも、帰れる家があるっていうのは、いいことだよ」

「そうですよね」

美佐子さんは、離婚して彼氏とも別れた後、住んでいた街を離れたと話していた。各地を転々とする生活は、不安も苦労も多かっただろう。若葉荘の人たちは、お正月も帰らなかったし、誰も家族のことを語らない。トキ子さんも真弓さんも千波さんも幸子さんも、それぞれが事情を抱えている。

最悪の場合というほどではなくても、本気で生活に困ったら、わたしには帰れる実家があるし、泣きつける両親と兄がいる。

それは、当たり前なんかではなくて、とても恵まれていることだ。

「結婚してた時は、家族の面倒くささに苦しめられもしたけど」

「向こうのご両親ですか?」

「うちの両親だって、大変だったよ。孫、欲しかったんだろうね。子供ができないのは誰のせいなんだって、父親に問い詰められて、大揉めしたこともあった。わたしに原因があるから、子供は難しいってわかった時は、向こうの両親は一気に冷たくなったし、うちの両親は健康に産んであげられなかったとか言い出すし」

「大変そうですね」

おじさんもおばさんも、朗らかな人だ。

でも、家族にしか見せないような顔は、誰にでもある。

うちは、わたしが高校を卒業してすぐに家を出たので、良い距離感で付き合えているのかもしれない。兄が二十代のうちに結婚を決めて、両親に孫を抱かせてくれたのも良かったのだと思う。お義姉《ねえ》さんも、うまく付き合ってくれている。

「今は、妹の子がいるし、わたしは店を継いだし、丸く収まった感じ」

「良かったです」

「それで、今日は何を買いにきたの？」

「これです」美佐子さんから預かったメモをメグミさんに渡す。

「はい、はい」レジから出て、お酒を取りにいってくれる。

自分の飲むお酒も買おうと思って立ち上がり、借りていた椅子を端の方に置く。

窓の外を黒い影が通りすぎていった。

何か確かめたかった。

でも、多分、追いつけないだろう。

テーブルに野菜の煮物、豚の角煮、鯖《さば》の竜田揚げ、山盛りのサラダ、蛤《はまぐり》のお吸い物、お赤飯が並んでいる。

少し遅いひな祭りかと思ったが、それならば、ちらし寿司《ずし》を作るだろう。

「ひとり分、取っておこうね」美佐子さんは小皿を並べて、定食みたいになるように取りわけて、ラップをかける。

「幸子さんの分ですか?」

「そう」

「食べないんじゃないですか?」話しながら、わたしはテーブルにグラスや取り皿を並べていく。

幸子さんは、わたしが買い出しに行っている間に、出勤したようだ。いつも誰にも何も言わずに出ていくが、スニーカーを一足しか持っていないから、いるかいないかはすぐにわかる。

「朝、ひとりの時に、食べるかもしれないから。あまったら、明日のお昼か夜にミチルちゃんか千波ちゃんが食べて」

「わかりました」

「みんな、呼んできて」

「はあい」

まずは二階に上がり、千波さんの部屋のドアをノックする。

返事がないので、もう一度ノックする。

やっぱり、返事がない。

千波さんの靴は玄関に何足も並んでいるため、出かけたのかどうかが判断しにくい。けれど、美佐子さんがずっと台所にいたはずだから、どこかに行くならば、声をかけてからにするだろう。

ノックの音も聞こえないくらい、集中して仕事をしているか、イヤホンで音楽でも聴いているのかもしれない。寝ている可能性もある。

最近、小説を書いているみたいで、台所で丸くなることは減り、ずっと部屋にいる。何をしているとしても、邪魔してしまったら悪いので、スマホに〈ごはん、できましたよ！〉とだけＬＩＮＥを送っておく。

一階に戻り、真弓さんの部屋をノックするとすぐに出てきてくれたので、台所に行くように伝える。

次に、トキ子さんの部屋のドアをノックする。

「はい、どうぞ」

「ごはんの準備できました」ドアを開けて、部屋の中をのぞく。

トキ子さんの部屋は、必要な物だけでシンプルにまとめられている。清潔感があり、他の部屋と同じ六畳なのに、広く見える。タンスの上には、千波さんに聞いた写真が飾られていた。若葉荘の前で撮ったもので、トキ子さんと女性がふたりで並んでいる。いつぐらいなのか、若葉荘は今ほどボロくないし、ふたりとも若い。

「どうかした?」トキ子さんは、ゆっくりと立ち上がる。

「なんでもないです」

なんとなく、聞いてはいけないことのような気がした。

プライベートなことだからというよりも、そこにはトキ子さんがずっと写真を飾るだけの大切な秘密があるのだ。

「ごはん、おいしそうでしたよ」

「美佐子ちゃん、張り切ってたからね」

トキ子さんと話しながら台所に向かっていると、LINEに気がついたみたいで千波さんも二階から下りてきた。

いつもはトキ子さんが座っている奥の席に、今日は真弓さんが座っている。真弓さんの斜め前に美佐子さんが座り、その隣にトキ子さんが座る。美佐子さんの正面に千波さんが座り、わたしはその隣に座る。

「じゃあ、真弓ちゃんから、どうぞ」美佐子さんが言う。

「えっ！　何を？」

「今の気持ちを、スピーチ的に」

「嫌でしょ、そんなの」

「こんな、大々的なお祝いしてもらって、何を嫌がってるの？」

「美佐子ちゃんが勝手に用意したんでしょ」

ふたりのやり取りを見ながら、わたしはそれぞれのグラスに飲み物を注いでいく。真弓さんは濃いめのハイボール、美佐子さんは麦茶、トキ子さんと千波さんとわたしはビールにする。

「ミチルちゃんも千波ちゃんも、どこにも行かずに、予定合わせてくれたのよ」

「このふたり、どうせどこにも行かないでしょ」

「行くところぐらい、あります」千波さんが言う。

「どこよ？」

「本屋とか映画館とか」

「夜、行かなくてもいいところじゃない」

「部屋にいるからって、そんなに暇じゃないんです。真弓さんのために、予定合わせたんだから、ちゃんとスピーチしてください」

状況がいまいちわからないが、わたしは千波さんに合わせて、うなずく。

「早くしないと、料理が冷めちゃう」

トキ子さんにそう言われ、真弓さんは覚悟を決めたのか、深呼吸をする。

「今日は、ありがとうございます」真弓さんはテーブルに並ぶ豚の角煮の辺りを見て、小さな声で話しはじめる。「無事に生理が上がったようです。そう確信した時に、安心もしましたが、落ち込むような気持ちもありました。どうしたらいいのかわからなくて、初めて生理になった時の戸惑いを思い出しました。美佐子ちゃんに相談してしまったところ、このようなことになり、大変恥ずかしく感じています。でも、こうして、お祝いしてもらえることは、とても嬉しいです。ありがとうございます」

「おめでとう」トキ子さんが言う。

「おめでとう」美佐子さんも言う。

「おめでとうございます」千波さんとわたしは、声を揃える。

先月、真弓さんと美佐子さんは、けんかをしていた。わたしと千波さんが本の整理をしている時に、ふたりが話していて、それが仲直りのきっかけになったということは知っていた。けれど、何を話したかまでは、聞いていなかった。多分、あの時に、真弓さんが泣きながら話していたのが、このことだったのだろう。

どういう気持ちになることなのか、お祝いすることなのか、今のわたしにはまだわからない。でも、真弓さんは恥ずかしそうにしつつも、柔らかく笑っているから、ネガティブに捉えることではないようだ。

「食べましょう！」恥ずかしさを誤魔化すように、真弓さんは声を上げる。

「いただきます」みんなで、声を揃える。

大皿に載った料理は、菜箸を使って取り分ける。直箸でもいいのだろうけれど、気持ちばかりの感染症対策だ。いつか、友達と気軽に飲みに行ける世の中になったとしても、「直箸でいいよね」みたいな会話は、もうしないのかもしれない。アネモネでも、前はふたりか三人で分けて食べるサラダやフライドポテトを出していたけれど、ひとり分で出すようになった。相変わらず、四人以上のグループのお客さんはいるが、減っている。逆に、ひとりでランチを食べにくるようなお客さんは増えた。

「お赤飯、久しぶり」千波さんは、お赤飯にごま塩をかけていく。

「わたし、たまに、コンビニのおにぎりで食べます」わたしも、ごま塩を少しだけかける。

「ああ、おいしいよね」

「はい」

「そう考えると、特別感なくなるね」

「いや、でも、家で炊くというのは、なかなかないですよ」

お赤飯をひとくち食べる。

もち米の甘さがごま塩で際立つ。

どこがどう違うのかはわからないが、コンビニのおにぎりとは別物だと感じる。

「どう？」美佐子さんが聞いてくる。

「おいしいです」わたしが答える。

千波さんは何も言わずに、野菜の煮物や豚の角煮を食べていく。

次から次にお箸を伸ばしていく姿を見て、美佐子さんは嬉しそうにする。

「ゆっくり食べなさいよ」真弓さんは、レタスとトマトのサラダにマヨネーズをかける。

「お腹空《す》いてたから」お箸を止めて、千波さんはビールを少し飲む。

「お昼、食べてないんですか？」わたしも、ビールを飲む。

「うん」

「仕事してたの？」トキ子さんが聞く。

「はい」

「小説、書いてるの？」美佐子さんが聞く。

「書いてます」

「それは、良かった」

心の底から安心したように美佐子さんが言い、真弓さんとトキ子さんも同意を示すためにうなずく。

「今書いているものを書き終えたら、他の仕事を探します」

「えっ？」

わたしだけが驚いた声を上げて、三人は一気に心配そうな顔になった。

「書きたいものはたくさんあるし、書いていきたいという気持ちもあります」千波さんはお箸を置き、静かに話す。「でも、それが今の時代に売れるものだとは思えない。アイデアを何本出しても、編集者さんには売れないから駄目だと言われます。七瀬千波という作家は、もう古くて、過去の人間になってしまった。今の世の中を書けるほどの経験や知識がわたしにはない。小説を書くために、経験や知識が必ず必要なわけではありません。でも、それを補えるだけの実力も、わたしにはないんです。商業作家としては、もうやっていけない。熱意だけでつづけられるような、甘い仕事ではないから。うちは、二十代の時にわたしがお金を稼いで、家族との関係も悪くなってしまった。この先、結婚もしないと思います。ひとりで生きていかないといけません。過去に稼いだお金で暮らしていくのも、限界です。後悔しないように、最後に好きなものを好きなように書こうと決めました」

「……千波さん」

丸くなって悩んでいる姿を何度も見て、話を聞いている。千波さんが強い覚悟で決めたのだということは、理解できた。けれど、人生で一番大切にしてきたものを失ったら、彼女はどうなってしまうのだろう。

そう考えると、友達としても、七瀬千波の読者としても、泣いてしまいそうになった。

「泣かないでね」先手を打つように言い、千波さんはわたしを見る。

「……泣きませんよ」

「仕事を探す時には、相談に乗ってね」

「わたしも、詳しくはないですから」

「派遣とか契約とか、色々な仕事してきたんでしょ」

「そうですけど……」

「すぐではなくて、もう少し先だから」

「転職は、少しでも若い方がいいんですよ」

「それくらいは、知ってる」

「それに、今書いている小説が売れるかもしれないし」

わたしが言うと、千波さんはじっとわたしの目を見る。

「そういう奇跡は、起こらないんだよ」

自分でも、安っぽいことを言ってしまった、と感じた。二十代や三十代だったら、物語のような奇跡を信じられたかもしれない。でも、わたしたちは四十歳を過ぎている。現実は、そんなにうまくいかないということを知ってしまった。奇跡が起こることが絶対にないわけではない。だが、それは、ごく稀《まれ》なことだ。だから、「奇跡」と呼ばれる。

それでも、千波さんに奇跡が起こることを、最後まで願いつづけたい。苦しんだから、努力したからなんていうことは、意味のない世界なのだろう。けれど、小説が全てという彼女の人生が報われてほしかった。

「人のお祝いの席を、若いふたりのものにしないでよ」真弓さんはそう言って、二杯目のハイボールを作る。

「ごめんなさい」

千波さんが謝り、わたしは零《こぼ》れ落ちないように耐えきった涙をティッシュで拭う。

「焦らずに、考えなさい」千波さんの顔を見て、真弓さんは話す。「お金だったら、金利ゼロで貸してあげられる。今後の仕事のことも、相談に乗る。私のことも美佐子ちゃんのことも、好きなだけ頼っていい。だから、今は、安心して、小説を書いて」

「家賃は、遅れてもいいから」付け加えるように、トキ子さんが言う。

「ありがとうございます」頭を下げながら、そう言った千波さんの声に涙が含まれているように聞こえた。

「なんか、しんみりしちゃった」美佐子さんが笑いながら言い、空気が明るくなる。

しかし、その明るさを遮るように、真面目な表情で真弓さんは美佐子さんを見る。

「美佐子ちゃんは、どうするの？」

「どうするって？」

「結婚」

「しないよ。しないって、言ってるでしょ」

「どうして？」

「結婚にこだわるような時代ではないから」

「本気で、そう思ってるの？」

真弓さんは、視線を逸らそうとする美佐子さんを追っていき、まっすぐに見つめつづける。

「もうすぐ六十歳になるし、一緒に暮らしても、面倒が多いだけでしょ。介護のための結婚みたいになっちゃう。それだったら、お互いに別々に暮らして、自分の面倒は自分で見た方がいい。元気な時にデートするっていうだけで、いいのよ」

「本当に、いいの？」

追いつづける真弓さんに対して、美佐子さんは負けを認めたように、溜息をつく。

「だって、怖いじゃない」美佐子さんは真弓さんを見る。

「何が？」

「生まれ育った街から逃げて、どこに行ってもうまく生きられなくて、死んでしまった方がマシなんじゃないかって、何度も考えてきた。母親のようになりたくないと思っても、同じ道を歩くしかないように感じていた。暴力とかお酒とかお金とか、追いかけてくるもの全部を振り払って、やっとここまで来たの。若葉荘での暮らしを捨てて、またうまくいかなかったら、私には帰る場所がない」

「その時は、ここに帰ってくればいい」真弓さんは、美佐子さんの手を握る。

「部屋、あいてなかったら、どうするの？」

「しばらく、私の部屋に住めばいい」

「真弓ちゃん、ずっとここにいるの？」

「先のことは、わからない。でも、美佐子ちゃんに呼ばれたら、私はどこにいても、迎えにいく。だから、過去の辛かった経験に縛られて、自分の人生を小さくしてしまわないで」

「……私が助けてもらうばかりで、真弓ちゃんに何もしてあげられない」

「何、言ってるの？　朝から時間をかけて、こんなにおいしいごはんを作ってくれておいて」

「これくらい、誰にでもできる」

「できないでしょ」真弓さんは、わたしと千波さんを見る。「このふたりにやらせても、ナポリタンぐらいしか出てこないから」

「カレーだって、作れますよ」千波さんが言う。

「わたしは作らないだけで、他にも色々できます」わたしが言う。

「真弓さんなんて、何を作っても、マヨネーズの味にしちゃうじゃないですか」

「そうですよ」

千波さんとわたしが真弓さんに抗議をすると、美佐子さんは笑い声を上げる。

「三人だったら、ミチルちゃんが一番使えるかな」美佐子さんが言う。

「ほら」わたしが勝ち誇ると、真弓さんと千波さんは不満そうにする。

「そうね」トキ子さんが言う。「ミチルちゃんは、意外となんでもできる子だから」

「褒められちゃった」

「それで、なんでもできる子は、何か話すことないの？」真弓さんが聞いてくる。

「うーん、ないですね」

アネモネのことも、丸山さんとのことも話したい気持ちはあったけれど、千波さんや美佐子さんの話に比べると、大したことではないとしか思えなかった。

お風呂から出てくると、台所で真弓さんがひとりでウイスキーをロックで飲みながら、テレビを見ていた。

「珍しいですね」台所に入り、冷蔵庫から麦茶を出す。

「何が？」

「真弓さんがテレビ見てるの」グラスに麦茶を注ぎ、真弓さんの隣に座る。

ニュース番組で、「女性の貧困」の特集が放送されている。

感染症が広がり、シングルマザーや独身女性の暮らしは、前以上に厳しくなっている。男性との雇用や賃金の格差は、以前から問題視されていた。もっと早くに、真剣に取り組むべき問題だったのだろう。「年収二百万円でも幸せに暮らせる」みたいな本や雑誌の特集はたくさんある。些細な喜びを重ねていければ充分だと考え、多くの女性が諦めてしまっていた。けれど、その生活は、簡単に破綻してしまう。貯金もできないし、勤め先が倒産したり派遣切りに遭ったりしたら、数ヵ月もかからずに、生活していけなくなる。

もちろん、男性でも大変な思いをしている人は多いし、女性だけの問題ではない。でも、根本的なところで、男性と女性の差があるというのが今までの日本で、その時間は長すぎた。

「わたしは、ここにいてもいいのでしょうか？」真弓さんに聞く。

「どうしたの？　急に」

「真弓さんは、どうして若葉荘に住んでるんですか？」前から気になっていたことだった。「有名な大学を出ているということは、美佐子さんから聞きました。いい会社に勤めているみたいだし、持ち物を見ても、お金に不自由しているようには見えません」

「うーん」真弓さんは、困っている顔をする。

「ごめんなさい。気にしないでください」

「いいの、いいの。なんでも聞いて」

特集が終わり、天気予報がはじまったので、真弓さんはテレビを消す。

明日は、雨が降るようだ。

「貧困って、お金だけの問題ではないのよ」手に持っていたグラスをテーブルに置く。

「はい」

「ミチルちゃんの思っているように、私は有名な大学を出ているし、高い給料をもらえる会社に勤めている。このまま定年まで勤めれば、かなりの額の退職金がもらえて、安心して暮らせるぐらいの年金ももらえる」

「羨ましいです」

わたしは、勤め先に合わせて、厚生年金だったこともあるが、国民年金の時期も長い。この先、年金制度がどうなっていくかわからないけれど、今のところの予想としては、学生アルバイトの給料程度の額しかもらえない。フリーランスで働いてきた千波さんは、ずっと国民年金だったはずだから、同じようなものだ。美佐子さんは、年金を払っていない時期もありそうなので、結構厳しいだろう。老後の資金は、二千万円必要とか言われていた。でも、そんな額を貯《た》められるはずがないし、死ぬまで働かなくてはいけない。

「金銭面に関しては、人から羨ましがられても、何も返せない」

「はい」

「でもね、それだけのお金を稼ぐのは、やっぱり大変なのよ」

「それは、なんとなく、わかります」

どんなに羨ましいと感じても、わたしには同じことはできないということも、理解している。

中学生や高校生のころに、もっと必死になって勉強して、有名な大学に入り、大企業に就職していればよかったのかもしれない。でも、そういうことができない人が大勢いるから、偏差値の高い大学を卒業した人は特別でいられるのだ。学歴は関係ないと思いたいけれど、開かれる門の数には、やはり差がある。しかし、大学を出たとしても、時機的な巡りあわせで、望んだ会社に入れなかった人も多い。人並みではない才能や努力だけではなくて、運も重なった人に対して、お金は払われる。

普通に生きて、普通に働くだけでは、安心できるような生活は手に入らない。

「私より上の世代の女性は、会社勤めをしても、何年かで寿《ことぶき》退社するのが当たり前だった。転換期というか、私たちの世代で、やっと女性も働きつづけることが認められるようになってきた。でも、女性の同期の多くは結婚して辞めてしまったし、独身で働きつづけているというだけで、酷いことを言われることも多かった。女性はクリスマスケーキっていう考え、知ってる？」

「なんとなく知ってます。二十五歳までに結婚できなかったら、売れ残りっていうことですよね」

今は、二十代半ばまでに結婚するのは、早い方だ。でも、うちの両親も、二十三歳で結婚しているし、昔は二十代前半には決めることだったのだろう。四十歳になっても独身のわたしがクリスマスケーキだったら、完全に腐っている。

「そういうつまらないことを嫌になるほど言われてきた。男性でも結婚していないと、海外赴任は難しいと言われていた。未だに、そう考えている人もいる。独身女性は当然、既婚男性や独身男性以上に、難しくなる。でも、私は、子供のころから男性よりも勉強ができたし、運動だって得意だった。差別されて、自分の価値を落としたくなかった。うちは、両親が高齢だったから、友達よりも厳しく育てられたし、家の中での男女差別も激しかった。何をするにしても、長男である兄が優先された。そういうことに対して、納得できないという気持ちがずっとあった」

「お兄さん、いるんですね」

「もう何年も、会ってないけどね。両親ともに亡くなってるから、連絡するような用もないし」

「そうですか」

「辞めていった同期の中には、そういう中で悔しい思いをして、諦めてしまった人もいる。先輩や後輩も、そうだった。私は、絶対に海外赴任するし、出世するって決めていた。何よりも仕事を優先して、男性以上に努力した。女性も出世させるという声が大きくなっていく時代だったのもあって、うまく流れに乗せてもらえた。三十代のうちに、願っていたことの多くが叶《かな》った。ニューヨークやロンドンで暮らして、英語で仕事をしている自分は、すごいって感じた」

「すごいです。かっこいいです」

「ありがとう」真弓さんはわたしを見て、少しだけ笑う。「けどね、全然幸せではなかった」

「どうしてですか？」

「四十歳すぎて、日本に帰ってきて、うちの会社では女性初の次長になった。今は、部長ね」

「はい」

「友人の多くは結婚して、子供を育てている。悔しいと言いながら辞めていった同期や先輩や後輩も、そんな思いは忘れたかのように、幸せそうに暮らしている。正社員として、仕事に復帰している人もいたけれど、家族が最優先。夫が転勤になれば、辞めてしまう。彼女たちに、それでは駄目なんだと感じた。それを受け入れたら、女性の地位は低いままになってしまう。でも、心の底では羨ましいとも思っていた」

「どうしてですか？」

「私には、誰もいなかったから」グラスを取り、少しだけウイスキーを飲む。「恋人がいた時期もあるけど、長くはつづかなかった。恋愛や結婚と仕事の両立ができるほど、私は器用ではなかった。広くてキレイなマンションを買ったものの、そこで暮らしているのは私だけで、誰かが遊びにくることもない」

「はい」

「四十五歳の時にね、病気したの。婦人科系の病気で、しばらく入院して、手術もした。子供を産むのが難しい年齢であることはわかっていたし、産みたいと思ったこともあまりなかった。それなのに、産める確率がほとんどなくなってしまうと聞いた時には、ショックを受けた。でも、その辛さを話せる相手もいない。その時、母はまだ生きていたけれど、そういうことを話せるような仲ではなかった。手術の同意書には、兄にサインしてもらった。退院して、久しぶりにマンションに帰った時、全てがむなしくなってしまった。けれど、どうすることもできず、前以上に働いた。仕事で結果が出れば出るほど、ひとりなんだという気持ちは強くなった。部長になれた時だって、嬉しくなかった。祝福してくれる人の気持ちよりも、男性社員の妬みばかりが気になった。前は、女だから出世できないって言われたのに、女だから部長になれたって言う人がいた。女性でも出世できるっていうことを示すためのお飾りでしかないって。そこで、気持ちが切れそうになってしまっていた時に、たまにひとりで飲みにいっていたバーで、若葉荘の話を聞いた」

「それで、ここに引っ越してきたんですね」

「その時、あいている部屋はなかったし、自分が住んでいいところなのか迷いもあったから、すぐにっていうわけではないけどね」

「そうなんですね」

「トキ子さんと話して、受け入れてもらえた時には、嬉しかった」

「わたしも、真弓さんとトキ子さんに受け入れてもらえた時、嬉しかったです」

「嬉しいって感じたのならば、その時のミチルちゃんにそれだけの不安があったっていうことでしょ。だから、ここにいてもいいのよ」

「うーん」

多分、自分以外の誰かのことだったら、そう思えるのだろう。でも、自分のことだと考えると、若葉荘にいることを甘えのように感じてしまう。ひとりでいる辛さはあったけれど、真弓さんほどではなかった気がする。

「何かあった？」のぞきこむようにして、真弓さんはわたしの顔を見てくる。

「何もないんですよ。何もないから、何も決められません」

「じゃあ、何かあるまで、とりあえずここにいれば？」

「そうですね」

世の中の状況は、これからどうなっていくのか、わからない。明日のことだって、わからなくなってしまった。焦って、決めない方がいいだろう。若葉荘に来た時みたいに、ここだ！　と思えるような場所が見つかるかもしれない。

「今日は、ありがとうね」真弓さんは立ち上がり、グラスを洗う。

「わたしは、食べて飲んでいただけですから」

「それでも、一緒にいてくれて、嬉しかった」

「それは、良かったです」

「病気のこともあったし、無事終えられた安心感もあるけど、女としては不安も大きいことだったから」

「そうなんですね」

「四十歳過ぎてるんだから、そういうことも考えて、検査受けたりしなさいよ」

「はあい」

「おやすみ」

「おやすみなさい」

台所から出ていく真弓さんの背中に向かって言う。

夜は、まだ寒くて、足が冷えてしまった。

お風呂場に戻り、足だけにシャワーをかけて、温める。

春と雨のにおいがすると思っていたら、ランチタイムの終わるころに雨が降りはじめた。

予報でも雨だと言っていたから、傘は持ってきているけれど、降らないでほしかった。

「夜のお客さん、少ないかもしれませんね」倉田くんが厨房から洗ったグラスを持ってきて、わたしの横に立つ。

「そうだね」ドリンクカウンターの中から客席を見回す。

お客さんは、ひとりで来ている方がテーブル席に二名いて、離れたところに座っている。

さっきまでは満席だったのだけれど、グループのお客さんが減っているため、売上は落ちている。前だったら、ふたり連れのお客さんをご案内していた席が、今はひとり用みたいになっている。ひとりで来られた方が他にいても、相席にするわけにもいかず、何人か断ってしまった。満席と言いつつも、実質的には満席ではないため、苛《いら》立《だ》ちを覚える。

ユキちゃんは、あいているテーブルやアクリル板をアルコール消毒して回っている。オーナーと奥さんは、出勤してきていない。

木場さんが継ぐことは正式に決まったようだし、倉田くんが作れるものも多くなってきている。注文が飛び交うほど、混むこともない。ふたりが来なくても、店は回る。

前とは変わってしまったことで、気持ちも離れてしまったのだろう。

グループで来るお客さんも、ふたり連れのお客さんも、ひとりで来るお客さんも、気軽に楽しめて活気がある。店内は、かわいくまとめつつも懐かしい雰囲気で、女性も男性も落ち着ける。それがアネモネだったはずだ。

それなのに、今は、アクリル板だらけの息苦しい店になってしまった。この一年で、アクリル板だけが進化した。最初は、とりあえず買ったビニールシートだった。

また、前みたいな店に戻り、オーナーと奥さんには元気に笑っていてほしい。

そう願うのも、奇跡を望んでいるだけでしかないのだろうか。

「戻んないの？」ずっと横に立っている倉田くんに聞く。

「ユキちゃんから何か聞いてますか？」倉田くんは、声を潜める。

「何を？」

「僕、結婚するんです」

「はあっ？」思わず、大きな声を出してしまう。

アクリル板を拭いていたユキちゃんは驚いたような顔をして、わたしの方を見る。

大丈夫だから気にせずにつづけて、と手で示す。お客さんはふたりとも、イヤホンをしてスマホを見ていたから、わたしの声は聞こえなかったようだ。

「誰と？」声を小さくする。

「高校の同級生で、ずっと付き合っています」

「倉田くん、何歳なんだっけ？」

「二十三歳です」

「クリスマス前じゃん」

「クリスマス？」

「なんでもない」首を横に振る。

「祝福の言葉とか、ないんですか？」

「ああ、おめでとう」できるだけ棒読みっぽくなるように言う。

「もうちょっとお祝いっぽい感じで」

「いや、だってさ、今の会話はおかしいでしょ？」

「どこがですか？」

「木場さんやオーナーから聞いてますか？　だったらいいけど、なんでユキちゃんを気にしたの？」

「うーん」倉田くんは目をパチパチさせながら、首をかしげる。

「かわい子ぶっても、誤魔化されません」

「いや、ユキちゃんとは何もないんですよ。ちょっと勘違いさせちゃったかなっていう気はしますけど。僕としては、職場の仲間として、仲良くしていただけです」

「仲良くって、どこまで？」

「店で話すぐらいです」

「本当に？」

「三回、デートしました」わざとらしく、目を逸らす。

「デートだけ？」

「ちょっと手を繋いで、軽くキスしました」

「有罪です！」できるだけ力をこめて、倉田くんを睨む。「ただの好青年かと思ってたのに、酷い男だ！　それで、よく結婚しようとか考えられるな。ユキちゃんにも彼女にも、悪いとは思わないの？」

「僕、彼女としか付き合ったことないんです。結婚はもう少し先と思ってたんですけど、感染症のこととかあって、協力して生きていこうという話になりました。彼女以外考えられないっていう気持ちはあるんですよ。でも、他も知っておきたいじゃないですか」

「バーカ」

「そんなに、言われることですか？」

「気持ちは、わからないでもないよ」

テーブルとアクリル板のアルコール消毒を終えて、ユキちゃんがトイレの清掃に入ったので、声を普通のボリュームに戻す。

「わかりますよね？」

「でもさ、手を出していい女と出してはいけない女がいるって、わからないかな？」

「それは、ちょっと考えました」

「マジでキスまでだよね？」

「そこから先も考えましたよ。でも、キスしたところで、やっぱり彼女に申し訳ないなって感じて、やめました」

「ユキちゃんに悪いって、思えよ」

「それも、あります」

「木場さんには、話してないの？」

「話してません。話せるわけないじゃないですか」焦ったような顔をする。

「言ってやろうか」

「やめてください。ミチルさんだから、言っても大丈夫って思ったんです」

「大丈夫じゃないよ！」

「僕、ここを辞めた方がいいですか？」倉田くんは下を向き、わかりやすくしょんぼりする。

「だからさ、かわい子ぶっても、駄目です」

「かわい子ぶってません」子犬みたいな目をして、わたしを見る。

「辞めるか辞めないかは、倉田くんの決めることだよ。けど、わたしはいてほしいと思っているし、倉田くんが辞めたら木場さんは困る以上に残念に感じると思う。時間をかけて、育ててもらった恩があることは、わかるよね？」

「はい」

「ユキちゃんのことは、わたしがフォローする。急いで結論を出さずに、もう少し待ちなさい」

「ありがとうございます」笑顔で言い、倉田くんは厨房に戻っていく。

うまく利用されている気もするが、わたしがどうにかするしかないのだろう。

男女のことだし、若いふたりのことに口出ししない方がいいと思って放っておいたけれど、雰囲気の良くない状態が三ヵ月近くつづいている。ふたりとも、仕事に支障の出るようなことはしない。でも、このままというわけにもいかない。

本来だったら、倉田くんが辞めるべきだ。

しかし、今辞められるのは、本当に困る。

またゼロからアネモネのことを教えるような余裕はない。ある程度できる人が入ってきたとしても、店が変わっていく中で守らないといけないことがあり、それが伝わらないかもしれない。倉田くんだって、今は飲食店はどこも同じような状況で、彼くらいの技術では次に行ける店も見つけられないと思う。

わたしや木場さんが楽したいだけという気もするが、倉田くんにはいてほしい。

トイレ清掃を終えたユキちゃんがドリンクカウンターに入ってきて、わたしの横に立つ。

「終わりました」

「ありがとう」

「結婚のこと、聞いたんですか？」

「ああ、うん」

「わたし、辞めます」

「ええっ？」

「もともと辞めたいって思ってたし」わたしと目を合わさず、怒っているような口調で言う。

「いやいや、自棄《やけ》にならないで。倉田くんなんて、そこまでの男じゃないよ。顔はまあかわいいけど、それだけじゃないかな」

「別に、倉田さんのことは、関係ありません」

「そっか、そうだね」

「ここにいても、先はないじゃないですか」

「うん、うん」

「ずっとアルバイトで、彼氏もできないままでは、生きていけません！　知らないおばさんたちとボロアパートに住むみたいな将来になったらって考えると、生きていくのが嫌になります」

「ん？」

「わたし、ミチルさんみたいにはなりたくないんです！」

「ああ、うん、そうだねえ」どう返したらいいかわからず、力の抜けた返事をしてしまう。

これは、多分、前に千波さんが言っていた「怒りたいだけの人」というやつだ。

ユキちゃんは、希望していた留学や旅行会社への就職が難しくなり、不安を抱えながらアルバイトをつづける中でも、倉田くんと仲良くなって楽しく感じていたところで、よくわからない振られ方をしてしまった。それでも、生活のこともあるし、どうにか働いていたら、今度は「結婚する」と言われた。

当たりたい相手は、感染症でうまくいかなくなっていく世の中や倉田くんであり、わたしではない。

当たりやすい相手、甘えられる相手として、わたしが選ばれた。

本音の部分はありつつも、そこまで酷いことは思っていないはずだ。

そういう子ではないことは、よくわかっている。

ユキちゃんだって、倉田くんだって、とてもいい子だ。

世の中が変わっていく中で、若い子には若い子の不安があり、色々と判断を間違えてしまったのだろう。

理解できるけれど、ショックだ。

自分の人生だけではなくて、若葉荘の人たちのことまで、全てを否定されたような気持ちになってしまう。

向かいの家の庭から大きくはみ出した桜の木が満開になり、花が散りはじめたころ、美佐子さんは若葉荘を出ることになった。

まずは、彼氏のマンションにふたりで暮らし、焦らず時間をかけて、将来について相談していくことになったらしい。結婚するのかどうするのかも、それから決める。

彼氏は一度だけ、若葉荘にあいさつに来た。穏やかで優しそうな人だ。ちょっと気が弱そうにも見えたけれど、台所でトキ子さんと真弓さんに「ふたりで幸せになります」と話す姿からは、美佐子さんへの確かな愛情が感じられた。彼の横顔を見つめ、美佐子さんは嬉しそうに笑っていた。その姿に安心したのか、真弓さんは涙の粒を落とした。

「運ぶものって、まだありますか？」三号室をのぞき、美佐子さんに聞く。

美佐子さんは、荷物のなくなった部屋の真ん中にしゃがみこみ、乾いた雑巾で畳を拭いている。

「あとは、自分で持っていくものだけだから大丈夫」

「掃除、わたしがやりますよ」

「いいの、最後だから、自分でやっていきたい」

「そうですか」

「うん」寂しそうな顔をして、小さくうなずく。

彼との暮らしに対する喜びや期待もあるのだろうけれど、不安も同じくらい大きいのだろう。

未来は見えなくて、何を選べばいいのか、正しい答えはわからない。優しかった人が急に変わってしまうこともあると、美佐子さんは過去の経験から知っている。暴力を振るったりするような人には見えなかったが、絶対とは言い切れない。若葉荘にいれば、それなりに幸せでいられる。大きな不幸が起こることもないだろう。

全てをわかった上で、美佐子さんは決めたのだ。

幸せになってほしいと心の底から願っている。でも、もしも何かあった時には、支えられるような人にわたしもなりたい。

半年くらいの短い間だったけれど、美佐子さんにはごはんを作ってもらったり話を聞いてもらったりした。ひとつ屋根の下に暮らして、家族のように感じていた。

「引っ越し屋さんには、先に行ってもらって」美佐子さんが言う。

「向こうで、彼が荷物を引き取ってくれるから」

「はい」

「わかりました。伝えておきます」

一階に下りて、外へ出る。

引っ越し屋さんに、美佐子さんからの伝言を伝える。

荷物は、洋服と日用品の他には、若いころからずっと使っているという小さなタンスと姿見ぐらいだ。とても少ないので、引っ越し業者ではなくて、トキ子さんの知り合いが経営する運送会社に頼んだ。二十代後半の男性がひとりで来て、軽トラに荷物を積んでいってくれた。真弓さんも千波さんも部屋にいるけれど、仕事をしているのか、出てこない。だが、手伝いは、わたしひとりで充分だった。

「あら、もう行っちゃったの?」トキ子さんが玄関から出てくる。

「トラックだけ先に行ってもらいました」通りの先に見えるトラックを指さす。「美佐子さんは、まだ部屋にいます」

「そう」

「晴れて、良かったですね」

桜が咲いてから、くもりや雨の日がつづいていたのだけれど、今日はよく晴れている。

青い空の下、桜の花びらが舞い落ちてくる。

「お花見、今年も行けなかったわね」桜の木を見上げ、トキ子さんが言う。

「まだ難しいですね」

緊急事態宣言は三月の下旬に解除になったものの、安心して暮らせる状態には、ほど遠い。桜の下、みんなでお弁当やお酒を持ち寄るようなお花見は、去年と同様に自粛を求められた。

「この先に大学があるでしょ」

「はい」

「大学の敷地の奥まで行くと、見事な桜の木があるの」

「そうなんですね」

「誰でも入れる場所で、休みの日には、そこに学生の他に近所の人も来て、お花見をしてた。学生と地元の人しか知らないから、人が集まりすぎてしまわなくて、ちょうどいいの。大学の研究のための観測用なのか、あまり見ない種類の桜もあるのよ」

「見てみたいです」

「来年は、美佐子ちゃんも誘って、みんなで行きましょう」

「はい」

「楽しみね」トキ子さんは、わたしの顔を見て微笑む。

「そうですね」わたしも、トキ子さんを見る。

来年の春、世の中がどうなっているかなんて、誰にもわからないことだ。けれど、希望は持っていたかった。

悪くなるばかりではなくて、良くなることもあるのだと信じていたい。

玄関が開き、美佐子さんが出てくる。

「あっ、トキ子さん、ここにいたんですね」

「どうかした？」

「玄関の鍵を返そうと思って」美佐子さんは、トキ子さんに鍵を渡す。

「持っていてもいいのに」寂しそうに、手の平に載せた鍵を見る。

「戻ってこないようにします」

「いつでも、遊びにきてね」鍵を握り、スカートのポケットに入れる。

「それは、もちろん」

「もう行くの？」

「はい」力強くうなずいてから、美佐子さんはわたしを見る。「軽く掃除したけど、細かいところまで見られてないから、あとはお願いしていい？」

「大丈夫ですよ」

話している声が聞こえたのか、真弓さんと千波さんも慌てたように、玄関から出てきた。

「美佐子さん！」千波さんは、美佐子さんの手を握る。「おいしいごはん、ありがとうございました。今日から、若葉荘の食生活が貧しくなっていくと思うと、心配です」

「自分で作って、ちゃんと食べなさい」

「はい」泣きそうな顔をしてうなずき、手をはなす。

仕事をしていたわけではなくて、手伝いをしたくなかったわけでもなくて、泣いてしまうから、出てこなかったのかもしれない。

真弓さんも、涙を堪《こら》えた顔をして、美佐子さんを見ている。

「真弓ちゃん、ありがとう」美佐子さんが言う。

「元気で」

「お互いね、身体には気をつけて」

「辛いことがあったら、いつでも帰ってきて」

「わかってる」

「何もない方がいいけど」

「そうね」

しばらく無言で見つめ合った後、美佐子さんはトキ子さんの前に立つ。

「お世話になりました」笑顔で言い、美佐子さんはわたしたちの方を見た後、三号室の辺りを見上げる。

「あなたは、うちの子だから」トキ子さんが言う。

「はい」

「またね」

「じゃあ、いってきます」

美佐子さんは手を振り、駅の方へ向かって歩いていく。

引っ越し先は、二駅先だ。

遠い所へ行くわけではないし、いつでも会える。

それでも、胸の中に広がる寂しさを止めることはできなかった。

小さくなっていく後ろ姿を隠すように、桜の花びらが風に舞う。

丸山さんと一緒に行こうと約束した朗読劇は、予定通りに上演された。

会場に入る前に、体温を測ってアルコール消毒をして、チケットは入口で係員に見せた後に自分でもぎって渡し、会場内ではマスクの着用が義務付けられ、開演前のお喋りはできるだけ控えるように言われた。

前にも何度か行ったことがあるイベントホールだったのだけれど、初めての場所のように見えた。ロビーを広くするために、不要な看板は撤去されて、お祝いの花は贈ること自体が禁止されている。徹底的に消毒された空間に、息苦しさを覚えた。静けさや異常なほどの清潔さに、わたしたちはまだまだSF映画の世界にいると感じたが、全てが現実だ。

去年は、何もかもが中止になり、映画館まで閉まってしまい、自粛を求められた。一年が経ち、感染対策をすれば、イベントは実施できるようになった。オールスタンディングで観客が密集するような音楽ライブとかは、まだ難しいだろう。でも、できることは確実に増えてきている。

しかし、良い方を見ようと思っても、心の底から楽しむのは、難しかった。

見にいく前にお茶を飲むという気にもならなかったし、終わった後はほとんどのお店が閉まっていた。緊急事態宣言は解除になっても、都内はまん延防止等重点措置が適用されているため、飲食店の時短営業はつづいている。従わずに通常営業をして、外まで笑い声が漏れているような居酒屋もあったけれど、そこに入るべきではないと心が拒否した。

せっかく丸山さんと初めてアネモネ以外で会い、ふたりで出かけられたのに、電車の中と会場で少し話すことしかできなかった。それだけでも大きな進歩で、楽しかったという思いもある。けれど、なんだか、中学生みたいだ。同じクラスの男子に誘われて、遊びにいったもののうまく話せず、どこに行けばいいのかもわからなかった時のことを思い出してしまう。

帰りの電車は、満員というほどでもないけれど、会社帰りの人で混んでいる。でも、喋っている人は少なくて、気軽に話せるような雰囲気ではなかった。イベントの感想を軽く伝え合った程度で、もうすぐ丸山さんの降りる駅に着いてしまう。

「あの、今日は、ありがとうございました」わたしから言う。

「ああ、うん」

「またお店で」

「遅いってほどの時間じゃないけど、家まで送る」

「えっ？　いいですよ」

「迷惑？」丸山さんは、のぞきこむようにわたしを見る。

「そういうわけではないんですけど、若いお嬢さんではないのだから、大丈夫です」

「そういう油断は、危ないよ」

「いや、でも」

「ちょっと話したいこともあるし」

「じゃあ、お願いします」

駅から若葉荘までの道は、バイトの帰りにも歩いているし、危ないことなんて起きないと思う。住宅街で、夜はほとんど人がいなくなるが、怖いと感じたことはない。けれど、送ってくれると言っているのだから、甘えていいのだろう。丸山さんは、わたしが若葉荘に住んでいることを知っている。ちょっと部屋に上がっちゃおうみたいな下心があるわけでもない。下心があるならば、それはそれでいい気もするが、今日は心も身体もそこまでの準備ができていないから、やめておきたい。

駅に着いたので、ふたりで並んで電車から降りる。

改札を抜けて、商店街を通り、若葉荘の方へ歩いていく。

「話したいことって、なんですか？」

「ん？」丸山さんは、わたしの方を見る。

いつもは、丸山さんが座っていて、わたしは立った状態で話している。顔が少し上にあることを新鮮に感じた。丸山さんは、男性の中では小柄な方なのだけれど、わたしよりも七センチか八センチくらいは背が高い。

「さっき、電車の中で」顔を見上げて、話す。

「ああ、アネモネって、どうなるのかなって思ってて。最近、オーナーと奥さん、ずっと出てないでしょ。店だと、聞きにくいから」

「うーん、それは、まだ情報解禁前っていう感じなんですよね」

「何それ?」小さく笑い声を上げる。

周りに人が少なくなったことで、さっきよりも気楽に話せるようになった。

「他のお客さんには言わないって約束してくれたら教えます」

「言わないよ」

「秘密ですからね」

「うん」

「しばらく休むことになりました」

「……そうなんだ」

「はい」

五月の連休が終わったら、アネモネは一度閉めることになった。改装工事をした後、店の看板は残しつつ、木場さんがオーナーになって再オープンする。

世の中の状況がもう少し落ち着いてからでもいいと木場さんは考えていたのだけれど、店が保てなくなってしまっている。オーナーと奥さんが出てこられない中、ユキちゃんが四月の終わりで辞めることになった。金銭的にどうにかなっても、人がいなければ、店はつづけていけない。体制を立て直すためにも、しばらく休んだ方がいいと、木場さんが決めた。

話せる範囲で、丸山さんに事情を説明する。

オーナーも木場さんも決めるまでに、ちゃんと相談してくれたし、倉田くんやユキちゃんとも何度か話した。でも、お店のスタッフ以外に話すのは、初めてだった。

「望月さんは、大丈夫？」

「何がですか？」

「生活とか」言いにくそうにしながら言う。

「それは、大丈夫そうです」

改装工事の前にレジ周りや事務所の片付けをしないといけないし、新しく従業員を雇うための面接もある。メニューも改めて考えるため、試食会もするらしい。アネモネが休みの間、わたしもずっと休みというわけではない。

「気持ちの問題とかは？」

「それは、大丈夫ですと言いたいところですけど、ちょっと複雑です」

「そうだよな」

「オーナーと奥さんのことを考えれば、いい選択だと思います。永遠に働けるわけではないし、全然知らない誰かに渡すよりも、木場さんが継ぐべきです。けど、世の中がこういう状況になってしまった中、もっとつづけられたはずのことが難しくなって、決断しないといけなくなったというのは、なんだか悔しいです」

「うん」

「あと、ユキちゃんのことは、わたしがもっと早くに気がついて、どうにかしてあげるべきでした」

ユキちゃんに「ミチルさんみたいにはなりたくない」と言われてしまってから、気まずい状態がつづいている。

言われたわたしよりも、言ってしまったユキちゃんの方が傷ついている。わたしもショックは受けたのだけれど、今の生活が好きだと思えているから、落ちこまずにいられた。

倉田くんとユキちゃんの間に何があったのか、隠しつづけるのが難しい状況だったため、木場さんにもばれた。木場さんは、倉田くんに「お前が辞めろ！」と怒鳴った。しかし、倉田くんは「残らせてください」と言い、泣きながら頭を下げた。それだけのことで、すぐに木場さんが許したわけではない。わたしも入って、話し合いを重ねた。ユキちゃんの「辞めたい」という意思は、どうしても変わらなかった。彼女のことを思うと、引き留《と》めてはいけないとも感じた。最終的に、若いふたりの気持ちを尊重することに決まった。

仕事には影響が出ないようにしているけれど、人間関係がうまくいっていないことは、常連のお客さんには伝わってしまっているだろう。

丸山さんは、倉田くんやユキちゃんと話すこともたまにあるから、なんとなく事情を知っている。

「それは、望月さんには、どうしようもないことだったんだよ」丸山さんが言う。

「僕も、倉田くんとユキちゃんは、付き合うんだろうなって思ってた。若いふたりのことに、望月さんや木場さんが口を出すことはできない。倉田くんがしたことは酷いとは思うけど、若いうちには間違ってしまうこともあるから」

「丸山さんも、間違ったことがあるんですか？」

「……ないとは言わない」わたしから目を逸らす。

「ふうん」

「望月さんは、間違ったことはないの？」

「ないわけではないですよ。でも、だからこそ、何かしてあげられたんじゃないかって、考えるんです。ふたりのことを、ただの子供みたいに見てしまっていました。けど、二十三歳だから、大人とも言い切れないのに、そんなに幼くはないんですよね。その危ういところを見ないようにしていました」

「大人でもないし、幼くもないのは、望月さんも変わらない気がするよ」

「わたしは、もう立派な大人ですよ」

「そうかな？」

「四十歳ですから」

「それでも、失敗はするし、わかってないことも、まだたくさんある」

「それは、そうですね」

多分、これからも、色々なことを間違ってしまうのだろう。

トキ子さんや真弓さんや美佐子さんを思うと、自分はまだまだ子供でしかないという気もする。

「僕だって、まだ立派な大人ってほどではないよ。痛い目にも遭ってきたから、二十代や三十代の時みたいな間違いはしないけど」

「そうですね」

ただ、間違いを恐れて、何もできなくなっているようにも感じる。

安全に暮らせる場所を見つけたら、そこから出るのは難しくなる。

美佐子さんが若葉荘を出ると決めたのは、大人には難しい決断だったのだ。

「倉田くんみたいなこと、僕はしないから」丸山さんは、わたしの目を見て言う。

「えっ？」

「どうかなって、迷ってるような女の子を誘ったりしない」

「ああ、はい」

今、わたしは、告白されたのだろうか。

それとも、そこまでの話ではないのだろうか。

こういう時、どのように返事をして、どのように行動すればいいのか、二十代や三十代の時はわかっていたはずだ。

それなのに、間の抜けた返事をして、相手の顔を見ることしかできなかった。

「望月さんのアパートって、そこでしょ」前を向き、丸山さんは通りの先に見えた若葉荘を指さす。

「あっ、はい、そうです」

「風情があるね」

「良く言えば、そういう感じですね」

店で話している時と変わらない会話に戻ってしまった。

わたしは、チャンスを逃したのかもしれない。

でも、そのことに後悔するよりも、安心していた。

丸山さんと別れて、若葉荘に帰ると、千波さんが台所でお茶を飲んでいた。

テレビはついていなくて、タブレットで何か読んでいる。

最近は、テーブルの下で丸くなることはなくなり、ちゃんと椅子に座っている。

「おかえりなさい」千波さんは、タブレットから顔を上げずに言う。

「ただいま」マスクを外し、手を洗ってうがいをする。

夕ごはんを食べられていないので、何か食べたかったが、先に少し休むことにした。

薬缶でお湯を沸かし、ほうじ茶を淹れる。

湯呑みを持ち、千波さんの正面に座る。

「何、読んでるんですか？」

「料理本」

「えっ？」

「料理しようと思って」テーブルにタブレットを置き、千波さんはマグカップを手に取って立ち上がる。

「なぜ？　急に」

「美佐子さんがごはん作ってくれてたの、ありがたかったなって思って」カップを軽く洗い、わたしの沸かしたお湯の残りで、ハーブティーを淹れる。「トキ子さんも作ってくれるけど、甘えてばかりでは悪いでしょ」

「まあ、そうですね」

「ミチルちゃんは、蓮根《れんこん》のきんぴらとか鍋いっぱいの筑前煮《ちくぜんに》とか作ってくれないし」

椅子に座り直す。

「作ろうと思えば、作れますよ」

「でも、作らないでしょ」

「正直、面倒くさいです」

美佐子さんが若葉荘を出てから、ほんの数日で、わたしと千波さんと真弓さんの食生活は、あまり良くない方へ進んでいる。煮物や漬物をちょっともらっているだけのつもりだったけれど、副菜が一品ある食事とない食事では、充実感が違う。

今までは、美佐子さんとトキ子さんが作ってくれていたから、冷蔵庫の中には常に充分な食料があった。しかし、トキ子さん自身は、それほど食べるわけではないため、作る量も少ない。大家さんであって、寮母さんとかではないのだから、多めに作ってもらうことは、求められない。そこで、気を遣わせてしまったら、申し訳ない。

副菜がないと、パスタとか炒飯《チャーハン》とか、炭水化物ばかりでお腹いっぱいになる食事になってしまう。タンパク質は卵と納豆とハムぐらいで、野菜はネギがちょっと程度になる。アネモネの改装中、出勤しても賄いは出ない日がある。どうにかすることを、考えなくてはいけないだろう。

「できることを増やした方がいいと思うし」

「……仕事探しのためですか？」

「うん」千波さんは、ハーブティーを飲む。「学生の時に作家になって、アルバイトもちゃんとやったことがないから。小説を書く以外に、できると思えることが何もない。それなり以上に勉強はできる方だったけど、それだけではどうにもならないというか、活用法がわからない。四十歳過ぎたら、学歴も何も意味ないでしょ」

「どうでしょうね」

新卒や二十代のうちでなければ、学歴が意味のあるものだとは思わないが、意味のないものだとも思わない。今まで一緒に働いてきた人の中には、四年制の大学を出ている人もたくさんいたけれど、高卒や専門学校卒や短大卒の人も多かった。受験勉強をしてきた人とそうではない人で、ベースが違うと感じたことがあった。中学生や高校生の時に、全く興味が持てないと文句を言いながらも暗記した日本史や世界史、なんの話をしているのかわからないと思いながらも考えつづけた生物や化学や物理、見るだけで頭が痛いと感じながらも解きつづけた数学。役に立ったとはっきり思えるような出来事があったわけではなくても、憶える力や観察する力や考える力が養われていたのだ。

「資産運用とか、ちゃんとやっておけばよかった」

「向いてないですよ」

「そんなことないよ」

「そうですか？」

「むしろ逆というか、資産運用とか考えるようになったら、そこに必死になりそうで、怖かった。小説を書いて稼げるお金って、限度があるのよ。お金が欲しかったら、お金のことを仕事にするのが一番稼げる。投資で稼いで、働かずに好きなことばかりしている人は、世界中にたくさんいる。それは、悪いことではないし、賢い生き方だと思う。けど、小説を書かないでもお金を稼げる生活になっても、幸せになれない気がしていた」

「はい」

「今思えば、そんな純粋ぶったこと言ってないで、お金があるうちにお金でお金を殖《ふ》やす方法を考えるべきだった」

「なくなってしまったものは、どうしようもないですからね」ほうじ茶を飲む。

わたしも、投資ではないけれど、保険とか定期預金とか真剣に取り組んでおくべきだったと考えたことはある。二十代の時は、まだいいやとしか思えなかったし、毎月払うお金がもったいないと感じた。けれど、この先の人生を考えたら、働かないでも入ってくるようなお金は、必要だ。

何歳まで生きるかわからないし、死ぬまで働きつづけようという気持ちはあっても、できないことは増えていく。

「今、残っているお金から殖やそうとするのは、ギャンブルっていう感じでしかないからなあ」

「料理とか、日常でできることをして、他のことは小説を書き終えてから、考えた方がいいですよ」

過去に対する後悔も先のことに対する不安もあるのだろう。

けれど、今は、小説に集中してほしかった。

「そうだね」

「スープぐらいだったら作りますけど、食べますか？」

「なんのスープ？」

「どうしましょうね」ほうじ茶を飲み終えた湯呑みを流しで洗ってから、冷蔵庫や段ボール箱に入った食材を確認する。

きのこが何種類かあり、玉ねぎもあるから、どんなスープでも作れそうだ。棚を開けると、カットトマトの缶詰と鯖の水煮缶が入っていた。

「鯖スープにします」

「何それ？」嫌そうな顔をする。

「ちょっとお待ちください」

「手伝う？」

「それほどのことはないから、大丈夫です」

「じゃあ、待ってる」千波さんは、タブレットを手に取る。

「すぐできます」

皮を剥いた玉ねぎは半分に切って、できるだけ薄くスライスする。きのこは、エリンギとしめじを使うことにした。エリンギはひと口サイズに切り、しめじは石突を取って軽くほぐす。鍋を火にかけて、オリーブオイルで玉ねぎときのこを軽く炒める。玉ねぎが透明になってきたら、トマトの缶詰を入れて、あいた缶一杯分の水を足して沸騰させ、少し煮込む。

待つ間に、丸山さんにLINEを送ろうかと思ったが、なんて書けばいいのかわからなかったため、やめておいた。

玉ねぎが軟らかくなったら、鯖の水煮缶の中身を全部入れて煮込み、コンソメスープの素と塩コショウで味を調える。

「できました」

「早いね」千波さんは立ち上がってわたしの横に立ち、鍋をのぞきこむ。「あっ、おいしそう」

「普通においしいです」

「普通においしいのが一番いいよ」

「そうですね」ちょうどいいサイズのボウルがなかったので、うどんや蕎麦用のどんぶりを使う。「タバスコを入れて、ちょっと辛くしてもおいしいです」

「わたし、そうしよう」千波さんは、冷蔵庫からタバスコを出す。

向かい合って座り、「いただきます」と声を合わせる。

お風呂から上がって部屋に戻り、丸山さんにＬＩＮＥを送ろうかまた考えたけれど、やめておいた。

スマホを枕元に置き、布団に寝転がる。

お店の店員と常連客として話すだけではなくて、もっと親しい関係になりたいとずっと思っていた。友達になって、恋人になることも考えられるようになれたらいいと期待していた。去年、朗読劇に行く約束が駄目になってしまった時よりも前だから、一年以上前から願いつづけていたことだ。

ふたりで出かけられて、気持ちがあるようなことを言われたら、何かが違うと感じてしまった。

丸山さんがアネモネに来ると、安心する。一緒に話していると、気持ちが落ち着く。

知らないことは、まだたくさんあるけれど、信頼していい人だと思える。もっと色々なことを話したいし、また一緒に出かけたい。世の中の状況が落ち着いたら、アネモネではないお店で、ふたりでごはんを食べたりもしたい。

恋愛として、好きなのだ。

向こうも同じように考えてくれているならば、喜んで飛びこめばいい。

それなのに、躊躇《ためら》ってしまう。

何年も彼氏がいないし、前の彼氏とのことがトラウマみたいになっていて、怖いという気持ちもある。どうしたらいいのか戸惑う気持ちも強い。

ただ、それ以上に、恋人になることに疑問を覚える。

彼氏ができた瞬間、わたしの主語は「わたしが」ではなくなり、「彼が」が一番強くなる。今までの恋愛では、そうすることが正しいように考えてしまっていた。自分よりも大事に思える人ができることに、喜びがあった。彼を最優先しないでいいような時でも、ふたりにとってどうするのがいいのか考えた。食べるもの、見るもの、着るもの、住む場所、全てをひとりで決められなくなる。

恋人がいることで、世界が広がることもある。

映画や演劇や音楽、彼氏に教えられて知ったことも多い。でも、彼らは、わたしが好きなものを見たり聴いたりはしなかった。

しかし、これは、彼氏の性格の問題ではないのだろう。

わたしは、友達といても、自我を強く出すタイプではない。

それでも、友達といる時は、お互いの好みや何がしたいとか何が食べたいという希望を気遣い合える。彼氏といる時も同じようにすればいいと思っても、相手の言うことに「いいよ」とうなずくしかできなくなる。

三十年くらい前、わたしがまだ子供だったころは、女性がフルタイムで働きつづけることは、当たり前ではなかった。うちの母親は父親の扶養内のパート程度にしか働いていなかったし、友達のお母さんも同じ感じか専業主婦だった。フルタイムで働いているのは、家がお店をやっているという場合が多くて、それもアネモネの奥さんのように、夫や夫の実家の手伝いだった。母親が教師だったり会社勤めをしていたりして、あまり家にいないという友達もいたけれど、クラスに数人の少数派でしかない。母親の知り合いに、独身で働きつづけている人がひとりだけいたが、結婚していないことをいつもからかわれていたし、本人も自虐的に話していた。

将来なりたいものという話になっても、女の子は「お花屋さん」とか「ケーキ屋さん」とか、かわいらしい夢を見るものだった。わたしも、あまり考えもせず、将来は結婚して子供をふたり産んで、パン屋さんで働きたいと考えていた。自分が四十歳になっても独身だなんて考えもしなかったし、女性の社会進出が進むなんて想像もしなかった。

真弓さんのような人たちがいてくれたおかげで、女性も働きつづけ、自己主張ができる時代になってきている。その中で、恋人の影のようになり、言うことを聞くばかりの人生になってしまうのは、もったいない。

母親やオーナーの奥さんの人生を不幸だったとは思わない。彼女たちは、生きてきた時代の中で、自分が幸せになれると思う選択をしてきたのだ。二十代や三十代のころのわたしは、彼女たちのようになることに憧れていた。どうしても結婚したい、絶対に子供がほしいというわけではなかったのに、それができなかった自分を、駄目な人間のように思ってしまったこともある。

美佐子さんの話を聞いた時、彼女にとって結婚が楽しいことばかりではなかったことを理解しながらも、今の彼氏と人生を共に歩むことが一番の幸福かのように考えていた。それは、「女性にとっての幸せは結婚」みたいな考えが自分にあったからでしかなくて、美佐子さん個人を見られていなかった。若葉荘に住み、やっと自立できたと思えたところで、男性が元から住むマンションに引っ越すことには、悔しさのようなものもあったのかもしれない。

今、わたしは、ユキちゃんに「ミチルさんみたいにはなりたくない」と、強い言葉をぶつけられても、その瞬間にショックを受けただけで、平気でいられる。

若葉荘で暮らすようになる前のわたしだったら、同じ言葉をぶつけられた時に「生きている価値がない」と考えるくらいまで、落ち込んだ。立ち直れないほどのショックを受けているくせに、そんなことはないフリをしてヘラヘラ笑いながら、若い子たちにみっともないと思われないように空回りして、余計に惨めになっていた。

丸山さんと付き合ったら、今の生活は変わってしまう。

いつまでもこのままではいられないとわかっている。

変わることが悪いわけではない。

けれど、それが先に進むということだとは考えられなかった。

ひとりで考えるようなことではないが、自分の気持ちは自分で決めるべきだ。

幸子さんが部屋にいるみたいで、薄い壁の向こうからラジオの声が微かに聞こえる。

お風呂に入るのか、千波さんが部屋から出てきて、小走りで階段を下りていく足音も聞こえた。トキ子さんはもう寝ているし、真弓さんは部屋で仕事をしているだろう。

遠くなっていく音を聞きながら、眠りにつく。

アネモネの改装を知らせるため、ランチとディナーの間のあいた時間に、レジ横に貼るチラシを作る。

最初はパソコンで作ろうと思っていたのだけれど、味気ないものになってしまったので、手書きにした。カウンター席に座り、A４の白い紙にこれまでの感謝、閉店するわけではないこと、再オープンした後も来てほしいということを、できるだけ簡潔な文章で書いていく。イラストを入れたりはせずに、文字の色や大きさを変えて、大事なところをわかりやすくする。

何枚か書いてみるが、なんだか「ダサい」と感じる。

改装までの数日間貼るだけのものだし、伝えたいことが書いてあれば充分で、かわいくしたりお洒落にしたりする必要はない。けれど、これでいいとは思えなかった。

ユキちゃんに言われたことを「別に気にしない」と考えているのは本心なのだけれど、心の奥底でずっと引っかかってもいる。

普段の振る舞いがおばさんっぽく見えていないか、黒板のメニューがババア丸出しの書き方になっていないか、喋り方や話題が時代とずれていないか、若い子たちの目が気になってしまう。

四十歳になって、ババアに片足突っこんでいるんだから、しょうがない。アイドルは顔の区別ができなくて、憶えられない。ユーチューバーなんて、興味も持てない。話題になっているという音楽も、地上波のドラマの主題歌にでもなっていなければ、耳にも入ってこない。前は単館系の映画が好きだったのに、なんだか疲れると感じるようになった。邦画の大作の方が気軽に楽しめて、外れがない。部屋で配信のドラマや映画を見ていても、地味な作品は眠くなってしまう。スマホもパソコンも、最低限にしか使いこなせないから、これ以上進化されると困る。

さっさと自分が若くないことを認めて、「おばさんだから」とか冗談っぽく言ってしまった方が楽なのだろう。

でも、そうしたら、できないことが急激に増えていく気がする。

トキ子さんも真弓さんも美佐子さんも、自分のことを「おばさん」と言って甘えたりしないし、若者ぶって無理することもない。

「できました?」ユキちゃんが横に立ち、チラシをのぞきこんでくる。

「うーん、どうかなあ?」

「いいんじゃないですか」

「なんか、ダサくない？」

「ダサいとか気にする必要のあるものですか？」

「気にする態度がダサい？」

「わたしが言ったこと、気にしてますか？」

「うーん」

「ごめんなさい」しょんぼりした顔をして、ユキちゃんは頭を下げる。「あの時は、色々と悩んでいて行き詰まってしまい、ミチルさんに当たりました」

「それは、なんとなくわかるからいいし、基本的には気にしてないんだけど、わたしも微妙なお年頃なのよ」

「どういうことですか？」頭を上げて、怪訝《けげん》な顔をする。

「三回目ぐらいの思春期っていう感じ」

「……思春期？」

「ユキちゃんは、二回目の思春期っていうところでしょ。大学を卒業したものの留学も就職もできなくなって、恋や将来に悩んでいる」

「そうですね」

「四十歳になって、子供はまだ産めるかもしれないけど、身体に負担はかかるし、お金もかかる。ひとりで生きていくのか、結婚して誰かと生きていくのか、機会のあるうちに子供を産むのか、仕事はどうするのか、どこに住むのか。二十代や三十代の時よりも、未来がなんとなく見えるようになっている。感染症みたいなこともあるから、世の中がまた大きく変わってしまうかもしれないし、本当にどうなるかは見えないんだよ。でも、自分がアイドルになることは絶対にないし、金銭的に心配のないような大金持ちになることもない。建売住宅を三十五年ローンで買って、サラリーマンの夫と子供たちと一緒に暮らして、休みの日には子供たちが自転車に乗る練習をして、犬か猫を飼うっていうこともない。できないことは、わかるんだよ。その中で、どう生きていくのがいいのか、悩んでしまう」

「アイドルになりたかったんですか？」

「そういう話ではない」首を横に振る。「でも、三十五年ローンみたいな人生を送るのだということは、二十代の終わりくらいまで当たり前のこととして、信じてた。そうなりたいと考えるまでもなくて、それが普通の未来だった」

「うーん」

「ユキちゃんがこうなりたいって憧れるのは、どういう女性？」

「仕事はしていたいです」斜め上辺りを見て、考えながら話す。「子供たちにはいつでも笑顔で接して、夫とは恋人みたいな関係でいつづけられる。オンとオフがはっきりしているけれど、オフの時もシンプルでお洒落な服を着ている。家事は、夫婦で協力するのが当たり前。週末には、ふたりで料理をして、子供たちも進んでお手伝いをしてくれる。共働きだから、金銭的には余裕があって、自分たちでデザインした家に住んでいる」

「へえ」

ユキちゃんは前に、雑誌は読まないと話していた。しかし、女性誌に出てくるワーキングママそのままが憧れになっている。あれは、多くの女性がああはなれないから、「素敵だよね」と眺められるものだ。全てを同じようにするのは無理でも、少しだけマネして満足する。そういうふうにできている女性がいるとしても、東京や他の大都市に住む数人だけだ。仕事面では、真弓さんは近い感じだけれど、結婚していないし子供もいない。

「駄目ですか？」ユキちゃんは、わたしを見る。

「駄目じゃないけど、難しいよ。雑誌の中のファンタジーっていう気がする」

「でも、インスタ見てたら、そういう人はたくさんいますよ」

「インスタには、大きなスーパーや輸入食品店で安く買えるおすすめ商品を上げているような人もたくさんいるよ。お得にお洒落な食事を作るみたいなことは、ユキちゃんの憧れではないでしょ？」

「ああ、それは、なんか違います」嫌そうに、首を横に振る。

自分が憧れる存在のようになれると、本気で信じているのだろうか。嫌だなと思う存在のようにはならないことも、信じられているのだろうか。信じないことには、そうはなれないから、ユキちゃんは意外と憧れ通りに生きられるかもしれない。

でも、躊躇いなく話していたし、これが今の若い子の普通の考えというだけなのだろうとも思う。

わたしたちが考えもせずに「将来はお嫁さん」と信じていたように、今の二十代の子たちは「仕事と家庭を両立して、うまく暮らしていける」と信じている。

それは、いいことだという気がする。

大変だとは思うけれど、わたしたちが二十代のころよりも、たくさんの可能性が感じられる。

「あと、部下に慕われるというのも大事です」目を輝かせ、ユキちゃんはわたしの目を見つめてくる。

「そうなんだ」

「その点で、ミチルさんは素敵です！　わたしも倉田くんも、ミチルさんが大好き！」

「ええっ！」不意打ちで言われて、わたしは泣いてしまう。

「なんで、泣くんですか？」

「だって、ビックリしたから」

「ちょっと待ってください」立ち上がり、レジからティッシュを持ってきてくれる。

「ありがとう」一枚もらい、涙を拭く。

　ユキちゃんは座り直し、心配そうにしながら、わたしの顔をのぞきこんでくる。

「本当は、ここで働きつづけたいという気持ちはあるんです。倉田くんのことは、一時的に舞い上がってしまっただけで、今はどうでもいいです。それよりも、ミチルさんや木場さんともっと一緒にいたいし、常連のお客さんたちとも離れたくないです。でも、世の中の状況がどうなっていくかわからない中、いつまでもこのままではいけないと思いました。最初は、今は動かない方がいいし、安全な場所にいようと考えていたんです。けれど、時間は有限で、待つうちに過ぎ去っていってしまう。二十代前半の今を無駄にしたくない。アネモネで働くことが無駄というわけではないんです。ここを辞めたことを、いつか後悔するかもしれない。広い世界に出れば、倉田くんに振られるよりも、辛いことや傷つくことはあると思います。それでも、先へ進んでいきたいから、そうするべきだと決めたんです」

「うん、うん、そうだね」話を聞きながら、わたしはまた泣いてしまう。

「酷いことを言ってしまって、すみませんでした」ユキちゃんは、改めて頭を下げる。

「いいよ、気にしないで」下げたままの頭をそっと撫でる。「いつでも、ごはん食べに来てね。ハンバーグとオムライスにシーフードグラタン、ユキちゃんの好きなものを少しずつ載せた特別プレートを用意してあげるから」

「ありがとうございます」

細い肩が微かに震えていて、抱きしめてあげたくなったけれど、それは最後の日にした方がいい。

こんなふうに泣きつづけていたら、仕事どころではなくなってしまう。

「これは、オーナーと奥さんにチェックしてもらってから貼るね」チラシを持ってカウンターに入り、レジ横に置いておく。

「そうですね」ユキちゃんは目の辺りを拭き、ドリンクカウンター周りの掃除をはじめる。

木場さんと倉田くんが厨房からのぞきこんでいたけれど、気づかなかったことにした。

アネモネから帰ったら、台所にトキ子さんがいた。

いつもならば、部屋で休んでいるか眠っている時間だ。

「あら、お帰りなさい」

「ただいまです。何かありました？」

「お茶飲もうと思って」

「わたし、淹れますよ」話しながら、手を洗ってうがいをする。

「お願いしていい？　ちょっと疲れてしまって」

「どこか出かけていたんですか？」

「お昼に、駅の方へちょっと行っただけなんだけどね。最近、疲れやすいのよ。そうすると、うまく眠れなくなってしまうの」

「お茶、部屋に持っていきますよ。休んでいてください」

「そうさせてもらうわね」

トキ子さんは台所から出て、ゆっくりと自分の部屋へ戻っていく。

わたしは一度自分の部屋に行って、上着やカバンを置いてから台所に下りてきて、お湯を沸かす。

いつも、トキ子さんは緑茶かほうじ茶を飲んでいる。

夜は緑茶を飲んでいることが多いけれど、目が冴《さ》えてしまいそうだ。

湯呑みをふたつ出して、ひとつには緑茶を淹れて、もうひとつには千波さんの飲んでいたハーブティーを淹れる。トキ子さんが選ばなかった方をわたしが飲めばいい。

お盆に載せて持っていき、トキ子さんの部屋のドアをノックする。

「どうぞ」

「お邪魔します」

「ありがとう」

布団はまだ敷いていなくて、トキ子さんはテーブルの前に座っていた。

「緑茶とハーブティー、どちらがいいですか？」

「二種類、淹れてくれたの？」

「はい、緑茶は夜遅い時間には向かないかと思って。あまった方はわたしが飲みます」

「そうね、じゃあ、ハーブティーをいただこうかしら」

「どうぞ」湯呑みをトキ子さんの前に置く。

「いい香りね」

「千波さんが飲んでいるもので、気持ちを落ち着かせるらしいです」

ティーバッグの入った箱に、眠る前に飲むといいと書いてあった。カモミールやスペアミントが入っているようだ。

「良かったら、ここで飲んでいって」

「じゃあ、失礼します」わたしは緑茶の入った湯呑みをテーブルに置き、トキ子さんの正面に座る。

「ミチルちゃんは、緑茶を飲んでも大丈夫？」

「わたしは、眠れないということは、あまりないので。これからお風呂入ったりして、すぐに眠るわけでもないから、大丈夫です」

「そう」

「はい」

窓の外は暗くて、とても静かだ。

トキ子さんとふたりでお茶を飲んでいると、森の奥にいるような気持ちになる。

「物が減りましたか？」わたしから聞く。

前に部屋の中を見た時よりも、さらに整理されている気がした。

「少しだけね。昔着ていた着物を知り合いに譲ったの」

「もったいないと思って、ずっと大事にしてきたけれど、もう着ないから。帯とか小物類も一式、使ってくれる人にお渡しした。ミチルちゃんや千波ちゃんは、着ないでしょ？」

「そうですね」

着物なんて、七五三と成人式でしか着たことがない。浴衣も、高校生や大学生の時に、お祭りや花火大会で着た程度だ。でも、トキ子さんや美佐子さんが着方を教えてくれるならば、着てみたかった。惜しいことをしたと思ってしまったけれど、大事な着物を譲り受けられるほどの気持ちがあるわけではない。

お茶を飲みながら、タンスの上の写真立てを思わず見てしまう。

「写真、前も気にしてたわね？」トキ子さんが聞いてくる。

「あっ、すみません」

「どうして謝るの？」

「大切な写真なんだろうなって思って」

「大丈夫よ。見られて困るような写真だったら、飾ってないから」

美佐子さんはよくトキ子さんの部屋で話していたみたいだし、真弓さんや千波さん

「お着物ですか？」

がいることもある。幸子さんも、みんなでいる中には入ってこなくても、この部屋でトキ子さんとふたりで話していることは、たまにあるようだ。

「いつぐらいの写真なんですか？」

「私がここに来たばかりのころね。まだ学生向けのアパートで、彼女はたまに遊びにきていたの」

「ここにも住んでいた方なんですよね？　千波さんから聞きました」

「人生の終わりの数年だけね」写真を見つめて微笑みながら、トキ子さんは話す。

「仲のいいお友達だったんですね」

「違うの」そう言って、首を軽く横に振る。

「えっ？」

「恋人だったの」

「……」

「驚いたでしょ？」トキ子さんは、わたしの顔を見る。

「いや、その、うーん」

「そういうことが許される時代でもないし、信じてもらえない時代だったからね」

多様性と言われて、理解は進んできているが、未だに批判的なことを言う人はいる。

トキ子さんが生きてきた時代に、どのように見られることだったのかは、あまり知らなくても、なんとなくの想像はできる。

わたしだって、そういうものではないとわかっていても、現代的なことのように考えていた。でも、同性を好きな人は、昔からいたはずだ。

「私は、若いころに結婚しているの」

「そうなんですね」

「親の決めた相手で、結婚前は一度しか会ったことがなかった。そういうことが普通とされていた時代だからね。彼女とは、十代のころからの友人で、私は初めて会った時から好きだった。でも、その気持ちは、言葉にはできない。どうせ好きな人と一緒になれないのだし、厳しい家で親に反抗なんてできなかったから、黙ってお嫁にいった。向こうの家族は、私をかわいがってくれたし、それなりに幸せに暮らせた。子供は男の子をひとり産んだ。けどね、これから家族になっていくというところで、私の気持ちが切れてしまった。張りつめていた糸がプツンッと切れるみたいに」

「何かあったんですか?」

「逆ね」遠くを見るような目をして、話しつづける。「義務を果たしたという気持ちになったら、人生に何もなくなってしまった。向こうの家は、私ではなくて、跡取りを産む女がほしかっただけ。男の子を産んだら、それ以上の用はないの。そこで冷たくなるような人たちではなかったけれど、疎外されている気持ちになった。でも、今思えば、私の被害妄想でしかなかったと思う。私自身が家族になることを拒みつづけていた。夫のことはどうしても好きになれなかったし、産んだ子供のことも愛せなかった。子供はかわいいと思っても、とても酷いことをしたような気持ちになった。その子供のお母さんでしかない自分は、いったい誰なのかわからなくなった。精神的に参ってしまって、体調を崩すようになった。今は、鬱病とかにも理解のある人が増えたけれど、あのころはそうではなかった」

「はい」

「何もできなくなってしまって、離婚することになった。実家に帰ったのだけれど、離婚した娘なんてみっともないと言われて、閉じこめられるように、ここに来ることになったの。ここは、もともとは実家の持つ不動産だったから」

「そうだったんですね」

「同じころ、彼女も苦労をしていた」トキ子さんは、写真を見る。「結婚して、子供をふたり産んだのだけれど、夫には愛人がいたの。そして、彼女や子供たちに暴力を振るう人でもあった。教育としての体罰が許されていたころで、彼女は耐えつづけた。

愛人がいることも、いい男の証みたいにされていた。彼女も、私と同じように夫のことを愛していなかった。だからこそ、余計に耐えてしまったのだと思う。でもね、ある時に、酔っ払った夫に殴られて、彼女は耳がよく聞こえなくなってしまった。子供たちを同じ目には遭わせられないと言って、ここに逃げてきた。逃げてきてくれたことを、私は嬉しいと感じていた」

「写真は、その時ですか？」

ふたりとも穏やかに笑っているけれど、その笑顔の陰にはたくさんの苦労があったのだろう。

「そうね」

「それから、彼女はここに住んだんですか？」

「いいえ」首を横に振る。「離婚が成立して、すぐに実家へ帰った。幸い、彼女の実家は、うちほど厳しくなかった。ご両親は酷いところへお嫁にいかせてしまったことを、とても悔やんでいた。彼女がここに戻ってきたのは、ご両親も亡くなって、子供たちも自立した後。それまでにも、遊びにはきてくれていて、その間に私たちは恋人になった。お互いに同じ気持ちであることを確認するまで、何年もかかってしまった。でも、若いうちに気づいていたら、ずっと一緒にいることはできなかったかもしれない。そういう自分のことも相手のことも、受け入れるのは簡単なことではなかったから。彼女の子供たちは、それぞれ結婚して、同居することも提案していたのだけれど、彼女は私といることを選んでくれた」

「ここで、亡くなったんですよね？」

「そうよ」トキ子さんは、静かにうなずく。

トキ子さんは、とても幸せそうな表情をしていた。

今でも、思い出すだけで嬉しい気持ちになるくらい、彼女のことが好きなのだ。

恥ずかしそうにもしていて、十代の女の子のように見えた。

「ミチルちゃんは？」顔を上げて、トキ子さんはわたしを見る。「この前、デートしたんじゃないの？」

「デートってほどではないです」

「今の女性は、仕事や趣味に忙しくて、恋愛が一番っていうことではないんでしょうね」

「そうですね」お茶を飲む。

「けどね、人を好きになるっていうのは、いいことよ。好きな人といると、それだけで人生が輝く」

「はい」

丸山さんとのことに迷いはある。

でも、彼といると、キラキラしたものに囲まれているような気持ちになるのは、確かだ。

バイトが休みだから、お昼近くまで寝てしまった。

年齢的なことなのか、あまり長く眠れなくなっているので、たまにはいいことにする。

パジャマのままで廊下に出て、トイレに行ってから部屋に戻り、顔を洗う。パーカーとジーンズに着替えて、洗濯物をまとめたカゴを持ち、一階に下りる。朝のうちに洗濯したかったのに、遅くなった。でも、外はよく晴れているので、すぐに乾くだろう。

窓の外には青い空が広がり、夏を思わせるような太陽が輝いている。

踊り場の窓から、たっぷりと陽が射しこむ。

「今、起きたの？」台所から千波さんが出てくる。

「寝すぎました。ちょっと頭痛いです」

「洗濯機、幸子さんが使ってる。夜勤で、さっき帰ってきた」

「ああ、じゃあ、待ちます」カゴは洗濯機の前に置いておき、台所に行って、冷たい麦茶を飲む。

千波さんはトキ子さんに用があるみたいで、廊下の奥の方へ行った。

幸子さんの洗濯が終わるのを待つ間に、わたしは朝ごはんを食べる。いつも通りに、納豆ごはんにしようと思ったが、休みだから何か特別なものが食べたい。冷凍庫にラップに包まれた食パンが二枚入っている。多分、真弓さんが買ってきたものだ。最近はリモートワークが主で、いつも部屋にいる。もらっていいか聞きたいが、邪魔になるだろうか。

迷っていたら、千波さんが台所に戻ってきた。

「トキ子さん、いないみたい」

「どこか出かけたんですかね」

「買い物かな」

「このパン、もらっていいと思います？」

「それ、なんか、高い食パンらしいよ」

「高い食パン？」

「有名なお店らしい」

「へえ」

「一枚ずつ、食べちゃおうか」

「真弓さんに確認した方がいいですよ」

「ミチルちゃん、わたしのお茶やグラノーラは、勝手に飲んだり食べたりしてるでしょ？」

「後で、お金払ってるじゃないですか」

先に断らずに、千波さんの食料をもらう時はあるけれど、ちゃんとお金は払っている。

「これも、事後報告でいいって」

「だって、高いパンなんですよね？」

「真弓さんにとっては、安いもんだって」

「わたしたちに、払えるような額なのでしょうか」

「払えないほど高い食パンなんてないでしょ」

食パンを巡って揉めていると、幸子さんが台所に入ってくる。

「あの、洗濯機あきました」

「あっ、ありがとう」わたしは、食パンのことは後にして、洗濯をするために台所から出る。

タイミング良く、真弓さんが部屋から出てきて、台所の方に来る。

「食パンの話が聞こえたんですか？」

「何？」真弓さんは、眉間に皺を寄せる。

「冷凍してある高級食パン、いただいてもいいですか？」

「ああ、いいよ」

「ありがとうございます。お代は後で払います」

「それより、トキ子さんって、起きてきた？」

「部屋にいないみたいだから、出かけてるんじゃないですか？」

「出かけてないと思う。私、朝から部屋で仕事してたけど、物音が全く聞こえなかったから」

隣の部屋の音は、耳を澄ましたりしなくても、なんとなく聞こえるし、ドアの開け閉めの音ははっきり聞こえるから、部屋を出たのかどうかはわかる。

「まだ寝てるんでしょうか」

「それは、ないでしょ」

「ですよね」わたしも真弓さんも、台所をのぞきこんで壁にかけてある時計を見る。もうすぐ十二時になる。

昨日の夜、トキ子さんはいつもより少し遅くまで起きていた。それでも、こんな時間まで寝ているとは考えられない。

「どうかした?」千波さんが台所から出てきて、幸子さんも気にするようにわたしたちの方を見ている。

「ちょっと部屋を見てくる」真弓さんはそう言って、廊下の奥まで行き、トキ子さんの部屋のドアをノックする。

つづけて三回ノックしてみたが、返事はない。

「失礼します」そう言いながら、真弓さんはゆっくりとドアを開ける。

わたしと千波さんは、うしろからのぞきこむ。

心配そうな顔で、幸子さんもついてきた。

「寝てる」真弓さんが言う。

布団が敷いてあり、トキ子さんは眠っていた。

安心する気持ちはあったが、何かが違うと感じた。

わたしたちの間を通り、幸子さんが部屋に入っていき、トキ子さんの横に座る。掛け布団をめくって、トキ子さんの首や腕に触っていく。

「確かなことは言えませんが」幸子さんは、わたしたちの方を振り返る。「亡くなっています」

ごみの入った袋を持って部屋を出て、廊下の奥のトイレのごみと一緒にして、一階に下りる。同じように奥のトイレと洗面所を確認して、お風呂場も見にいき、台所にある大きなごみ箱に全てまとめる。流しの三角コーナーなど、忘れているところがないか確かめてから袋の口を閉じ、アパートの前に置きにいく。

朝だから、何もないだろうけれど、郵便受けを一応確認する。深夜や早朝に配られたのか、駅の向こうにある整体院のチラシが入っていた。出したばかりのごみ袋を開けて、捨ててしまう。玄関からほうきを持ってきて、アパートの周りを軽く掃き、ちりとりで取ったものもごみ袋に入れる。

中に戻り、台所で手を洗う。棚を開けて、お米やお茶やパスタの残りがどれくらいあるか、調べていく。残りが少ないものはメモ紙に書いておき、冷蔵庫に貼る。流しの掃除もしたかったのだけれど、先に朝ごはんを食べる。

冷凍庫からラップに包まれたごはんを出し、レンジで温める。待つ間に冷蔵庫から納豆を出し、タレとからしを入れる。

階段を下りてくる足音が聞こえて、幸子さんが台所に入ってきた。

「おはようございます」幸子さんが言う。

「おはよう」

「ごみ出し、ありがとうございます」

「今日、仕事？」

「休みです」

「お米が少ないから、買ってきてもらってもいい？」

「はい」

「お金は、真弓さんにもらって」

「わかりました」

話しながら、幸子さんはお湯を沸かし、ティーバッグで紅茶を淹れる。

マグカップには、子供のころに読んだ絵本に出てきたねずみのキャラクターが描かれている。

「いい香りだね」りんごや桃のフレーバーティーなのか、甘い香りがした。

「仕事先の人にもらったんです。飲みますか？」

「飲む」

「カップ、どれですか?」

「どれでもいいよ」

「じゃあ、これで」食器棚を開けて、幸子さんはわたしがいつも使っている白いカップを出す。

「ありがとう」

「どうぞ」わたしのカップにも紅茶を淹れて、幸子さんは二階に戻っていく。

トキ子さんが亡くなってから、一ヵ月が経った。

わたしと千波さんがぼんやりしている間に、真弓さんと幸子さんが手続きを進めてくれた。もともと、トキ子さんは若葉荘に関するお金のことを真弓さんに相談していて、身体のことや介護が必要になった場合のことを幸子さんに相談していたようだ。あまりにも急なことで、わたしも千波さんもどうしたらいいのか戸惑うばかりだったのに、ふたりはとても冷静だった。

真弓さんに頼まれて、わたしは過去に若葉荘に住んでいた人たちに電話をかけた。泣いてしまう方、静かに受け止める方、すでに亡くなっている方がいた。真弓さんが「この人には、私が連絡するから」と言った方は、トキ子さんの恋人のご家族だったようだ。トキ子さん自身の家族や親戚には連絡もしなかったし、お通夜にも告別式にも誰も来なかった。

世の中の状況を考えて、お通夜も告別式も、わたしたちと来られる範囲に住んでいる方で、静かに済ませた。遺骨は、真っ白な骨壺《こつつぼ》に入れられて、トキ子さんの部屋に置いてある。いずれ、部屋の片付けをしないといけないのだけれど、四十九日まではそのままにすることにした。

骨壺の横に、トキ子さんと恋人の写真を飾った。

四十九日の法要が済んだら、隣の駅にある霊園のひとり用のお墓に入れる予定だ。

ご両親やご兄弟はすでに亡くなっているから連絡しなかったわけではなくて、若葉荘を相続した時に絶縁しているということを真弓さんから聞いた。結婚や離婚のこと、その後の恋愛のこと、家族からは「恥でしかない」と咎《とが》められつづけていたようだ。互いに絶縁を望むようになり、最終的に父親から「若葉荘をやるから、二度と関わるな」と言われた。

そういう時代だったのだからしょうがないと考えて、気持ちを整理できることではない。

若葉荘に引っ越してきた時、トキ子さんは下の名前で呼び合うことを「それぞれ色々あるから」と話していた。自分自身が苗字や家族と離れたいと望みつつも、捨てきれないものがあると感じながら生きてきたのだろう。美佐子さんのように、過去の結婚や離婚が理由で、身元を隠したいと考える人もいたのだと思う。でも、表面的に隠したとしても、ついてきてしまうものがある。幸子さんが引っ越してきた時には、美佐子さんが「偽名かも」と言っていた。かつての住人には、偽名の人がいたのだろうし、今もいるのかもしれない。もしいるとしても、わたしはその偽名を、その人の選んだ本名なのだと考えたい。

納豆ごはんを食べ終えて、幸子さんが淹れてくれた紅茶を飲みながら、ぼんやりとニュース番組を見る。

相変わらず、感染症のことばかりだ。

去年は延期になった夏のオリンピックが予定通り開催されることが決まったものの、反対の声が上がっている。

トキ子さんは、戦争も経験しているはずだ。

戦時中のことや戦後のこと、前の東京オリンピックのこと、変わっていく時代をどう思っていたのか、もっとたくさん聞かせてもらえばよかった。

アネモネは予定通りに連休明けから店を閉め、改装工事が進んでいる。

全面的に改装するわけではなくて、レジ周りやドリンクカウンターの棚を使いやすいように組み直したり、厨房に新しいオーブンを入れたり、古くなっていた椅子やテーブルを交換したりしたぐらいだ。壁紙や床板は汚れを取っただけで、そのままにすることになった。基本的なところは同じままなのに、違う店になってしまったように見えた。

客席は、今後の感染症の状況に合わせ、テーブルを移動させることによってひとりのお客さんにもグループのお客さんにも対応できるようにした。デザインは、前と似たものを選んだ。レジには最新の機材とタブレットが入り、現金とクレジットカード以外に、あらゆる電子マネーが使えるようになった。トイレだけは、壁紙も張り替えて全面的に改装して、タンクレスの温水洗浄便座にしたので、清掃がとても楽になるだろう。事務所も開店当時からの従業員の忘れ物や捨てられずに取っておいたものが山積みになっていたのが整理されて、個人の荷物を置ける棚も作り、キレイで使いやすくなった。

お客さんにとっても従業員にとっても、良いことばかりだと考えているのに、寂しく感じてしまう。

新しいレジの使い方を練習しながら、店の中を眺める。

今までは何かあれば、オーナーや奥さんを頼れば良かったけれど、今後はそうできなくなる。

ふたりは、しばらくは今の家に住んでいるが、世の中の状況や体調がもう少し落ち着いたら、東京から離れたところに引っ越す予定だ。ずっと働いてきた分、休むつもりらしい。

アルバイトでも、それなりに責任を感じて働いてきた。でも、わたしにかかっている責任なんて、軽いものだった。これからは、オーナーも奥さんもいないし、木場さんはホールのことはよくわかっていないから、わたしがしっかりしなければいけない。新しく入る人がユキちゃんみたいに仲良くなれる人だといいけれど、望み通りにはいかないだろう。

「ミチルちゃん、ちょっといい?」木場さんが厨房から出てきて、わたしを呼ぶ。

「なんですか?」

「少し話そう」

「はい」

営業していないのだから客席で話してもいいのだが、木場さんに手招きされたので、厨房に行く。

交替するように、倉田くんが厨房から出てきたので、新しいレジの操作方法を確認しておいてほしいとお願いする。厨房も新しい人が入るため、倉田くんの立場が上がる。オーナーもレジはできなかったし、本来は料理人がホールに出ない方がいいのだろうけれど、店の新体制が定まるまでは倉田くんにはキッチンにもホールにも入ってもらうことになる。

倉田くんは文句を言わず、どんな仕事も楽しそうにやってくれるから、とても助かる。しかし、その気持ちに甘えるのは、搾取というやつだ。彼が不満を覚えているようであれば、汲《く》み取ってあげなくてはいけない。

「何かありました？」厨房の奥の休憩スペースに行く。

ここも整理された。

前はいつからあるのかわからないような、古い漫画雑誌が積んであったり、何も映らないブラウン管テレビが置いてあったりしたのだけれど、全て処分した。椅子とテーブルもホームセンターで買ってきた折り畳みのものから、前に客席で使っていたものに替えた。

「何か食べるか？」木場さんが聞いてくる。

「まだ大丈夫です」

壁にかかっている時計を確認すると、十四時を過ぎたところだった。いつもならば、ランチが落ち着いて、賄いのことばかり考えている時間だけれど、お腹がすいていなかった。棚の整理をしたりして動いていたが、営業中ほどの運動量はない。

木場さんは、わたしを見て、大きく息を吸いこむ。

「ここで、働きつづけるっていうことで、本当にいいのか？」

「えっ？」

「前にも話したように、ミチルちゃんには働きつづけてほしいと思ってる。でも、それは、オレのエゴでしかないのかもしれない。店がこれからどうなるかわからないし、今まで通りに最低賃金のアルバイトとしてしか、働いてもらうことができない。生活やこれからの人生を考えたら、もっと保障のちゃんとしたところで働いた方がいいんじゃないか？」

「うーん、そうですねえ」

若葉荘で暮らしていれば安心だと考えていた。でも、トキ子さんが亡くなり、これからどうなるのかわからなくなってしまった。今は、とりあえず前と同じように暮らせているけれど、四十九日が終わってトキ子さんの部屋の片付けを終えた後は、どうなるのかわからない。古い建物だし、取り壊しになることもあるだろう。

「辞めたいとか他の仕事がしたいとかあれば、正直に言ってもらって構わない」

「迷ってはいます」考えていることを話す。

「そうか」

「でも、ここを辞めて、やりたいことがあるわけではありません。できれば、アネモネで働きつづけたい。けれど、この先の人生を考えたら、好きなことだけしているわけにはいかないとも思います。ひとりでも、安心して生きていけるだけの保障は、どうしても必要です」

明後日、わたしは四十一歳になる。

去年、四十歳の誕生日は、徹底的に外出を自粛するように求められた厳しい緊急事態宣言が解除になったばかりで、お祝いするような気持ちにはなれなかった。生活に不安を感じ、精神的に弱ってしまっていたのもあり、年齢を重ねることに恐怖を覚えた。今は、トキ子さんや真弓さんや美佐子さんと話し、恐れるようなことではないと理解できている。一年前は想像もしていなかったような生活をしているのだから、この先も何が起きるのかわからない。

それなのに、最近はまた、気分の沈む日が増えてきている。

「五月病ですかね」

わたしが呟《つぶや》くと、木場さんは眉間に皺を寄せて、何を言っているのかわからないという顔をする。

「五月病ですよ」今度は、はっきり言う。「新入生や新入社員ではなくても、春というのは、何かが変わったように感じる季節じゃないですか。アネモネが休みになって改装して、今のわたしは新人みたいなものです。変化していくことに、期待も感じるけれど、不安も覚えるものです。わたしは、五月生まれなのもあって、毎年この時期は不調を覚えやすくなるんです。この一年、何してたんだろうと考えてしまいます」

考えていることを喋ってみたけれど、なんか違うとしか感じられず、余計にスッキリしないものが心の中に残ってしまった。

「とりあえず、迷っているっていうことはわかった」木場さんが言う。

「……はい」

「オレや倉田に気を遣ったり、オーナーや奥さんや店への情や恩とかも考えないでいいから、ミチルちゃんにはミチルちゃんのしたいことをしてほしい」

「はい」

「アネモネに必要だとは思っていて、辞めてほしいみたいなことではないから、そこだけは勘違いするなよ」

「大丈夫です、ありがとうございます」

話が終わり、席を立とうとしたところで、倉田くんが厨房に入ってきて休憩スペースに顔を出す。

「ミチルさん、お客さんです」

「誰？」

「丸山さん」

「あっ、はい、すぐに行きます」

予想もしていなかった相手に驚き、倉田くん相手に敬語で返してしまった。

丸山さんは店に入っていて、レジの前に立っていた。

「こんにちは」

わたしが声をかけると、丸山さんはぎこちない感じで手を振ってくる。

ふたりで出かけた後も、アネモネに来てくれたから顔を合わせてはいたのだけれど、他のお客さんの対応をしたり改装のために業者さんに電話をかけたりしていて、ちゃんと話せなかった。店を閉めてからは、全く会っていない。このままでは何もなかったことになってしまうからＬＩＮＥでも送った方がいいのか、ずっと迷っていた。

「ごめんなさい、急に」丸山さんが言う。

「いえ、大丈夫です」

「改装、進んでるんだね」

「そうですね、あとは棚の整理をしたり、新しいメニューを決めたりすれば、再オープンできます」

「そうなんだ」

「はい」

「あっ、これ、差し入れ」手に持っていた白い紙袋を差し出してくる。「飲食店にお菓子っていうのも違うかと思ったんだけど、店で食べなかったら、アパートの人たちと食べて」

「ありがとうございます」紙袋を受け取る。

中には、薄紫色の包装紙で包まれたお菓子が入っていた。ユキちゃんがいたら一緒に食べるけれど、木場さんや倉田くんは食べないだろう。ふたりに確認して、若葉荘に持って帰ろう。

「じゃあ、またオープンしたら来るね」

「えっ！　ちょっと、もう少し、話しませんか？」

帰ろうとする丸山さんを、思わず引き留める。

「えっと、でも、仕事は？」

「わたし、まだお昼の休憩取ってないんで、大丈夫です。今日、やらないといけないことも終わってるから、気にしないでください」

「そうなんだ」

「上の喫茶店、行きましょう！」

「うん、いいよ」

「ちょっと待っててください」

厨房に行き、木場さんと倉田くんに少し出てくると伝え、事務所に荷物を取りに行く。もらったお菓子は、棚に置いておく。今日は棚の整理や掃除をするだけだと考えて、Ｔシャツとジーンズで来てしまった。Ｔシャツは何年か前にＬＩＶＥに行った時に会場で買ったもので、胸に大きくアーティスト名が入っている。もうちょっとかわいい服で会いたかった。

しかし、これがわたしなのだ。

迷う気持ちはあっても、会えれば嬉しいと感じる。

今までの彼氏とは違う付き合いをするために、自分をちゃんと出していかないといけない。

「お待たせしました」事務所を出て、レジ前に戻る。

「いいよ」

「なんか薄汚い格好で、ごめんなさい」

「僕も似たようなものだから」

丸山さんは、白のTシャツに黒の細身のパンツを穿いている。スニーカーも黒だ。シンプルだけれど、お洒落に見える格好で、わたしとは違う。しかし、この話はつづけるほどのことではないだろう。

正面から出て、すぐ横の階段を上がる。

まだ五月なのに、もう夏のようだ。

少し外に出ただけで、熱気に包まれた。

喫茶店はすいていて、打ち合わせという感じの男性ふたり組と本を読んでいる女性がひとりいるだけだった。

カウンターで新聞を読んでいるマスターにあいさつをして、窓側の席に座る。

「お昼、食べました?」丸山さんに聞く。

「ああ、うん」

「そうですよね」

「望月さん、まだなんだったら、食べなよ」

「えっと、どうしようかな」

自分を出さなくてはいけないと思っても、遠慮してしまう。

「僕もケーキぐらい、食べようかな」

「そうしてください。わたしは、ホットケーキにします」

マスターを呼び、丸山さんはホットコーヒーとチーズケーキを注文して、わたしはアイスティーとホットケーキをお願いする。

「疲れてる？」丸山さんは、一瞬だけマスクを外して、水を飲む。

「……ちょっと」

「改装、大変？」

「改装は、そんなに大変ではないです。わたしは、業者さんが来る時に立ち会ったり、荷物の整理をしたりするくらいなんで。体力的なことよりも、環境の変化に疲れを覚えてます」

「そっか」

「ごめんなさい、意味わかんないですね」

「わかるとは言えないけど、わからないとまでは思わないよ。この一年くらい、僕の周りでも色々なことが変わってしまった。四十歳過ぎて、このまま生きていくんだろうなって考えていたのに、そうではないことを思い知らされた。良くなったこともあるし、悪くなってしまったこともある。二十代や三十代のころは、仕事とか人間関係とか変化していくのが当たり前だった。四十代になっても、それは同じなはずなんだけど、変化が緩やかなものになっていた。それが急激に動けば、疲れてしまう」

「そうなんです」

派遣や契約で働いていたころは、二年か三年ごとに仕事は変わっていたし、何度か引っ越しもした。それに合わせて、人間関係も変化していった。その都度、大変さは感じていたけれど、次に対応する力もあったし、流れるように全ては過ぎ去った。

「表面的には、引っ越しや働く店の改装と説明できるけれど、望月さんの中では、もっとたくさんのことが変わっていってるんじゃない？」

「……はい」

「他にも、何かあった？」

「えっと……」

何をどう話したらいいのか考えていると、マスターが注文したものを持ってきた。

「どうぞ」と言いながら、わたしと丸山さんの前に並べていき、静かにカウンターに戻る。

「ホットケーキ、おいしそうだね」丸山さんは、笑顔で言う。

「ホットケーキくらい自分でも焼けますが、ここのは特別です。ふわふわしていても、ちょっと前にはやったスフレ状ではなくて、生地がしっかりしています」

「ひと口もらいたいところだけど、そういうこともしにくい世の中になってしまったからね」

「そうですね」話しながら、ホットケーキを切り、シロップをかける。

「そういうことをする仲ではないか」

「そういうことをする仲になりたいということですか？」

「……うーん」眉間に皺を寄せて、丸山さんは窓の外を見る。

「そこ、迷う感じなんですか？」

「望月さんに対する気持ちに迷いはない」わたしの顔を見て言う。「よく行くお店の店員と客という関係でしかないけど、今までにたくさんのことを話してきたし、もっと知りたいと思ってる。一緒に出かけたり、こうして話したりしていると、安心する。でも、どういう仲になりたいのかは、迷う。さっきも話したように、変化に疲れてしまうという気持ちがある。男として、はっきりするべきなんだろうけど、その考えも違う気がする。どちらかが無理したら、関係はつづかなくなる」

「はい」うなずきつつマスクを外し、アイスティーを少し飲む。「わたしも、迷っています。丸山さんと会えれば嬉しいし、もっと話したいと思います。それなのに、恋人になりたいのか考えると、違う気がするんです。三年くらい前だったら、結婚して子供を産むという未来も考えられたけれど、今は難しいなと感じます。身体としては、まだ大丈夫かもしれませんが、お金のこととかを考えると無理な気がします。そもそも、結婚や出産のために、誰かと付き合うわけではありません。でも、それでは、なんのために付き合うのか考えてしまうのです。自分の希望するように生活したくても、恋人がいたら、そうできなくなるかもしれない。何かを手に入れるためには、何かを諦めなければいけないのだろうと思っても、今の生活は捨てたくないのです」

話しているわたしを見て、丸山さんは小さく笑う。

「ごめんなさい、おかしなことを言って。そこまでの話じゃないですよね」

「いや、そういうことじゃない」首を横に振る。「僕も、同じようなことは、考えていたから」

「そうなんですか？」

「冷めちゃうから、食べながら聞いて」

「はい」ホットケーキを食べる。

「僕は今、ひとりで生活できる程度には、稼げている。でも、これから先、どうなるかわからない。フリーランスだから、何かあった時の保障はない。世の中の状況が変われば、急激に仕事が減ってしまうこともある。その時、自分ひとりのことだったら、力仕事でも日雇い労働でもして、どうにかしていける。けれど、家族がいたら、どうしてあげることもできないかもしれない。恋人ができたからって、結婚や子供のことを考えるのは、難しい。そのためだけに付き合うわけではなくても、そういうことを全く考えないわけにもいかない。だから、ひとりでそれなりに楽しく暮らせているし、これで充分だって考えていた。去年、感染症が広がる前に、望月さんと朗読劇に行く約束をした時は、友達として親しくなれればいいと思っていた。その方が楽しく長く一緒にいられそうだし、それ以上のことを望んでも、迷惑をかけてしまう」

「はい」ひと口食べたものの、それ以上は進まず、フォークを持ったままで話を聞く。

「でも、世の中が変わっていく中で、明日どうなるのかも全くわからなくなった。そしたら、やっぱり、好きなことをして、好きな人といたいという気持ちが強くなった」

「はい」

「世間一般で普通とされているような付き合いではなくてもいいと思う。僕と望月さんで、どうしたら楽に付き合っていけるのか、一緒に考えていくことはできない？」

目を見て言われ、どう返せばいいかわからなくなる。

「ごめん、変な話をして」

「いえ、違うんです、あの、えっと」

「何？」

「よろしくお願いします」頭を下げる。「色々と悩んでしまったり考えてしまったり、ご迷惑をおかけすると思いますが、一緒にいたいという気持ちはあります」

「……良かった」丸山さんは、大きく息を吐き、嬉しそうに笑う。

自分のことばかり考えて気づけなかったけれど、彼もわたしと同じように緊張していたのだろう。

中学生以上のスローペースの付き合いになるかもしれないし、うまくいかないかもしれない。

それでも、今は、一緒に考えてくれるという彼といることを選びたかった。

「食べよう」フォークを取り、丸山さんはチーズケーキを食べる。

「わたしも、食べます」ホットケーキを食べる。

「さっき、話の途中じゃなかった？」

「ん？」

「これが出てくる前、何か言いかけてなかった？」

「ああ、そうですね」

ホットケーキを飲みこみ、アイスティーを飲む。

「アパートの大家さんで管理人でもあった人が亡くなったんです」

「いつ？」

「四月の終わりです」

「そうなんだ」

「連休のころは、お通夜と告別式とアネモネの閉店が重なって、結構バタバタしていました」

「そっか」

「やっと落ち着いてきたんですけど、アパートがこの先どうなるかわからないんです。家族のいない方だったので、どこかに売ったり取り壊されるかもしれません」

「うーん」

「ただ単に住む場所を探せばいいだけだったら、どうにでもなると思うんですけど、それだけではない場所なんです」

「うん」

「トキ子さん、その大家さんがトキ子さんっていうんですけど、もっと話したかったし、みんなと一緒に暮らしていきたいんです」

口に出したら、涙が零れ落ちた。

窓の外を黒い影が通りすぎる。

大切な人たちと暮らせて、好きな場所で働けて、大事に思ってくれる人がいる。これ以上のことはないと思える状態なのに、どうしてわたしはこんなにも不安を感じるのだろう。

丸山さんは、わたしが泣き止《や》むまで、待っていてくれた。

木場さんと倉田くんが作ってくれたサンドイッチを抱え、丸山さんにもらったお菓子の紙袋を持って、若葉荘に帰る。

台所をのぞいたけれど、誰もいなかった。

テーブルにサンドイッチとお菓子を置き、リュックは椅子の背もたれにかけ、手を洗ってからうがいをする。

サンドイッチは、ゆで卵と自家製マヨネーズを混ぜ合わせたものとかトンカツとかハンバーグとか、ボリュームのあるものが挟まれている。今までなんとなくで進めてきたテイクアウトに力を入れることになり、メニューの相談と開発が進んでいる。今日のテーマはサンドイッチで、洋食屋らしいものを考えた結果、カロリーの高そうなものばかりができあがった。三人で全てを試食するのは難しいので、それぞれ持ち帰ることになった。木場さんの娘さんたちは十代、倉田くんの妻は二十代、若葉荘の住人は四十代と五十代、食べてもらうことで、あらゆる年齢層の市場調査が自然とできる。

カツサンドとハンバーグサンドは、レンジで軽く温める。

温めている間に、冷蔵庫から麦茶を出してグラスに注ぐ。

幸子さんがお米を買ってきてくれたみたいで、レシートとおつりの入った小さな袋が冷蔵庫に貼ってあった。休みと言っていたし、スニーカーが玄関にあったから部屋にいるだろう。サンドイッチを食べないか誘ってみようか考えていたら、二階から下りてくる足音が聞こえた。

しかし、台所に入ってきたのは、幸子さんではなくて、千波さんだった。

小説を書いていたのか、前髪はヘアクリップで留めたままで、明らかに疲れた顔をしている。

「お帰りなさい」

「ただいま」

「……」千波さんは何か言いたそうに、サンドイッチを見る。

「食べたいんだったら、はっきり言ってください」

「だって、最近、もらってばかりだから」

「千波さんが食べることも考えて、試作される感じになってきてるので、大丈夫です」

木場さんの娘さんたちや倉田くんの妻は「遅い時間に、カロリーの高いものは、ちょっと」と言うこともあるらしい。多分、千波さんが一番、どんなものでも喜んで食べてくれている。

「食べたい！」一気に疲れが飛んだのか、笑顔になる。

「どうぞ」お皿にサンドイッチを並べて、テーブルに置く。「飲み物、どうします？」

「麦茶でいいよ」

「はあい」千波さんの分の麦茶をグラスに注ぐ。

自分が食べる分のカツサンドとハンバーグサンドを温めてからお皿に並べ、千波さんの正面に座る。

お昼は喫茶店でホットケーキを食べたので、夕方のおやつとして店でもサンドイッチを食べた。ゆで卵サンドは時間が経ってもおいしいけれど、カツサンドやハンバーグサンドはやはり出来立ての方が良かった。

「どうですか?」感想を聞く。

「普通においしい」

「試作品なので、もうちょっと参考になる感想をください」

「ハンバーグサンドは、ハンバーガーとの違いが出るような工夫がほしい。挟むものだと、今は色々なハンバーガーがあるから、パンに違いがあるといいのかも。このパン、おいしいけど、普通の食パンっていう感じ」

「これは、普通にコンビニやスーパーで売っている食パンです」

「そうだよね」

「うーん、パンも焼くことになると、サンドイッチ屋さんを始めるみたいになるからなあ。研究も必要だし、オープンには間に合わないかな。パン屋さんで買うと、コストがかかるから」

リュックからノートを出し、メモしておく。

「カツサンド、マスタードが効いていて、いいね」

「でも、やっぱり作り立ての方がおいしいんです。テイクアウトならば、冷めてもおいしいものにしないといけません。店本来の味よりも味付けは濃くなります」

「塩分が濃くなってしまうと良くないか」

「そうなんですよ」

ソースにマスタードを混ぜるのは、大人には好評だけれど、子供にはどうだろうか。

「楽しそうだね」千波さんは、麦茶を飲む。

「そうですか？」

「うん」小さくうなずく。「でも、最低賃金で、帰ってからも仕事しないといけないっていうのは、問題あるよね」

「最低賃金とか知ってるんですね？」

「それくらい、知ってるよ」不貞腐《ふてくさ》れたような顔をする。「経験はなくても、知識はあるから。それに、若葉荘に住んでいれば、自然とそういうことを考えるようになる」

「そうですね」

「今後は、ホール責任者みたいなことになるわけでしょ？」

「責任者っていうほどではないですけど」

「でも、今までよりも仕事が増える」

「はい」

「立場と仕事に賃金が見合ってないよ」

「それは、そうなんですよね」

アネモネで働きはじめたころは、オーナーと奥さんに言われるまま動けばよかった。賄いは無料で食べられるし、最低賃金でもいいと思えるぐらいの仕事しかしていなかった。徐々に任されることは増えていったものの、給料は東京都の最低賃金が上がった時に、数十円単位で増えただけだ。しかし、それが嫌ならば、転職するしかないのだろう。派遣や契約の方が時給はいいし、福利厚生とかのこともしっかりしている。

「お店で、そういうことって話してる？」

「新しいオーナーも気にしてくれているんです」

「そうなんだ」

「けど、メニューの相談に参加したりするのは、わたしが好きでやっていることなので」

わたしが断れば、木場さんや倉田くんは、強要したりしないだろう。

「好きでやっているっていうことが問題だよ」

「そうですね」

「わたしは、毎日のようにおいしいものが食べられるからいいけど」

「でも、それも、搾取っていうやつですよね」

千波さんが喜んで食べてくれることや仲良くしてくれていることに、甘えてしまっている。本来、店以外の人に試食をしてもらうならば、それなりの席を設けるべきだ。

「食べられなくなるのも、困るからな」大きく口を開けて、ゆで卵サンドを食べる。

「感想を言えば、タダで食べられることに、わたしも甘えているんだよ。搾取し合いっていうことで、とりあえずここはいいかな」

「嫌だったら、言ってくださいね」

「わかった」

「温かいお茶、飲みましょうか」

トキ子さんと美佐子さんがいた時は、食後に必ずお茶を淹れてくれたから、習慣のようになっている。

「お礼にわたしが淹れてあげるよ」千波さんは席を立ち、お湯を沸かす。「ハーブティーでいい？」

「はい」待つ間に、サンドイッチを食べ終えたお皿を洗い、丸山さんにもらったお菓子を開ける。

中の包みも薄い紫色で、レーズンクリームを挟んだラスクが入っている。

「どうしたの？」

「もらったんです」

「誰から」

「お客さんに」

「お客さん？」千波さんは疑う目で、わたしの顔をのぞきこんでくる。

「なんですか？」

「声がちょっと嬉しそうだから」

「彼氏です」

そう言ってみた瞬間に、全身が熱くなり、顔が赤くなるのを感じた。

初めて彼氏のできた中学生や高校生じゃないんだから、なんでもないこととしてサラッと言いたかった。しかし、大人で四十歳になっているから、余計に恥ずかしい。

「えっ？　彼氏、いたの？　いつから？　前に演劇か何か行ってた男？」

「その人と今日から付き合いはじめました」話しながら、千波さんは座り直し、ラスクを食べる。

「へえ、そうなんだ」

「食べていいとは、まだ言ってません」

「もう食べちゃったよ」

「いいですけど」わたしも座り、ハーブティーをもらう。

「仕事もお金の問題は感じても楽しそうだし、彼氏もできたんだったら、人生が順調に進んでる感じだね」

「それがそうでもないというか、なんか不安なんですよね」

「なんで？　幸せすぎて怖いみたいなこと？」

「違います」

「じゃあ、何？」

「うーん」考えながら、ラスクを食べる。「なんか、足場が弱い感じがします」

「どういうこと？」

「仕事は好きでも、アルバイトです。店は改装した後、どうなるかわかりません。常連さんが今まで通り来てくれるわけでもないでしょうし、新規のお客さんも増やしていかないといけない。感染症で飲食店は本当に大変な思いをしていて、店を完全に閉めることになる可能性もあります。彼氏はできたものの、結婚とか将来のことを約束しているわけではありません。お互いが楽に付き合えるように考えていこうと彼も言ってくれていて、それは安心できることなのですが、関係性が弱いとも感じてしまいます。付き合いはじめたばかりなのだから、それが当たり前と思っても、なんだか落ち着かないんです。あと、若葉荘のことも、どうなるんだろうって思っています」

「確かなものがないっていうこと？」千波さんは、ハーブティーを飲む。

「そうですね」

「でも、確かなものなんて、誰も持ってないんじゃない？」

「はい」

「わたしは、小説が一番大事で、それだけでいいと思ってた。人生で、唯一の確かなものだって信じていた。でも、あと少しで、それを手放さないといけない。その後も、生きていくことを思うと、とても怖い。仕事に就けるかわからないし、恋人がいないどころか友達も少ないし、ミチルちゃんと同じように若葉荘のことも不安に感じている。でも、この一年で、未来がどうなるかなんて、全くわからないことを思い知らされた。一昨年のわたしに、感染症が世界中で流行するとか教えても、ＳＦじゃないんだからと言って笑うだけだと思う。それは、世界中の人が一緒だよね」

「はい」

「どんなにがんばっても、未来は見えない。努力したら夢をかなえてくれるほど、神様は優しくなんてないから、積み上げてきたものが一瞬で崩れてしまうこともある。先のことを考えれば、誰だって不安になるのよ」

「そうですね」

「感染症が広がっていったころ、どうしたらいいのかもわからなくて、多くの人が感情を乱していった。正しい情報が欲しくても、人によって言うことが違う。わたしも、ここに住んでいなくて、ひとりだったら、精神的に危なかったかもしれない。苦しくなると、どうしても悪いことばかり想像してしまう」

「わたしは、ひとりだったので、まさにそういう状態でした」

去年の誕生日は緊急事態宣言が解除になっていたものの、気軽に出歩ける雰囲気ではなかった。ひとりで部屋にいることがあまりにも辛くて、家族や友達や前に付き合っていた彼氏の連絡先を眺めていた。誰にも連絡しなかったのは、そうする気力さえもなかったからだ。時短営業やお弁当の販売だけになった時もあったけれど、アネモネでの仕事があって、人と話せたことで救われた。

最初の緊急事態宣言が出て、自粛が厳しく求められたころのことは、思い出すだけで、今でも胸の辺りが苦しくなる。

ほんの数人しか歩いていない渋谷のスクランブル交差点の映像を見ながら、世界が終わっていくように感じていた。

「けど、わからないことは、わからないままにしておいた方がいいんだよ。無理に知ろうとすれば、何かが壊れてしまう」

「はい」深呼吸をして、ハーブティーを飲む。

「わたし、仕事がうまくいかなくなって、お金がドンドンなくなって、このままでは生活していけなくなると感じた時、すごく苦しかった。ここに来る前に住んでいたマンション、エントランスに季節ごとの花が飾られていたりして、とても気に入っていた。部屋は広くて陽あたりが良くて、好きなお店で買った家具を揃えて、キレイに本を並べて、そこでひとりで本を読んだり映画を見たりしているだけで、充分に幸せだった。お金のことで親との関係が悪化してしまったり、辛いこともあった」

「はい」

「でも、わたしには、小説があった。家族も友達も恋人もいなくても、本に囲まれていれば幸せでいられる。引っ越すとしたら、全てを手放さないといけない。マンションや洋服や家具よりも、どんなものよりも、本が大事だった。手放すことを思うと、息ができなくなって、過呼吸で倒れたりしていた。このままでは、数ヵ月のうちに生活できなくなると考えて、本とパソコンと持っていけるだけの洋服や靴以外のものは捨てて、編集者さんの紹介で若葉荘に引っ越してきた。あれでも、本をかなり減らしたんだからね」

「前は、どれだけあったんですか？」

「今の三倍から四倍くらい」

「それは、広い部屋が必要ですね」

真弓さんは、キレイなマンションにひとりでいて、むなしくなったと話していた。わたしも、前のマンションにひとりでいることは、寂しかった。千波さんは、本があれば、ひとりではないと思えたのだろう。それを手放すのは、自分の心を切り落とすような行為だ。

「編集者さんからは、実家に預けておけばいいとか言われたけれど、それができるタイプの実家ではない。賃貸だからそんなに広くはないし、親と絶縁しているってほどではなくても、最低限しか連絡取ってないから」

「うちは家族仲は悪くないけど、荷物を預けたりはできませんね」

実家でわたしが使っていた部屋は、今は姪っ子が使っている。大学に入るために家を出たころは、ベッドや勉強机を取っておいてくれていたのだけれど、兄が結婚した時に〈全部捨てるからな。必要な物があれば、取りにこい〉とメールが送られてきた。

「東京を離れたら、もっと安い家賃で広い部屋を借りられたのだろうけれど、全く知らない場所に行くような気力がなかった」

「気力がない時の大きな決断は、危ない気がします」

「だから、とりあえずって思って、若葉荘に住むことを決めた」

「はい」

「ここに引っ越してきた時は、最高に気分が沈んでいた。仮の居場所って思ってたから、最初は幸子さんと同じように、誰とも話さなかった。でも、今はここがすごく好きだし、とても楽しい」

「わたしも見学に来て、外から見た時は、こんなところに住めないって思ってました」

「それでも、すぐに馴染《なじ》んだでしょ？」

「そうですね」

住む前は「こんなところに、誰が住むのだろう」と考えていた。それなのに、今は、ずっとここにいたいと考えている。

「幸子さんだって、最近は話すようになったよね？」

「そうですね」

「こちらは仲良くしたいと思って、話しかけたとしても、幸子さんに無理に付き合わせていたら、彼女はここを出ていったかもしれない。若葉荘に住む人には、話したくない事情を抱えている人が多くて、グループ行動みたいなことが苦手な人もいる。どういう人なのか気になるし、隣人の素性がわからないのは怖くなることもある。でも、ここでは、誰も無理に詮索したりしない。幸子さんのペースで入ってきてくればいい。もちろん、入ってこなくてもいい」

「正直に言って、ちょっと嫌だなと感じてしまったことはありました。でも、今は、そんなふうには感じません」

「全ては、そういうものだよ」

「ありがとうございます」

「付き合いはじめたばかりの彼氏に、結婚しよう！　とか言われても、それはそれで怖いでしょ」

「それは、そうですね」

もしも丸山さんがそういう勢いで来たら、同じ勢いで断っただろう。あやふやな関係だけれども、今のわたしには合っている。一緒に考えると言ってくれているのだから、たくさん話していけばいい。

「でも、今は、人生がうまく進まなくなってしまう人も多いから、先のことを考えておく必要もあるけどね」

「それを考えると、また悩んでしまうのですよ」

「わたしも、ここに住んでいなかったら、生活できなくなっていたかもしれない」

「それは、わたしも、同じです」

ネットやテレビで、毎日のように「貧困」に関するニュースや特集を見る。お金も住むところも失い、ホームレスになってしまった人も多いようだ。自ら命を絶ってしまった人もいる。これらは、感染症だけのせいではない。もともと同じようなことはずっと問題にすべきだったのに、目を逸らしつづけた。

「そういう中で、確かって思えるものもあるよ」

「なんですか？」千波さんの顔を見る。

「わたしとミチルちゃんの友情は、確かだよ」冗談のように笑いながら言う。

「ええっ！」

「若葉荘を出ることになっても、仲良くしてよ。就活の相談とかに乗ってね」

「それは、いくらでも聞きますけど」

「最近、わたしより幸子さんと仲良くして、寂しい」

「まだ、そこまで仲良くなってないです」

ハーブティーを飲みながら、わたしと千波さんが話していると、真弓さんが台所に入ってくる。

「いちゃついてるところ悪いけど、話しておきたいことを話してもいい？」

「お願いします」

わたしと千波さんは姿勢を正し、真弓さんに頭を下げる。

幸子さんも呼んできて、四人で台所に集まる。

真弓さんが奥に座り、斜め前に千波さんと幸子さんが座る。わたしは、千波さんの隣に座った。

「トキ子さんの四十九日が終わってから話そうって考えていたのだけど」真弓さんが話しはじめる。「今後のこと、三人とも不安だろうから、先に話しておいた方がいいでしょ」

「はい」代表するように、千波さんがうなずく。

「若葉荘、私が買い取ったの」

「えっ？」わたしと千波さんが声を上げ、幸子さんも驚いた顔をする。

「トキ子さん、自分がいなくなった後のことをずっと気にしていた。権利とかお金とか関わってくる問題だから、使わない着物をあげるみたいに、簡単に誰かに渡すことはできない。ここを引き継いでほしいと頼まれた時は、縁起でもないと断ったけど、トキ子さんの年齢を考えたら、ちゃんとしておかないといけない問題だった。絶縁していても家族はいるから、亡くなった後で知らない誰かが来て、この土地を持っていかれてしまう可能性がある。都内でこれだけの広さのある土地だから、それなりの金額はする」

「そうですね」幸子さんが言う。

遺産や相続の問題と言われても、わたしはドラマの世界しか想像できない。でも、介護施設で働く幸子さんは、そういう問題を抱える家族の姿も、見てきているのかもしれない。千波さんも、お金のことで家族と揉めたと話していたし、思うところはあるのだろう。

「どうするべきか、すごく迷ったけれど、そのために私は若葉荘に来たんだと感じた」真弓さんは、わたしたちの顔を順番に見る。「ここは、どうしても、金銭的に困っている女性が集まってくる。住人の誰かに、先のことをお願いしたいと話しても、タダでというわけにはいかない。それだけの手続きに慣れていない人も多い。私には、お金があるし、こういった場合にどうしたらいいのか知らなくても、調べて行動するだけの力もある。トキ子さんが、そういうことのために、住まわせてくれたわけじゃなくても、任せられると考えてくれたのだと思う。相談して、手続きを進めて、買い取った。そのお金は、トキ子さんが女性のための施設に寄付した。美佐子ちゃんにも話して、彼女がいたシェルターを紹介してもらったりして、いくつかの施設を選んだ。もしも、トキ子さんの家族が何か言ってきても、私は払うべき額を払って買い取っている。トキ子さんのものは、部屋の中にある服や雑貨と数ヵ月分の生活費程度のお金しか、残っていない」

「はい」わたしがうなずく。

亡くなる前の夜に、トキ子さんの部屋でお茶を飲んだ時のことを思い出す。

着物だけではなくて、お金になるようなものは、全てを誰かに譲った後だったのだろう。人生で、ずっと大事にしてきたものを手放し、大切な人との思い出だけが残された部屋に、お邪魔させてもらったのだ。

する。

「だから、若葉荘がなくなることはない」

「はい」安心して、わたしも千波さんも幸子さんも、大きく息を吐くように、返事をする。

「ただね、今までと同じというわけにはいかない」

「どういうことですか?」幸子さんが聞く。

「家賃を上げたりはしないから、そこは心配しないで」

「はい」わたしと千波さんがうなずく。

「私は自分の収入があるし、家賃収入で生活するわけではない。光熱費や修繕費を抜いても、みんなで食べるものとか共同で使うものとかに、今まで以上に予算を使えるようになると思う。でも、私はあくまでも大家であって、トキ子さんみたいに管理人になる気はないから」

「ああ、なるほど」わたしが言うと、千波さんと幸子さんは不思議なものを見るような目で、わたしの方を見る。

「どういうこと?」千波さんが聞いてくる。

「トキ子さんが亡くなってから、少しですが、わたしと幸子さんの仕事が増えています」わたしが説明する。「今まで、トキ子さんがやってくれていたことは、わたしたちが気がつかなかったところで、たくさんあったんだと思います。台所やお風呂場の備品の管理とか玄関前の掃除とか修繕が必要なところの確認とか、他にもあるでしょう。今は、とりあえずという感じで、真弓さんがお金の管理もしてくれていますが、そういうことも誰が何をするのか、考えていかなくてはいけない」

「ごめん、気づかなくて」千波さんが言う。

「いいんです。千波さんは、小説を書いていたのだから。でも、そういうことなんです。今までは、トキ子さんが管理人をしてくれていたから、わたしたちは掃除やごみ捨てを手伝いつつも、自分のことばかり考えていられた。けど、これからは、そういうわけにもいかなくなる」

「そう」真弓さんは、うなずく。「トキ子さんの部屋があいたら、管理人になってくれる人に住んでもらおうかと思ったけれど、それも違うでしょ。人を雇うみたいになってしまう」

「そうですね」三人とも、うなずく。

わたしは、アネモネのバイト以外は、ほとんど出かけない。これからは、丸山さんと会うことになるのだろうけれど、たまにだと思う。夜勤もある幸子さんに比べれば、規則的な生活もできている。アネモネでも似たような状況だし、嫌いな仕事ではないから、管理人になってもいい。でも、そういう単純な問題ではない気がした。毎日生活していくのだから、親切心や善意だけでは、成り立たないことがある。

「ちょっとだけ、話がずれてもいい？」真弓さんが聞いてくる。

「どうぞ」千波さんが言う。

「私、今の会社には、いられるだけいるつもり。男女平等みたいなことを言っているけれど、全然できていない。納得できるところまで、ちゃんと見届けたい。でも、もうすぐ役職も外れるし、これからは今までほど忙しくはなくなる。そしたら、別の仕事もはじめたいと考えている。副業は、許可されているから」

「はい」幸子さんがうなずく。

「若葉荘みたいに、独身の女性が安心して暮らせる場所を増やしていきたい。本当は、公助を期待できる世の中になってほしい。けれど、今の日本を考えたら、それを望んでいる間に、何十年も経ってしまう。その間に、自助では、どうしようもなくなる人が増えていく。家族関係に問題があるとか元夫から逃げているとか生活保護でしか生きられないとかではなくても、健康で普通に生きてきた女性も苦しい思いをしていて、将来に不安を感じている。何かわかりやすい問題があれば、シェルターのようなところで保護してもらえたり、公助を頼ることもできる。でも、今は、そこまでではないところで、苦しんでいる人がたくさんいる。夫がいない、子供がいないということで、この世界に存在もしていないように扱われることもある。男性も大変な思いをしている人は多いけれど、私が全ての人を救えるわけではない。私にできるのは、同じような立場の女性のための場所を増やすことだけ。適度な距離感で暮らして、いざという時に助け合えるアパートは、これから必要になっていく」

「……すごい」わたしが言う。

同じようなことを考えても、わたしは誰かがどうにかしてくれることを望むだけで、自分から行動しようなんて思えなかった。

「ありがとう」真弓さんは、わたしを見る。「でもね、そうすると、ここがそのビジネスモデルみたいになってしまう。トキ子さんも同じようなことは考えていて、若葉荘を四十歳以上の独身女性専用のアパートにした。けど、それを増やしていくことまでは、考えていなかった。ビジネスモデルにしてしまうと、さっき話したような管理人の仕事についても、はっきり決めないといけなくなる。今まで、なんとなくでうまく回っていたようなことも、そういうわけにはいかなくなるかもしれない」

「そうですね」千波さんが言う。

「今、若葉荘の所有者は私だけれど、私の好き勝手にするつもりはない。反対意見を言われても、三人を追い出したりなんていうことは、絶対にしない。トキ子さんの部屋と美佐子ちゃんの部屋に、新しい住人に入ってもらって、それぞれの家事分担を改めて考えていくということでもいいと思う。お金の管理だけは、誰かにお願いすることになると思うけど」

「はい」三人同時にうなずく。

わたしとしては、真弓さんの考えは素敵だと思うし、その仕事の手伝いをしてみたい。アネモネでのアルバイトをつづけながらでも、できることがあるだろう。しっかりと決めてくれたら、管理人のような仕事をすることにも、躊躇いがなくなる。しかし、今までの気楽さがなくなってしまうことには、息苦しさも感じる。千波さんは気楽な方が合っているだろうし、幸子さんには幸子さんの考えや望む生活があるだろう。

「すぐに答えを出さなくていいから、考えておいて」

「わかりました」わたしが言い、千波さんと幸子さんもうなずく。

「お風呂、先に入るね」立ち上がり、真弓さんは台所から出ていく。

「どうぞ、ごゆっくり」千波さんが言う。

三人になり、それぞれ深呼吸をする。

落ち着かないので、お茶を淹れ直す。

薬缶でお湯を沸かし、トキ子さんの好きだった緑茶を淹れる。
あの夜が最後になるならば、いつも通りに緑茶を飲んでもらえばよかった。
「どうする？」千波さんが隣に立つ。
「どうするのがいいんでしょうねえ」
「どうしようかねえ」
千波さんは手を伸ばし、流しの向こうの小さな窓を開ける。
風が通り抜け、重くなっていた空気をかき混ぜていく。
甘い香りがする気がした。
「ミチルちゃんの月だね」窓の外をのぞき、千波さんは夜空に浮かぶ月を指さす。
「あっ、本当ですね」わたしも同じようにして、外を見る。
夜空に丸い月が浮かんでいる。
苗字の「望月」も名前の「ミチル」も、満月を表す。
名前の通りに、満たされることは、なかなかない。
満ちたと思っても、すぐに欠けていってしまう。

トキ子さんの納骨は、今の若葉荘の住人と美佐子さんで、済ませることになった。

霊園の奥に大きな桜の木があり、囲むようにしてひとり用のお墓が並んでいる。恋人が生きていたころに一緒に買ったみたいで、トキ子さんの隣には、彼女のお墓があった。彼女には、両親や子供がいたのだから、家族のお墓もあるのだろう。そこに入らないということは、簡単ではないと思う。それでも、トキ子さんの隣にいることを選んだのだ。

「一緒じゃなくて、隣っていうのがいいよね」美佐子さんが言う。

「一緒でもいいんじゃないですか？」千波さんが聞く。

「別々の方が自立してる感じがするでしょ」

「それは、そうですね」わたしはうなずく。

わたしたちが話している間に、真弓さんが霊園の人に説明を受けながら、お墓の中に骨壺を納める。

喪服は着てきたけれど、気軽な感じで進んでいく。お寺に頼めば、お坊さんにお経を読んでもらったり戒名の説明をしてもらったりできるのかもしれないが、最低限でいいとトキ子さんが希望していたようだ。お墓には香炉や水鉢が揃っていても、全体的に小さくて、塔婆を立てられるような場所はない。

真弓さんの後ろ姿を見ながら、美佐子さんは話をつづける。

「結婚して、大事なのは自分への信頼だっていうことを改めて考えている」

「相手ではなくて、自分ですか？」幸子さんが聞く。

「そうよ」美佐子さんは大きくうなずき、わたしたちを見る。「夫の収入に頼らなくても生きていける、もしも離婚することになっても困らずにひとりで暮らせる、彼が急に亡くなってしまったとしても私の人生が左右されることはない。そう思えるから、安心して、結婚生活が送れる。もちろん、彼に対する信頼もある。でも、一番大事なのは自分自身への信頼。と言っても、私の場合、いざという時には若葉荘に戻ればいいっていう気持ちがあるから、安心していられるんだけどね」

「美佐子さんには資格もあるし、大丈夫じゃないですか？」話しながら、千波さんはお線香を配る。

「調剤事務の資格を持ってる人なんて、たくさんいるから」

「資格を持っているというだけでは、安心できませんよね」幸子さんは、千波さんか

ら お線香を受け取る。「介護は、求人も多いし、これからは今まで以上に必要になる仕事です。それでも、今のところをクビになったりしたら、次がすぐに見つかるのか不安になる時はあります。面接に来る人は、資格を持ってて経験のある人ばかりなので、そこで選ばれるだけの何かが求められます。その中で、若さというのは、やはり有利だなと感じます」

「そうなんだ」千波さんは下を向き、お線香をにぎりしめる。

「同じ条件だったら、若い子が選ばれるっていうのは、あるからね」美佐子さんが言う。

「そういうのは、良くない気がするんですけどね」

「うーん」話を聞きながら、わたしは思わずうなり声をあげる。

「何？」顔を上げ、千波さんはわたしを見る。

「バイト先のお店も、若い人を採用したから」

先週末、アネモネは改装を終えて、再オープンした。ウェイトレスの新人をふたり採用したのだけれど、二十歳の学生ともうすぐ三十歳になるという主婦だ。応募してきた中には、わたしと同世代の人どころか、七十代の人もいた。高齢の男性もいたが、キッチンができない人は、一応面接しただけでしかなかった。感染症で仕事を失ってしまった人だけではなくて、年齢の問題で職に就けない人がたくさんいる。ランチタイムの忙しさや客層を考えて、元気で明るく動ける女性がいいと考えたものの、これで良かったのだろうかという迷いはある。

平均寿命を考えると、多くの人が八十歳かそれ以上先まで生きていく。トキ子さんみたいに不動産を持っていて家賃収入がある人や、真弓さんみたいに大企業に勤めていて退職金も年金も充分にもらえる人ばかりではない。美佐子さんや千波さんやわたしは、七十歳や八十歳になっても、働かなければいけないだろう。だが、働ける場所は限られている。

「お喋りしてないで、早くお線香をお供えして」納骨室の蓋を閉めて、真弓さんは立ち上がる。

「はあい」

みんなで声を揃えて返事をして、美佐子さん、千波さん、わたし、幸子さんの順番にお線香をお供えして、手を合わせていく。

ひとり用のお墓には、いくつかタイプがあるみたいで、花壇に囲まれたプレートだけのものもある。お線香やお花を供えられるような場所がない分、家族や親戚が管理しなくてもいい。霊園の人が掃除したりしてくれるらしい。納骨だけしてもらえれば、それで終わりになる。両親や兄家族と一緒に実家のお墓に入るのも気まずいし、あれくらいのお墓がいいかもしれない。

「お墓、考えよう」小さな声で、千波さんが言う。

「まだ早いですよ」

「そんなことないよ。明日、急に死んでしまうかもしれないし」

「それは、そうですね」

「実家のお墓、入りたくないから」

「わたしも、同じことを考えていました」

「もしも、明日死んでしまったら、ミチルちゃんが納骨してね」

「わかりました。わたしが先に死んだ場合は、千波さんが納骨してくださいね」

「任せて」

冗談のように話しながらも、半分は本気だ。千波さんも、同じだろう。

美佐子さんの話すように、自分自身への信頼はとても大事だ。けれど、人はどうしたって、ひとりで人生を終えることはできない。死んでしまった後のことなんて、自分で知ることはできないのだから、どうでもいい気もする。だが、甥っ子や姪っ子に義務みたいに押しつけたくはなかった。誰か親しい人に任せられると思えたら、安心して生きていける。

「帰ろうか」真弓さんが言い、先に歩いていく。

後ろ姿を追うように、広い霊園の出口へ向かう。

ひとり用の小さなものから、親族全員が入れるような大きなものまで、たくさんのお墓が並んでいる。墓石も縦長のものばかりではなくて、横長のものや丸いものもある。新しいお墓には、それぞれのこだわりのようなものが見られた。苗字ではなくて、座右の銘みたいなものが刻まれた墓石もある。家族のお墓の隣に、ペット用の小さなお墓が並んでいるところもあった。

梅雨入りして、雨やくもりの日がつづいていた。

今日も、天気が崩れるかと思っていたが、晴れた。

霊園の敷地内は、あちらこちらに木や花が植えられている。

風が吹くと、青葉が揺れる。

そこにあるのは燃やされて残った骨ばかりだとわかっていても、死者の魂のようなものを感じ、天国にいるような気分になってくる。

こういうところで眠れるならば、死ぬのも悪くない気がした。

若葉荘に帰り、喪服をTシャツと黒のパンツに着替えてから、駅前の商店街に買い物に行く。

真弓さんに若葉荘を今後どうするのか聞いてから、話は進んでいない。掃除やごみ捨てや買い出しはなんとなくの当番制のままで、お金の管理は真弓さんに任せたままだ。特に問題を感じずに暮らせているから、今まで通りでいいような気もする。しかし、新しい住人が入ってきたら、そういうわけにもいかなくなるかもしれない。わたしが引っ越してきてからは、元気に働けている人しかいないけれど、前の住人には寝たきりに近い人や生活保護で暮らしている人もいたようだ。それぞれの生活で、できることやできないことはあり、はっきりさせておいた方が不満を溜め込まないで済むだろう。

トイレットペーパーやお風呂場の掃除用の洗剤を買うために、ドラッグストアに行こうと思っていたのだけれど、先に酒屋に寄る。

メグミさんがいないかのぞいてみると、レジカウンターのところで難しい顔をしてノートパソコンを見ていた。

「こんにちは」ガラス扉を開けて、店に入る。

「あっ、久しぶり」メグミさんは、パソコンから顔を上げる。

「そうでもなくないですか？」

酒屋に来るのは久しぶりだけれど、アネモネにメグミさんがお酒の配達に来た時に会っている。改装の時にお酒のメニューも少し変えたため、相談に乗ってもらった。

「ここで会うのとアネモネで会うのとでは、雰囲気が違うから」

「そうですかね？」

「アネモネの時は、もうちょっと引き締まった顔してる」

「普段は、だらしないってことですか？」

「そういうわけじゃないけど」笑いながら言い、メグミさんはレジ横に椅子を出してくれる。

「失礼します」椅子に座り、カバンからハンカチを出して、汗を軽く拭く。

「何か飲む？」

「夕方からバイトなんです」

「休めてる？」

「いやあ、それが、ちょっと」

ホールのことを完璧にわかっているのはわたししかいないため、アネモネが再オープンしてから、全く休めていない。今日は、トキ子さんの納骨があるから休むつもりだった。しかし、お昼過ぎには終わるので、夜の混む時間に合わせて出勤することになった。いない間に何かあれば、電話かＬＩＮＥで連絡が来ることになっていて、なんとなく落ち着かない。チェーン店であれば、決まった日数の休みをもらえるはずだし、状況の改善を求められる。バイトがここまでの仕事をする必要もない。個人経営だからしょうがないと思っても、割り切れないような思いは募っていく。

明日の出勤も夕方からにしてもらったし、一ヵ月もすれば休めるようになるだろう。それまでがんばろうと思っても、長い。だが、疲れている時に、こういうことはあまり考えない方がいい。休みたいという気持ちがどうしても強いので、極端な答えを出そうとしてしまう。

店の空気が定まっていって、新人たちも仕事をおぼえてから、木場さんや倉田くんと話し合おう。

「ジュースだったら、どう？」

「そうですね」ペットボトルのソフトドリンクが並んでいるコーナーに行き、ぶどう味のソーダを選ぶ。

お会計してもらい、また椅子に座る。

マスクを外して、少しずつ飲む。

「納骨、終わったの？」

「無事に」

「若葉荘は、どうなるの？」

「あのままです」

「そうなんだ」

「住人がトキ子さんから買っていたんです」

真弓さんから聞いた話をメグミさんに話す。

住人以外の人に話すと、客観的に考えられる気がした。

若葉荘みたいな場所を必要としている人は、とても多いのだろう。感染症が広がる中で「貧困」は大きな社会問題になってきている。けれど、問題は感染症よりも前からあったことで、それがあぶり出されただけだ。感染症の心配がなくなったとしても、世界が元に戻ることはない。多様性と言われる中、家族を持たない人も増えていく。高齢で働けない人もいる。その人生を自分で選んだからと言って、ひとりでずっと生きていけるわけではない。

同じようなアパートを増やしていくならば、若葉荘をモデルケースにするために、細かいことまでちゃんと決めた方がいい。けれど、仕事ではないのだから、窮屈にはしたくない。

家族だって、全くルールがないわけではない。

実家にいたころは、まだ十代だったから、家事のほとんどを母親に任せていた。お手伝いはしていたけれど、母親に言われるまま買い物に行ったり、夕ごはんの準備をしたりしていただけだ。父親も兄も、同じ感じだった。母親は大変だっただろう。しかし、全てを母親が決めてくれていたから、うまくいっていたのだと思う。家族四人が意見を言い合っていたら、決めにくくなる。同居をはじめたばかりのころ、母親と妻の意見がぶつかることがある、と兄が愚痴のメールを送ってきたことがあった。

「会社にしていくのは、いいと思うけどね」メグミさんが言う。

「わたしも、基本的には、そう思っています」

「うちみたいに部屋があまっている家もあるし、古いアパートで住人が見つからないところも多い。そういうところの仲介みたいなことも、できるようになるんじゃないかな？」

「なるほど」

「今も、そういう会社はあるだろうし、シェアハウス用物件は前からある。でも、やっぱり、若い人向けって感じるんだよね。あとは、本当に困っている人向け。そこまでではない、ミチルちゃんみたいな人が安心して暮らせるような場所が今は求められている」

「わたしみたいな人？」自分の顔を指さす。

「身体は健康だし、ちゃんと働ける。でも、収入は決して多くない。何かきっかけがあったら、生活が破綻してしまう」

「……はい」

「なんか、酷い言い方になってしまった。ごめん」

「いや、間違ってないんで、大丈夫です」

「生活が破綻してしまったら、そこから元に戻るのは、とても大変になる。四十代ぐらいだと、働けると言われて、生活保護をもらえない場合もある。ホームレスになれば、ＮＰＯとか頼れる先はあるのだろうけれど、その前に助け合えるような人と出会えたら、生活を保てるかもしれない」

「そうですね」

わたしは、金銭的にも精神的にも、そこまで困っているわけではないし、若葉荘に住む資格はないのかもしれないと思ったこともあった。でも、わたしと同じような状況の人は、日本中にたくさんいるのだろう。最低賃金で働き、生活保護よりも少し多いくらいの月収で、振り落とされてしまわないように毎日の生活にしがみついている。そのしがみつく手の力を少し緩められる場所が若葉荘だった。

「今は、女性の選択肢の多さが貧困の理由なんだろうね」

「多いですか？」

「昔は、結婚して専業主婦になるのが当たり前だった。でも、今は、専業主婦の人もいれば、正社員で働きつづける人もいれば、派遣や契約やアルバイトの人もいる。結婚する人、しない人、子供のいる人、いない人、離婚した人。多種多様でしょ」

「フリーランスの人も増えてますね」

「独身で、派遣や契約やアルバイトでも、暮らしていける。けれど、それでは将来的に生活できなくなってしまうかもしれない」

「はい」

「それなのに、そういう暮らしをしている女性はとても多い。夫の扶養内でしか働いていない主婦も多くて、彼女たちは離婚したら生活ができなくなると考えている。社会問題として、良くないことだと以前から言われている。少しずつ変わってきているけれど、大きく改善されることはない。だって、そういう女性がいなかったら、社会は回らなくなるから」

「そうなんですよね」ぶどう味のソーダを半分くらいまで飲み、キャップを閉める。

「わたしが前にやっていたような派遣や契約の仕事は、正社員がやるほどのことではないのでしょう。誰かが産休や育休に入っている間、派遣や契約に頼む会社もあります。働く方としても、正社員ほどの仕事ができないという場合もある。正社員になれば義務が多くなり、子育て中や介護中だと対応しきれなくなってしまう。デパートやショッピングモールの店員として働いているのは女性が大半です。彼女たち全員をフルタイムで働くような正社員にすることは、お互いが望むことではない」

「それで、世の中はうまく回っていたけれど、これからはそうも言っていられなくなる」

「はい」

「逆に、男性の貧困の原因は、選択肢の少なさなのよね。正社員になるか肉体労働か、二択みたいになっている」

「わかります。女性は、四十歳や五十歳を過ぎても、雇用形態や賃金の問題を考えなければ、それなりに楽しく働ける仕事がたくさんあります。けれど、男性は、難しいだろうなって思います」

自分が男性だったら、仕事を失った場合に何ができるのか考えた時、目の前が暗くなっていくのを感じた。丸山さんも「力仕事でも日雇い労働でもして」と話していた。そういった仕事が嫌なわけではない。しかし、体力的なことを考えたら、いくつになってもつづけられるような仕事ではないだろう。

だが、わたしたちの世代では、正社員の採用は男性の方が圧倒的に多かった。今も、日本はジェンダーギャップ指数の低い国とされている。変わってきていると言っても、男女が同じように採用されるほどにはなっていない。

どちらがいいか悪いかということではない。

女性にも、男性にも、それぞれの抱える問題がある。

本来は、政治がどうにかしていくべきことなのだろう。

けれど、それを期待できるような国ではないことも、わかっている。声を上げることは、必要だ。でも、変わることを待つばかりではなくて、自分たちで助け合う方法も考えなくてはいけない。

「ミチルちゃんは、アネモネで働いて若葉荘で暮らして実体験として感じつつ、そういうことを仕事にしていっても、いいんじゃない？　不安を感じている人たちも、ミチルちゃんが話を聞いてくれたら、それだけで安心すると思う」

「わたしで、安心できますか?」

「できるよ。良くも悪くも普通の感じがするから、話しやすい」

「バカにしてます?」

「褒めてる」

「どこがですか?」

「人の目を見て話を聞くし、一方的な意見は言わないし、自分の悩みを躊躇わずにダダ漏れさせる」

「やっぱり、ちょっとバカにしてません?」

「色々な人が親近感を持てるっていうことだよ」

「ありがとうございます」

真弓さんの仕事を手伝ってみたいと思っても、自分には無理だと考えて、言い出せずにいた。

でも、メグミさんに言われると、できるような気持ちになってきた。

それ以上に、やってみたいという思いが強かった。

レジ締めをして、店内の確認をしていると、ガラス扉を叩く音が聞こえた。

音の方に行くと、丸山さんがいた。

かけたばかりの鍵を開けて、ガラス扉を開ける。

夜になり、気温は下がったものの、湿度が上がったように感じた。

明日は、また雨が降るのかもしれない。

「こんばんは」

「こんばんは」

頭を下げ合い、お互いの顔を見る。

付き合いはじめてから一ヵ月近く経つのに、世の中の状況的にどこかへ出かけることも難しいというだけではなくて、わたしが忙しくなってしまったのもあり、デートらしいデートはできていない。アネモネに来てくれた時に話したり、LINEを送り合ったり、電話で話したりする程度だ。一度だけ、ふたりでランチを食べにいったけれど、親しい友達という感じしかしなかった。

「どうかしました？」わたしから聞く。

「そろそろ、アネモネの閉店時間だと思って」

「はい」

「会いたかったから」

「……へえ」恥ずかしくて、素気《そっけ》ない返事をしてしまう。

「ごめん、迷惑だった？」

「違います、違います。嬉しい、とても嬉しい」

「良かった」丸山さんは安心した顔で、笑う。

「帰る支度をしてくるので、ちょっと待っていてください」

店の中に戻って、ガラス扉の鍵をかける。

厨房はまだ片付けをしているけれど、ホールの閉め作業は終わっている。

事務所に入って、エプロンを外し、ブラウスからＴシャツに着替えて、鏡を見て、髪を結び直す。

カバンを持ち、ホールに出て、厨房を通り、木場さんと倉田くんにあいさつをして、裏口から出る。

表に行くと、丸山さんがいて、笑顔で手を振ってくれた。

「アパートまで送る」

「えっ？」

「ごはん食べたりしたくても、開いてないし」

「そうですね」

緊急事態宣言はずっとつづいていて、飲食店の営業は制限されたままだ。アネモネも、二十時に閉店する。ランチと改装中に研究したテイクアウトで、どうにか売上を保てている。

「それとも、うちに来る？」丸山さんは、わたしの目を見る。

「うーん」

会いにきてくれた時点で、それを期待する気持ちはあったのだけれど、いざとなると緊張する。別に、はじめてじゃないのだし、もったいぶるようなことでもない。しかし、最後にしたのが何年前なのか計算もできないぐらいなので、うまくできる気がしなかった。

「いや、その、変な意味じゃなくて」焦った顔で、丸山さんは言う。

「えっ、いや、変な意味でもいいんですけど」

「いいの？」

「ああ、どうかな？　ちょっと無理かな？」

「無理なの？」

「なんか、こう、雰囲気とか勢いとか、どうやって出していたのか、もう思い出せない」

「どういうこと？」眉間に皺を寄せる。

「お付き合いしているのだし、もっとイチャイチャしたりしたい気持ちはあるんですけど、どうしたらいいものか」

「オレが嫌で、無理ってことではないのね？」

「それは、全然、嫌じゃないです」

「だったら、良かった」

「今日は、とりあえず、手を繋ぐぐらいで、お願いします」

「わかった」丸山さんは笑いながら、手を差し出してくる。

細くて長い指には、ペンを握った跡がある。

カバンを持ち替えて、わたしはその手を握る。

汗と体温が伝わってきた。

そのまま、若葉荘の方へ歩いていく。

丸山さんの部屋に行けばよかったのかもしれないという後悔もあるのだけれど、焦らなくても大丈夫だと思えた。お互いに無理せず、楽にいられることを大事にした方がいい。それで駄目になってしまったら、それまでの関係ということだ。

「ごめん、変なこと言って」丸山さんが言う。

「いえいえ、全然、大丈夫です」

「ゆっくり進めていこう」

「はい」

「徐々にっていう感じで」

「徐々に、その日に備えていきます」

「何を備えるの？」

「気持ちとか身体とか」

手を繋いだまま、丸山さんは少しだけ離れて、わたしのことを上から下まで見る。

「……身体」小さな声で言う。

「今の、すっごく恥ずかしいんですけど」

「自分が変なこと言うからじゃん」

「すいません」

「別に、備えなくてもいいけど」

「駄目です。すっかりだらしなくなっているので」

「オレも、同じようなものだから」

「うーん」

わたしも少し離れて、丸山さんを上から下まで見る。

細いのだけれど、鍛えているのか、肩まわりはしっかりしている。

「やめて、セクハラ」

「自分が先にしたんじゃないですか」

「恥ずかしい」

「もっと恥ずかしいことだって、するのですよ」

「ふうん、期待しておこう」丸山さんは、余裕のある感じで微笑む。

「やめてください。何も技は出ません」

「技！」笑い声が夜の住宅街に響く。

「お静かに」

「ごめん」

ふたりで話しているだけで楽しくて、これで充分だと感じる。

でも、やっぱり、触ってほしいし、触りたい。

恋人がいない時は、そんなに大切にすることではない気がしたし、もっと色々な人としておけばよかったと考えてしまっていた。けれど、キスもセックスも、好きな人とするから特別なのだ。

「たまに、こうして、会いにきてもいい？」

「はい、しばらくは、閉店時間には必ず出勤しています」

「それで、大丈夫と思える時が来たら、うちに来て」

「わたしだけのタイミングでは、決められません」

「オレのタイミングとしては、大丈夫と思える時だけ、会いにくる」

「それだと、来てくれた時は、そういうつもりなのだということになっちゃいますね」

「そっか」

「そうですよ」

「うーん、でも、そのためだけに会いにくるわけじゃないから」

「はい」

「さっきから、変な話ばかりして、ごめん」

「いえ、大事なことですから」

前に付き合っていた彼氏とは、こんなふうに話せなかった。二十代のころは、女である自分には、性欲がないフリをしなければいけない気がしていた。三十代の時も、向こうに求められたら、断ってはいけないと思っていた。いつも、どこかで無理していたから、その行為があまり好きではなかった。躊躇わずに、話し合いを重ねるべきだったのだろう。

「あと、いつまで、敬語?」丸山さんが聞いてくる。

「これも、徐々に。どうしても、お客さんという感じが強いので」

「わかった」

「わたし、拒否してばかりですね」

「ちょっとね」

「ごめんなさい」

「いいよ。無理される方がずっと嫌だから」

「ありがとうございます」

「どういたしまして」

周りに人はいないし、キスぐらいできそうな雰囲気だけれど、マスクをしているから、そういうわけにもいかない。

世界中の恋人たちは、どうしているのだろう。

駅の方へ戻っていく丸山さんの後ろ姿が見えなくなってから、若葉荘の玄関を開ける。


「ただいま」

台所に誰かいるみたいだったから、声をかける。

「おかえり」千波さんが木べらを持ったまま、顔を出す。

「何か作ってるんですか？」

「カレー」

「なぜ、木べら？」

話しながらスニーカーを脱ぎ、台所に行く。

「玉ねぎ、炒めてた」

ガス台には大きめのホーロー鍋が置いてあり、炒めた玉ねぎが溢れそうになっていた。周りには、鍋から落ちたと思われる玉ねぎのカケラが転がっている。

「どんだけ、作る気ですか？」

「水を使わないで、玉ねぎから出る水分だけで作りたくて」

「この鍋で、それをやったら、焦げ付くかもしれませんよ」手を洗ってうがいをしてから、木べらをもらって鍋の底を見てみると、すでに軽く焦げていた。

「そうなの？」

「火加減をずっと見ていれば、大丈夫だろうとは思いますけど、カレーを煮込むならば、テフロン加工された鍋とかの方が素人には安全です」

「そうなんだ」迷っている顔をして、千波さんは鍋を見つめる。

「なんで、カレー作ってるんですか？」

「とりあえず、できることからやろうと思って」

「カレーは作れるって、言ってましたね」

「でも、久しぶりだから」

「だったら、凝ったことしようとせずに、カレールーの箱の裏に書いてある説明通り、作った方がいいですよ」

「そうだね」

流しの下からテフロン加工された大きめの鍋を出し、炒めた玉ねぎを移す。

「肉や他の野菜は入れないんですか？」

「豚肉、入れる」千波さんは、別に炒めたという豚バラ肉を盛った皿をテーブルの上から取る。

「他は？」

「玉ねぎ炒める時に、生姜《しょうが》とにんにくが既に入ってる」

「にんじんやじゃがいもは？」

「入れない」首を横に振る。

「シンプルですね」

「たくさん入れると、グチャグチャになりそうだから」

「そこは、考えられたんですね」

「うん」子供みたいな顔をして、大きくうなずく。

その顔を見たら、わたしは手伝わずに、ちょっと離れたところにいた方がいいのだろうという気がした。

「つづき、どうぞ」

「できあがったら、一緒に食べようね！」

「はい」

「本当は、ミチルちゃんが帰ってくるころには、できあがってるはずだったんだ」千波さんは、玉ねぎと豚肉を合わせて、軽く炒めていく。

「そんな、よくできた妻みたいなことしないでいいですよ」

わたしが丸山さんの部屋に行っていたら、このカレーは無駄になってしまっていたのかもしれない。

泊まったりせず、帰ってきて良かった。

「これ、少しは水を入れた方がいいよね？」

千波さんに聞かれて、わたしは鍋をのぞきこむ。

「そうですね」無水カレーにするには、水分が少ない。

「このまま、入れていい？」

「大丈夫です」

「これくらいかな」水をコップ一杯入れて、鍋に足す。「これで、少し煮込んでからカレールーを足す」

「電気調理鍋みたいなのがあると、いいですよね」

「電気調理鍋？」

麦茶をグラスに注いで、カレーを煮込む間、テーブルに向かい合わせに座って話す。

「炊飯器と似た感じなんですけど、煮るだけじゃなくて、炒めたりもできるみたいです。具材を入れてタイマーをセットしておけば、それで料理ができあがる」

「ああ、なんか、聞いたことはある」

「こうして鍋を見張る時間も、料理の楽しさである気はするんですけれど、便利さもほしいところです」

ひとり暮らしの時は、電気調理鍋があっても、ひとり分を作るには持て余すと考えていた。ここならば、多めに作ったら、誰かが食べてくれる。前は、トキ子さんや美佐子さんが作ってくれたから、必要性を感じなかったけれど、これからはあるといいかもしれない。

「わたしは、まだそこまでの想像もできないな」千波さんは麦茶を飲み、疲れた顔をする。

「カレーだって、電気調理鍋だったら、きっと簡単ですよ」

「自分で作れるっていう実感がほしいの」鍋の方を見る。

「なるほど」

そのまま、しばらくふたりで鍋を見つめる。

テレビをつけていないので、煮込む音が静かに響く。

生姜とにんにくが入っているからか、少し辛みのあるような香りが台所に広がっていく。

「小説、書き終わったんですか？」わたしから聞く。

「うん」千波さんは、鍋の方を見たまま、うなずく。

「いつ？」

「それで、カレー作ることにしたんですか？」

「昨日の夜」

「小説、どうするんですか？」わたしも、鍋の方を見て、話す。

「そう」

「そうですか」

「どうもしない」

読ませてくださいとか、本にした方がいいとか、待っている読者は絶対にいるとか、言いたくなったけれど、言ってはいけないのだという気がした。最後だと覚悟して書いたものなのだから、それをどうするかは、千波さんだけが決められることだ。

「そろそろ、カレールー入れていいかな？」立ち上がり、千波さんは鍋のふたを開ける。

「どんな感じですか？」わたしも立ち、鍋の中を見る。

玉ねぎが溶けてきて、薄い金色のスープができあがっている。

「いい？」

「大丈夫だと思います」

「ルーは、普通の」千波さんはそう言いながら、チョコレートみたいな形のカレールーを割り入れる。

おたまでゆっくりかき混ぜると溶けていき、スープがカレーに変わっていく。

「おいしそうですね」

「これで、もうちょっと煮込む」

「ごはんは炊けてるし、サラダでも作りましょうか?」

「そうだね」

「トマトがあるから」冷蔵庫の野菜室を開けて、トマトとレタスとキャベツを出す。

ちぎったレタスの上に千切りキャベツを軽く盛り、くし形切りにしたトマトを並べて、和風柚子味のドレッシングをかける。

ふたりで食べるには、少し多くなってしまったと思っていたら、玄関の開く音が聞こえた。

「お帰りなさい」顔を出して、玄関の方を見ると、幸子さんが帰ってきていた。

「ただいま」

「仕事だったの?」

「休みのはずだったんですけど、人が足りないから、三時間だけ出勤してほしいって言われて」台所に入ってきて、幸子さんは手を洗う。

「大変だったね」

「カレー食べる？」嬉しそうにしながら、千波さんが聞く。

「あっ、えっと」

「無理しなくていいよ」わたしが言う。「でも、サラダも作りすぎたから、ちょっと食べてくれると、助かる」

「じゃあ、少し、もらいます」

「真弓さんも誘う？」

「いない」千波さんは、首を横に振る。「納骨の後、美佐子さんのマンションに遊びにいって、まだ帰ってきてない」

「そうなんだ」

三人分のカレーとサラダを用意して、テーブルに並べる。

千波さんは冷蔵庫を開けて、瓶詰めの福神漬けとらっきょうを出す。

「これ、いつの？」幸子さんに聞く。

「福神漬けは、最近だと思います。らっきょうは、いつのでしょう」

ふたりで、らっきょうの瓶を開けてにおいを嗅ぎ、顔を顰《しか》める。

「えっ？　腐ってる？」わたしが聞く。

「微妙です」幸子さんが瓶を差し出してくる。

「いや、これは、駄目でしょ」

明らかに腐っているというほどではないけれど、本来の匂いとは違う酸っぱさがある。

「やめておきましょう」瓶のふたをしめて、幸子さんは流しに置く。

こういうものの管理も、前はトキ子さんがやってくれていた。

自分たちの甘えやだらしなさを感じてしまうけれど、若葉荘全体を管理するというのは、決して簡単なことではない。

千波さんとわたしが並んで座り、わたしの正面に幸子さんが座る。

「いただきます」三人で声を揃える。

緊張しているような目で千波さんが見つめてくるので、わたしと幸子さんはまずカレーをひと口食べる。

「おいしいです」幸子さんが言う。

「おいしい」わたしも言う。

「本当に？」疑うように、千波さんは言う。

「いや、だって、まずくなりようがないし」

「玉ねぎがたくさん入ってるから、ほどよい甘みがありますね」

「余計なものが入ってないのも、いい感じです」

「良かった」千波さんも、カレーをひと口食べる。「普通においしいね」

「うん、普通においしい」

「はい、普通においしいです」

「ありがとう」

安心した顔で、そう言った千波さんの横顔を見たら、泣きそうになってしまった。

絶対に駄目だと思い、涙を堪えて、トマトを食べる。

お風呂から出て台所をのぞいたら、真弓さんが帰ってきていた。

スマホを見ながら、ハイボールを飲んでいる。

「お帰りなさい」

「ただいま」

「美佐子さんのところで、ごはん食べてきたんですか?」グラスに麦茶を注いで、真弓さんの正面に座る。

「今日、千波さんがカレーを作ったんです」

「そう」

「そうなんだ」スマホから顔を上げる。

「冷凍庫に入ってるんで、明日にでも食べてあげてください」

「明日のお昼に、もらおうかな」

「小説、書き終わったみたいです」

「次への一歩か」

「はい」麦茶をひと口飲む。

カレーを食べ終えた後、千波さんは「先にお風呂に入る」と言って、台所から出ていった。二階に上がって、タオルやパジャマを持ってきてお風呂に入り、出た後はそのまま部屋に戻った。幸子さんは聴きたいラジオがあったみたいで部屋に戻っていったけれど、わたしは台所にいてテレビを見ながら、千波さんが下りてこないかしばらく待っていた。いつも通りのように見えたけれど、爆発してしまいそうな何かを押しこめている感じがした。今、本に囲まれた部屋で、どんな気持ちで過ごしているのだろう。

「ミチルちゃんは？　どうするの？」真弓さんが聞いてくる。

「何をですか？」

「ずっと、ここにいる？」

「先のことは、はっきりわかりません。でも、しばらくは、ここにいたいと考えています」

「出たいと思ったら、千波ちゃんや幸《さつ》ちゃんのことは気にしないでいいんだからね」

「はい」

「千波ちゃんは、これから大変な思いをしないといけない。四十歳すぎて外で働いた経験がないという人を雇ってくれるようなところは、多くない。誰よりも仕事はしてきたのだけれど、フリーランスのクリエイターとしての経験は、邪魔になる可能性もある。頭のいい子だし、強さもある子だから、乗り越えてくれると思う。でも、繊細さも弱さも、人一倍だからね」

「そうですね」

辛いことがあったら、また台所で黙って丸くなっていてほしい。そうしていてくれれば、冗談のように軽く「どうしたんですか？」と聞くことができる。

「幸ちゃんは、ああいう性格だから、なかなか人に馴染めない。ひとりで生きていくって決めて、どうにかがんばってきたんだろうけど」

「幸子さん、最近はよく喋るようになりましたよ。ちゃんと仕事もしているし、ラジオが好きだったり、趣味もあるみたいだし、そんなに心配する必要ないんじゃないですか？」

「このまま良い方に進んでいってくれるといいんだけど」

「大丈夫ですよ。きっと」

幸子さんがどういう環境で生きてきたのか、どういう思いで若葉荘に来たのか、わたしはまだ知らない。

いつか聞く時が来るのかもしれないし、知らないままかもしれない。

それは、どちらでもいいことだ。

ここに引っ越してきた時は、わたしたちと目を合わすこともなかったのに、最近はあいさつをして喋るようになった。

彼女の今を知って、これからを見ていきたかった。

「ミチルちゃんには何もないなんていうふうには、思ってないのよ」真弓さんは、ハイボールを少し飲む。「でも、あのふたりとは、ちょっと違うでしょ。家族仲も問題ないみたいだし、最近は恋人もできた。彼氏と一緒に暮らしたりしないの？」

「まだ付き合いはじめたばかりですからね」

「そうね」

「この先、もしかしたら、彼氏と住むことになるかもしれませんし、ひとりで住もうと思うことになる時が来るかもしれません。どこか遠くに行きたくなって、海外に移住したりする可能性だって、ないわけではないです。でも、どこへ行くことになったとしても、若葉荘と関わっていきたいと考えています」

「うん」

「前に住んでいた人たちみたいに、引っ越した後も野菜や果物を送るとかではなくて、仕事として関わりたいんです」

「どういうこと?」真弓さんは真っすぐにわたしを見る。

「真弓さんの仕事を手伝わせてください」

考えていたことを、はっきりと言葉にする。

その瞬間に、自分の中で揺らいでいたものが固まった。

「これは、お酒飲みつつ、聞いていいこと?」

「明日になったら記憶ないほど、酔っ払っているならば、今度にします」

「美佐子ちゃんのところでは飲んでいなくて、これが一杯目だから、そこまでではないけど」

「じゃあ、話してもいいですか？」

「どうぞ」

真弓さんに促されて、わたしは姿勢を正す。

「若葉荘みたいな場所を増やしていくという仕事に、わたしも参加したいんです。さっきは、手伝うという言い方をしましたが、そんな軽いことではないとわかっています。女性の差別や貧困に関する問題は根が深くて、簡単に解決できることではありません。高齢化も進んで、問題は増えていきます。目を逸らして生きていく方が楽かもしれない。でも、わたしは、知ってしまったし、考えるようになった。そこから逃げたくはないんです」

「うん」

「あと、自分自身を信頼できるようになりたいと思っています」

「美佐子ちゃんとも、話してたね」

「ここに来る前のわたしは、自分の人生を誰かに預けていたんです。ひとりで暮らして、ひとりで生きているつもりでも、そんなことはなかった。派遣先や契約先、アルバイトする店の状況に、生活は左右されました。三十代の時には、彼氏が結婚してくれたら、金銭的に楽になれると考えていたこともあります。それより前、二十代の時は、そういう人生を当たり前のように考えていました。それなのに、自分から結婚したいと言うことなんてなくて、プロポーズされるのを待って、結局は振られました。そんなんだから、感染症が広がっていった時に、急激に不安を感じたのだと思います。誰かが何かしてくれることを待つばかりではなくて、自分から動ける人になりたいんです」

「うん」

「世の中、確かなものなんてありません。明日には、世界が変わっているかもしれない。仕事先がなくなってしまったり、会いたい人と会えなくなってしまったりするようなことは、また起こるかもしれない。けれど、死ぬまで、わたしはわたしとずっと一緒にいます。何が起きても、それは確かです。わたしはわたしのやりたいと感じることをして、わたし自身が信頼できる人になっていきたいんです」

「うーん」考えている顔をして、真弓さんはグラスに残っていたハイボールを飲み干す。

「駄目ですか?」

「ううん」首を横に振る。「ミチルちゃんが一緒に働いてくれたら、とても助かる。でもね、意地悪なことを言ってしまえば、そう考えているんだったら、自分で会社を興してみるべきじゃない？」

「ああ、それは……」

そうしてみたい気持ちもあるけれど、さすがに無理だ。

わたしの今までの経験から、総務や経理の仕事は、全くできないというほどではない。接客対応も、できる。しかし、企画力や営業力が弱いし、人脈も限られている。

「無理よね」

「そうですね。無理なくせに、大きなことを言ってしまいました」

「でもね、私だって、絶対にできるとは思っていない。それでも、大きなことを言わなければ、何も始まらないから」

「はい」

「まずは、若葉荘のことをどうしていくか決めないといけないし、徐々にっていう感じだから、私の手伝いをしながら勉強していくっていうことで、いいかな？」

「是非！」

「仕事として、何かしてもらう時には、給料も出せるようにする。今、アネモネのバイトは大変だろうけど、できればつづけて。その大変さは、きっと役に立つから」

「はい！」

「身体が辛くなるようであれば、無理はしないで。健康が最優先」

「はい！」

「とりあえず、若葉荘のことを話し合っていこうか？」

「お金の管理、任せてもらえませんか？　これは、住人としての仕事なので、給料は必要ないです」

「いいの？」

「大丈夫です」

「他のことは、どうしようか？」

「台所の食材の管理とか、修繕が必要なところの確認とか、誰が何をするのか、定期的に話し合いの場を設けた方がいいと思います。これから新しい住人が入ってきた場合、気づいた人がするということや誰かの決めた通りにするということだと、不満が出てくる可能性があります。話し合いの苦手な人や仕事とか身体的なことを理由にそこに参加できない人もいるかもしれないので、それは臨機応変という感じで、義務は少ない方がいいでしょう」

「そうね」

「自主性を大事にして、住人が楽しく暮らしていけることを大事にしていきたいです」

「……」真弓さんは黙って、わたしを見る。

「なんですか？」

「平凡なように見えて、意外なほどいいビジネスパートナーを見つけたのかもしれないと思って」

「平凡って、失礼ですよ」

「褒めた方だけ、聞きなさいよ」

「褒めるだけで、平凡とか言わなくていいじゃないですか」

「いや、平凡っていうのも、褒めてるのよ」

「どこがですか？」

「えっと」目を逸らし、大袈裟《おおげさ》なくらい悩んでいる顔をする。

「無理しなくて、いいです」

「ちゃんと社会の真ん中にいる感じがする」ひらめいたという表情をして、真弓さんが言う。

「どういうことですか？」

「ここに暮らす女性は、社会的立場の弱い人が多い。そうすると、どうしても、社会の片隅で協力しながら生きていきましょうということになってしまう。必死で生きているのに、端の方へ追いやられていく。私だって、結婚していないとか子供がいないとか、病気のこととかで、隅で静かに暮らそうと思っていたこともある。けど、ミチルちゃんは、普通の子っていう感じで誰とでも仲良くなって、何も気にせずに真ん中を歩こうとする」

「なんか、繊細さがないですね」

「そこがいいところなのよ」

昼間、メグミさんとも同じようなことを話した。

ちょっと引っかかるところはあるけれど、前向きに受け止めた方がいいのだろう。

「見学に来た時も、同じことを感じたのよね」

「そうなんですか？」

「平凡さがここを変えてくれるって」

「やっぱり、けなされている気がします」

「褒めてるから」

「はあい」

わたしもハイボールをもらい、これからのことを話していく。

✽

三号室の窓を開けて、畳をからぶきしていく。

美佐子さんが汚さずに使っていたから、壁紙も畳も新しくしないで、そのままだ。建物自体が古いのもあり、どうしようもないところもあるのだけれど、できるだけキレイにする。

押入れの中に何もないことを確認して、水が出るかどうかも試して、部屋中を見回す。

大丈夫そうなので、窓を閉めて、三号室から出る。

鍵は、壊れたままだ。

去年、ここに引っ越してきた時は、若葉荘を一時的な居場所と考えていた。だから、建物の古さも部屋に何もないことも鍵が壊れていることも、気にしないでおこうと考えられた。そして、そのうちに、慣れてしまった。誰もが同じように、慣れることはできない。ビジネスとして考えるならば、もっと違うタイプのアパートも必要になる。「条件が合わないので、ごめんなさい」ということでは、困っている人を排除することになってしまう。

考えながら階段を下りて、一階の台所にいく。

ノートパソコンを開き、真弓さんが仕事をしていた。

「見学の人、そろそろ来ますよ」

「ちょっと待って、もうすぐ終わるから」

「時間ずらしてもらいますか？」

「大丈夫」

今日は、三号室に入室を希望している人が見学に来る。

トキ子さんの使っていた一号室は、まだ遺品の整理が終わっていなくて、そのままになっている。

いつまでも空き部屋だらけにしておけないから、まずは三号室だけ住人を募集することになった。

不動産屋やネットに情報は出していなくて、口コミだ。

どれだけ知り合いがいるのか、今回もメグミさんの紹介の人だ。仲介してもらうことがつづくならば、お金のことやシステム的なことも、考えていかないといけない。

徐々にと思っていたけれど、考えないといけないことや決めないといけないことは、とても多い。

「終わった」真弓さんは、パソコンから顔を上げる。「ちょっと待っててね」

「はい」

「すぐに戻ってくるから」

ノートパソコンを抱えて、真弓さんは台所を出て、二号室に行く。

階段を下りてくる音が聞こえて、入れ替わるように、千波さんと幸子さんが台所に入ってきた。

「もう来た？」千波さんが聞いてくる。

「まだです」

「どういう人？」

「ここに暮らすって決まったわけではないから、個人情報は教えられません」

「ええっ？」

「千波さんは、仕事を探してください」

「わかってるよ」

不満そうにしながら、千波さんは二階に戻っていき、幸子さんも後についていく。

千波さんは「お金がない」と言っているわりに、まだどうにかなる程度には持っているのかなんなのか、バイト情報をネットで検索したりしているものの、真剣に職探しをしているようには見えない。最近は、いつの間に仲良くなったのか、幸子さんとふたりでよく話している。好きなラジオが同じみたいで、わたしにはわからない話をして、盛り上がっていることもある。

流しに置いてあったグラスを洗い、テーブルを拭く。

小さな窓を開けて、風を通す。

庭から青々とした草の香りがする。

夏休みの子供たちのはしゃぐ声が響き渡る。

お茶を出す用意をしていると、玄関の開く音が聞こえた。

「すみません」

ちょっと遠慮しているような女性の声に、自分がここに来た時のことを思い出す。

トキ子さんや真弓さんと同じになる必要はない。

わたしはわたしとして、彼女を迎えいれればいい。

「こんにちは」

台所から顔を出し、最初のあいさつをする。

※本作はフィクションです。登場する人物・団体・事件等は、実在のものとは必ずしも一致しません。

解説

吉玉サキ

先日、ある動画のサムネイルが目に留まった。女性の横顔にかぶせるように「四十代独身・子どもなし・彼氏なし」という文字がある。見た瞬間、「なんか嫌だな」と感じた。そう感じたのは、投稿主が「四十代独身・子どもなし・彼氏なし」を自虐として捉えているのが伝わってきたからだ。私も四十代独身で子どもと彼氏がいないが、それは私にとってなんでもないことなので、わざわざエッセイのタイトルにして人目を惹《ひ》こうとは思わない。

私は幸せとは感情だと思っていて、どんな状況であれ本人が「幸せだ」と感じればそれこそが幸せなのだと思う。しかし、持っているもので他人の幸せを測ろうとする人は多い。結婚、子ども、お金、仕事のやりがい、健康、実家、友達。それらを持っている人が幸せで、持っていない人が不幸とされているから、持っていないものを列挙するような自虐が成り立ってしまう。特に女性は、他人から表面的な情報だけで幸・不幸を決めつけられがちだ。そういう風潮に憤る女性もいれば、「腹が立つほどじゃないけど、なんか違うんだよなぁ」と感じている女性もいて、私は後者である。本書の主人公であるミチルさんも、同じではないだろうか。

前置きが長くなったが、ミチルさんも私同様、四十代独身で子どもがいない。この物語は、そんなミチルさんが若葉荘へ見学に行く場面から始まる。若葉荘はリビング・キッチン・洗面所・お風呂・お手洗いが共同、部屋はそれぞれ独立した、アパートとシェアハウスの中間のような建物だ。入居者は「四十歳以上の独身女性」に限定されている。

ミチルさんは洋食屋・アネモネでアルバイトをしていて、生活は楽ではない。物語の舞台は二〇二〇年からその翌年で、アネモネはコロナによる緊急事態宣言や時短要請で経営に打撃を受ける。ミチルさんは台風でシフトが二日減らされただけでも「今月の収入が二日分減ってしまう」と不安を覚え、転職や家賃の安い土地への引っ越しを視野に入れる中で、若葉荘に出会う。

読者の目に、経済的に不安定な生活を送るミチルさんはどう映るのだろう。共感する人もいれば同情する人もいるだろうし、中には「底辺」といった（嫌な）言葉で見下す人もいるかもしれない。私はというと、「身近にいそうだなぁ」と感じた。共感するほど状況や考え方が似ているわけではないが、だからと言って突き放すほど理解できないわけでもない。なんというか、私にとってミチルさんはそんなにめずらしい女性ではない。今まで、彼女のような人にたくさん出会ってきた。

私自身、三十すぎまでフリーターで、その後はフリーランスのライターをしているので、収入が同世代の平均年収に届いたことがない。安定とはほど遠いし、バツイチ独身で子どももいないし、老後のことを考えると不安でいっぱいだ。だからミチルさんの不安は理解できる。

ただ、私は自分のやりたいことを優先して好き勝手に生きてきたタイプだが、ミチルさんはそうではない。ミチルさんは真面目で、いい意味で普通の感性を持つ女性だ。アネモネのホールを切り盛りする社会性があり、若葉荘にすんなり馴染《なじ》むだけのコミュニケーション能力もある。彼女は正社員として働く意思も能力もあるのに、たまたま新卒で勤めた会社が倒産したことで、派遣社員や契約社員などの非正規雇用で食いつなぐしかなかった。普通の女性が普通に生きているだけなのに、何かのきっかけで経済的に不安定になるのは、世の中のほうに原因がある。

普通の女性であるミチルさんよりも、若葉荘の他のメンバーのほうが個性的だ。

元人気作家の千波《ちなみ》さんは、若いときから小説一本でやってきたため他の仕事をしたことがないが、もう何年も小説が書けていない。有名大学を出て大手企業で出世している真弓《まゆみ》さんは、高級マンションで暮らせるだけのお金を持っているが、ある思いから若葉荘で暮らしている。調剤薬局で働く美佐子《みさこ》さんは、一見すると普通のおばちゃんといった感じだが、地に足の着いた暮らしをできるようになるまで何十年も転々としてきた苦労人だ。新しくやってきた幸子《さちこ》さんは人が苦手なのか、話どころか目を合わせようともしない。過去は一切不明で、偽名疑惑もある。大家のトキ子《こ》さんは年齢不詳の優しい老婦人で、とてつもなく大きな苦労と秘密があった。

共同生活といっても、若葉荘の住人同士は四六時中一緒にいるわけではない。朝食時と夕食時にタイミングが合えば台所で顔を合わせるくらいで、中には幸子さんのように、台所にあまり顔を出さず自室でご飯を食べる人もいる。ミチルさんと千波さんは比較的一緒に夕飯を食べることが多いが、それだって毎日というわけではない。

そのくらい薄いつながりでも、人と暮らすことの影響は大きい。コロナ禍と将来への不安で肩に力が入っていたミチルさんも、少しずつ肩の力が抜けていく。その感覚には覚えがある。私は長いこと山小屋で住み込みのアルバイトをしていて、他のスタッフたちと寝食を共にしてきたのだが、誰かと一緒にご飯を食べていると、たとえ不安であっても深刻にならないのだ。共同生活には、何気ない雑談で不安をかき消す効果がある。

とはいえ、ミチルさんが急にポジティブになったり、毎日が輝きだしたりするわけではない。世の中は緊急事態宣言が再び発表され、アネモネの先行きは不安定だ。ミチルさんは相変わらず悩み、ときにはその悩みを吐露しながらも、不安定な毎日と向き合っていく。そのうちに、彼女の仕事や恋に変化が訪れる。

変化が訪れたのはミチルさんだけではない。千波さん、真弓さん、美佐子さん、幸子さん、トキ子さんのそれぞれに心境の変化が起きる。そして若葉荘にも変化が訪れ、今までのままではいられなくなる。

若葉荘での出会いとさまざまな変化を通じて、仕事も人間関係も受け身だったミチルさんは、自分の人生をより能動的に進めていくようになり、さらには夢のようなものも見つける。本書ではその過程が、劇的ではなく、あくまで日常として緩やかに描かれる。

人は、好きなものに対して「このままずっと変わらないでいてほしい」と望む。若葉荘の住人たちも、若葉荘に対してそう望んだことがあっただろう。しかし作者は、若葉荘の変化を描いた。それは物語に対する誠実さだと思う。この物語は、読者にも登場人物にもとことん誠実だ。だからこそ、読んだあとは、しゃんと背筋を伸ばして顔を上げて歩きたくなる。前を向いて歩きだしたその先に、読者にとっての若葉荘があるのだろう。

（よしだま・さき／ライター）

――本書のプロフィール――

本書は、二〇二一年九月に小学館より単行本として刊行された作品を加筆改稿し文庫化したものです。

小学館文庫

若葉荘《わかばそう》の暮《く》らし

著者　畑野智美《はたのともみ》

二〇二五年五月七日　初版第一刷発行

発行人　庄野　樹

発行所　株式会社　小学館
〒一〇一-八〇〇一
東京都千代田区一ツ橋二-三-一
電話　編集〇三-三二三〇-五九五九
　　　販売〇三-五二八一-三五五五
印刷所-株式会社DNP出版プロダクツ

この文庫の詳しい内容はインターネットでご覧になれます。
小学館公式ホームページ　https://www.shogakukan.co.jp

ISBN978-4-09-407457-4